꿈꾸는 자를
막을 수 없다

빅 드 림 을 꿈 꿔 라

꿈꾸는 자를
막을 수 없다

박성숙 지음

도서
출판 **더 로드**
The Road Books

당신이 진정으로 원하는 바가 무엇인지 깨달아라.
그때부터 당신은 나비를 쫓아다니는 일을 그만두고
금을 캐러 다니기 시작할 것이다.

– 윌리엄 몰턴 마스턴

"많이 힘들지?"

작년 겨울, 무화과나무 두 그루를 지인에게 얻었다. 한 그루는 제법 큰 나무였고, 한 그루는 어린 나무였다. 두 그루의 무화과나무를 마당 양쪽 모퉁이에 자리를 잡고 심었다. 무화과나무는 서서히 뿌리를 내리며 적응하는 것 같았다.

그러나 시간이 흐를수록 큰 무화과나무는 듬직한 모습으로 자리를 잡아가는데 어린 무화과나무는 한쪽이 서서히 말라 죽어가고 있었다. 시간이 흐를수록 새카맣게 타들어가는 가지가 하나둘 많아지더니 결국 어린 무화과나무는 온통 새카맣게 탄 모습으로 삐쩍 마른 모습을 한 채 죽은 듯이 보였다.

간혹 집을 다녀가는 지인들은 죽은 것 같은 그 어린 무화과나무를 보면서 뽑아버리고 다른 나무를 심는 것이 좋겠다는 조언을 아끼지 않았다. 그러나 나는 그럴 수 없었다. 추운 겨울 옮겨 심으면서 내 실수가 있었을 뿐 아니라, 캐내는 과정에서 상처가 난 것 때문에 죽었다고 생각하니까 마음이 아팠다. 결국 한 그루의 생명을 내 실수로 죽었다고 생각하니 쉽게 뽑아버릴 수가 없었다. 그렇게 새카맣게 탄 모습을 한 어린 무화과나무를 겨울 내내 그냥 그 자리에 두었다.

그리고 봄이 되었다. 모든 나무가 새싹을 틔우고 왕성한 생명력을 자랑이라도 하듯이 앞 다투어 겨울잠에서 깨어났다. 큰 무화과나무 역시 파릇파릇한 새싹을 왕성하게 틔우고 있었다. 그러나 어린 무화과나무는 아무 새싹도 틔우지 않았고, 어떠한 생명력도 전혀 자랑하지 않은 채로 죽은 듯이 있었다. 그도 그럴 것이 이미 죽어버렸다고 생각하는 나무에서 새싹을 틔우길 바라는 내가 오히려 이상할 정도였다. 그렇게 어린 무화과나무는 잠잠했다. 그리고 생명에 대한 아무런 소식을 전해주지 않았다.

나는 시간이 날 때마다 위에서 했던 질문을 어린 무화과나무에게 던졌다.

"많이 힘들지?"

그리고 한참을 그 앞에서 떠나지 못하고 죽었다고 여겨지는 그 어린 무화과나무를 바라보곤 했다. 어린 새싹을 틔우기에 참 좋은 따스

한 햇살을 주던 봄이 갔다. 그리고 봄이 가버린 그 자리에 여름이 찾아왔다. 그리고 그 여름도 길고 지루한 장마와 한낮의 땡볕을 뒤로하고 다 지나가고 있었다.

그래도 어린 무화과나무는 생명에 대한 아무런 소식을 전하지 않았다. 이제 어린 무화과나무가 죽은 것이 확실해졌다. 곧 다가올 가을에는 다른 나무를 그 자리에 심어야겠다고 생각했다. 그리고 달빛이 참 밝던 어느 날 밤, 조그마한 새싹 하나 틔우지 못한 채 죽어버렸다고 생각되는 그 어린 무화과나무에게 다가가 다시 말을 걸었다.

"많이 힘들었지?"

"고마워. 그리고 많이, 정말 많이 미안해."

그렇게 마지막 인사를 건넸다.

그런데 마지막 인사를 건네고 막 돌아서려는 그 순간 은은한 달빛 아래에 조그마한, 아주 조그마한 새싹 눈 하나가 보이는 듯 싶었다. 화들짝 놀란 나는 전등을 가지고 나와서 조심히 어린 무화과나무를 살펴보기 시작했다.

그런데 이게 무슨 일인가? 세상에! 새카맣게 타들어간, 그래서 삐쩍 말라버린 가지 중간쯤에 작은 깨알 정도의 새싹 눈 하나가 살며시 생명의 싹을 틔우기 위해 얼굴을 내밀고 있는 게 아닌가?

너무 기쁘고 황홀해서 환호성을 질렀다. 저렇게 작은 새싹 눈 하나를 만들어내기 위해 새카맣게 타버리고, 삐쩍 마른 어린 무화과나무는 얼마나 고통스러웠을까 생각하니 눈물이 나올 것 같았다.

너무 좋아서 달빛 아래에서 혼자 춤을 추었다. 그리고 어린 무화과나무에게 소리쳤다.

"고마워, 정말 고마워. 그리고 고생했어, 정말 고생했어."

"와우! 대단하다. 너무너무 대단하다. 넌 최고야. 정말 최고야."

자신에게 닥친 잔인한 운명에 굴하지 않고 다시 생명의 싹을 틔운 어린 무화과나무는 어떻게 해서든지 생명을 되찾기 위해 안간힘을 썼다. 그리고 아슬아슬하게 버티면서 생명을 유지하고 있었다. 어린 무화과나무는 금방 스러질 것 같은 생명을 부여잡고 태양이 전해주는 힘으로 싹을 틔우면서 끝까지 포기하지 않고 견뎌주었다.

결국 다른 나무보다 늦게 싹을 틔우기 시작한 어린 무화과나무는 속으로 숨겨온 대단한 생명력을 자랑이라도 하듯 다른 나무들은 이제 싹 틔우기를 멈추고 낙엽을 떨어뜨리기 위해 준비하는 계절까지 계속 새싹을 틔웠다. 그동안 억눌렸던 희망을 마음껏 발산이라도 하듯 쑥쑥 싹을 틔웠다.

그 샘솟는 생명력은 다른 나무들이 이미 싹 틔우기를 멈춘 뒤에도 계속되었다. 그러더니 어엿한 모습으로 늠름하게 마당 한 모퉁이를 차지하게 되었다. 뒤이어 열매까지 맺더니 그 열매를 한겨울인 지금도 가지고 있다. 나는 자연의 신비로움에 깜짝 놀랐다. 자연을 연구하는 학자들이 밝혀낸 자연의 신비로움은 5%가 채 되지 않는다고 한다. 자연의 신비로움은 사실 눈에 보이는 것보다 보이지 않는 것이 더 많다는 것이다.

나는 이제 어린 무화과나무에게 했던 질문을 조심스럽게 당신에게 건네본다.

"많이 힘들지?"

그래, 힘든 것도, 더 이상 견디기가 힘에 부치는 것도 모두 알 것 같다. 그리고 충분히 공감이 되고, 이해가 된다. 그러나, 그러나 이대로 주저앉을 수는 없는 노릇이다. 이렇게 잔인한 현실을 미래에도 계속 이어지게 할 수는 없는 노릇이다. 아슬아슬하게 버티고 있는 현실이 미래에도 그대로 이어진다면 그것은 절대 안 될 일이다.

자신에게 닥친 잔인한 현실에 쓰러지지 않고 다시 생명의 싹을 틔운 어린 무화과나무처럼 다시 일어서자. 그리고 다시 한번 힘을 내자. 나는 알고 있다. 그리고 확신할 수 있다. 세상 모든 사람들이 어렵고, 힘들다고 해도 너만은 힘을 내서 다시 일어설 수 있다는 것을. 왜냐하면 당신 안에는 스스로 미처 발견하지 못한 무한한 잠재력이 있기 때문이다. 세상 그 어떤 학자들의 이론과 과학으로도 설명할 수 없는 놀라운 잠재력이 숨어 있기 때문이다.

모든 사람들이 죽은 것 같은 어린 무화과나무를 보며 '뽑아버리고, 다른 것으로 다시 심어라'며 조언을 아끼지 않을 때에도 새까맣게 타고, 삐쩍 마른 모습을 한 어린 무화과나무는 속으로 자라고 있었다. 그리고 모든 나무들이 성장을 멈추고, 잎을 떨굴 때에도 혼자 남아서 왕성한 생명력을 마음껏 펼쳤다.

어린 무화과나무가 그랬듯이 다시 한번 힘을 내서 또렷하고 명확한 꿈을 품어보자. 세상 모든 사람들이 꿈을 품는 것을 멈추고 포기하더라도 너만은 혼자라도 명확한 꿈을 품어보자. 미래는 꿈꾸는 자의 상급이다. 간절하고 또렷한 꿈을 품어보자. 반드시 꿈을 품은 대로 이루어질 것이다. 단, 이토록 또렷한 꿈을 품을 때 생각과 말을 반드시 조심해야 한다는 것을 명심하자. 생각하고, 말하는 것들은 모두 현실이 되기 때문이다.

그리고 금방이라도 스러질 것 같은 아슬아슬한 현실에 얽매이지 말자. 눈부시게 찬란한 내일의 꿈을 품어보자. 영원히 그 속에서 자유를 누려보자. 자연의 신비로움도 5%밖에 밝혀지지 않았는데 하물며 인간인 우리는 온통 상상할 수 없는 미지의 존재들이다. 그러니 간절하고 또렷하게 품는 꿈은 아무리 원대하더라도 왕성한 생명력을 자랑하며 반드시 현실이 되어 우리 앞에 나타날 것이다.

힘을 내자. '아자, 아자, 파이팅!'을 외치자.

2018년 12월
박성숙

CHAPTER 1

넓게 보고,
크게 생각하라

익숙함은 편안함이고,
편안함은 나태함이다

우리가 우물 안에 있는 개구리에게 광활한 바다를 이야기하면 개구리는 과연 그 이야기를 이해할 수 있을까? 장자(壯子)는 추수편(秋水篇)에서 '우물 안에 있는 개구리에게 바다를 이야기할 수 없다'고 한다. 왜냐하면 우물이라는 작은 공간 속에 갇혀 있던 개구리는 드넓은 바다가 전혀 이해가 되지 않기 때문이다. 그럼 개구리가 바다를 이해할 수 있으려면 어떻게 해야 할까?

혹시 내가 우물 안 개구리로 살고 있는 것은 아닌지 생각해보았는가? 아니면 지금 어디에 있는지, 어떤 방향으로 가고 있는지도 모른 채 그냥 하루가 시작됐으니까 어제처럼 똑같이 '살다보면 어떻게 되겠지' 하는 막연한 생각으로 쳇바퀴를 돌고 있는 것은 아닌가? 현재 아무런 불편함도 없고 '다른 사람들도 나처럼 살고 있다'는 착각으로 타성에 젖은 나머지 이미 둘러쳐진 우물이 안락하게 느껴지는 것은 아닌지 생각해보자.

리더십의 대가 맥스 디프리는 "현재의 모습을 고수하면서 되고자 하는 바에 도달할 수는 없다"고 말한다. 그렇다면 나는 현재의 모습으로 계속 살아간다면 내 인생의 주인공으로 살아갈 수 있을까? 이 질문에 주저하지 않고 '예스'라 답할 수 있다면 고심할 필요 없이 지금 하고 있는 것에 최선을 다하면 된다. 그러나 대답이 궁해지거나 대답을 주저하게 된다면 지금부터라도 어떻게 살 것인가를 고민해봐야 한다.

에스키모인들은 늑대를 잡을 때 총을 들고 매복하거나 개를 이용해서 뛰어다니며 사냥하지 않고 그들만의 독특한 사냥 방법으로 잡는다. 칼을 날카롭게 만든 다음 거기에 피를 묻혀 얼린 후 칼의 손잡이 쪽은 땅속에 박아 놓고 칼날만 땅 밖으로 나오게 한다.

늑대는 칼날에 묻어 있는 피 냄새를 맡고 다가와 칼날을 핥기 시작한다. 그게 칼날인지 모르고 계속 핥다 보면 결국 늑대 자신의 혀가 베이게 되고 자신의 혀에서 피가 나는지도 모르고 계속 핥게 된다. 늑대는 자신의 피 맛에 도취되어 더욱더 빠른 속도로 칼날을 핥게 되고 결국 자신의 몸속 피가 모두 빠져나와 죽고 만다. 에스키모인들은 이런 식으로 사냥하기 때문에 총을 들고 설원을 헤매고 다니지 않아도 늑대를 쉽게 잡을 수 있다.

그런데 여기서 피가 묻어 있는 칼날을 편안한 생활이라고 한다면 내 자신이 지금 늑대가 되어 편안한 피 냄새에 도취되어 내 몸속 피가 빠져 나오고 있는지도 모른 채 내 자신의 피 맛에 취해 더 이상의 발전도, 꿈도 없이 살아가고 있는 것은 아닌가?

영국에서 미국으로 이민 온 사람들이 원래 미국에 살고 있던 토착민보다 자수성가형 백만장자가 될 확률이 4배나 높다는 통계가 있다. 이민 온 영국인들은 미국인보다 더 많이 배운 것도 아니고, 낯선 땅에서 주위의 도움을 받을 수 있는 상황도 아니다. 그런데 어떻게 그들보다 더 많이 배우고, 언제든지 주위의 도움을 받을 수 있는 토착민 미국인보다 자수성가형 백만장자가 될 확률이 4배나 더 높은 것일까?

이민자들이 미국이라는 낯선 땅에 도착하면 그들은 기댈 곳도, 도움을 청할 사람도 없다. 이러한 현실을 누가 가르쳐주지 않아도 그들 스스로 깨닫게 된다. 그들은 막막한 현실에서 살아남기 위해 믿을 수 있는 사람은 오직 자기 자신뿐이라는 것을 잘 알게 된다. 그러니 그들은 살아남기 위해 긴장할 수밖에 없고, 노력할 수밖에 없다. 즉 모든 것은 스스로 해야 한다는 절박한 상황이 그들을 점점 강하게 만든 것이다. 강해져야만 살아남을 수 있는 그들은 눈에 불을 켜고 성공할 기회를 잡기 위해 노력할 수밖에 없다. 그 같은 이민자의 절박함 가운데서 나오는 각고의 노력 덕분에 미국에서 살고 있던 토착민보다 자수성가형 백만장자가 될 확률이 높아진 것이다.

편안하고 익숙한 환경에서 긴장하기란 어려운 일이다. 오히려 시간이 흐를수록 나태해진다. 지금 우리에게 피가 묻어 있는 칼날은 과연 무엇인가? 나는 이 칼날을 열심히 핥고 있으면서 편안함에 익숙한 나머지 나태함으로 긴장할 것도 없고, 긴장할 수도 없는 삶을 살아가는 것은 아닌지 생각해보자. 다른 사람들도 나처럼 살아가고 있다는 착각이 오늘도 내 피 맛에 더욱 빠져들게 하는 것은 아닌지 냉정하게 돌아봐야 한다.

다시 우물 안 개구리 이야기로 돌아가보자. 그렇다면 개구리가 우물 안 개구리로 살지 않으려면 어떻게 해야 되는가? 대답은 간단하다. 우물에서 빠져나오면 된다. 오늘부터 어떻게 우물에서 나갈 것인지 고민하고 해결 방법을 찾으면 되는 것이다.

하지만 그보다 먼저 필요한 것이 있다. 바로 개구리는 광활한 바다가 어떤 것인지 궁금해야 하고, 바다가 보고 싶다는 또렷한 꿈이 있어야 한다. 그래야 우물 안에서 벗어나겠다는 생각을 하게 되고, 계획을 세울 것이다. 궁금한 것도 없고, 이루고 싶은 꿈도 없다면 개구리는 지금 있는 우물에서 벗어날 수 없다. 평생 우물 안이 넓은 세상의 전부인 줄 착각하고 살게 될 것이다. 우물에서 바라보는 하늘이 드넓은 하늘의 전부인 줄 알고 살게 될 것이다. 우물에서 바라보는 별들이 밤하늘을 수놓은 광활한 별들의 전부인 줄 알고 살게 될 것이다. 그렇게 세월은 평생 우물 안에 갇힌 개구리 위로 흘러갈 것이다.

우화 속에서나 나오는 어리석은 개구리의 이야기일 뿐이라고 생각하며 '나는 그런 어리석은 개구리가 아니다'라고 자부하며 미소 짓고 있는가? 어떻게 개구리와 사람을 비교할 수 있느냐고 따지고 싶은가?

그렇다면 지금 내가 살고 있는 현실, 즉 나를 둘러싼 우물 안을 벗어난 또 다른 세상을 궁금해한 적이 있는가? 아니면 나 자신을 뛰어넘어 이루고 싶은 또렷한 꿈이 있는가? 있었다면 그 궁금한 다른 세상, 이루고 싶은 또렷한 꿈을 위해 무엇을 도전해 봤으며 어떤 노력을 해봤는가? 궁금한 세상도 있었고, 또렷한 꿈도 있지만 지금의 익숙한 편안함에 취해 나태한 모습으로 머물러 있는 것은 아닌지 돌아보자.

이제 앞에서 질문한 내용을 다시 질문해보자. 현재 나는 내 인생의 주인공으로 살아가고 있는가? 아니, 지금까지도 내 인생의 주인공이었는가? 그러면 앞으로도 내 인생의 주인공으로 살아갈 수 있는가? 이 질문에 자신 있게 대답할 수 있는가? 대답할 수 없다면 잔인할지 모르지만 나는 내 피가 묻은 칼을 열심히 핥으면서 내 피에 도취되어 있는 것은 아닐까? 내가 바라보고 있는 세계는 내가 갇힌 우물 속 세계 그 이상도 그 이하도 아닌지 곰곰이 생각해봐야 한다.

다른 이야기를 하나 더 해보자. 역시 개구리와 연관된 실험 이야기다. 그레고리 베이트슨이라는 생태학자는 개구리 실험으로 재미있는 현상을 알아냈다. 끓는 물속에 개구리를 집어넣으면 바로 뛰쳐나오지만, 미지근한 물에 넣고 서서히 가열하면 대부분의 개구리가 죽을 때까지 뛰쳐나오지 않는다는 것을 발견한 것이다. 충분히 스스로 벗어날 수 있는데도 대부분의 개구리가 뛰쳐나오지 않고 죽어간다는 것이다.

군이 현재 전 세계가 어떻게 변해가고 있고, 우리나라 환경이 어떻게 변하고 있는지는 말하지 않아도 알 것이다.

그렇다면 지금 주변의 온도는 뜨거워지고 있는데 아직 나만 미지근한 물속에 앉아 있는 것으로 착각하고 뛰쳐나오지 않고 있는 것은 아닐까? 주변의 온도는 뜨겁다 못해 온몸에 화상을 입을 정도로 끓어 넘치고 있는데 그런 사실을 나 혼자만 느끼지 못하고 있는 것은 아닐까?

다시 나를 돌아보고, 주변을 돌아보자. 내가 불편해하지 않고 편안하게 주저앉아 있는 곳을 다시 돌아보고, 느껴보자. 주변 온도는 어느 정도이며, 내가 가진 온도는 어느 정도인지 냉정하게 판단하자. 주변을 돌아보고, 현재 나를 냉정하게 판단한 후에 주변 온도와 내 온도가 맞지 않는다면 당장 뛰쳐나오자. 왜냐하면 그 자리는 내가 앉아 있을 곳이 아니기 때문이다. 내 자리가 아닌 그곳에서는 지금까지도 내 인생의 주인공으로 살아갈 수 없었던 것처럼 현재에도 내 인생의 주인공으로 살아가기에 한계가 있다. 그리고 앞으로도 내 인생의 주인공으로 살아갈 희망이 없기 때문이다.

"나아지려고 노력하지 않으면 평범해져 버린다." 올리버 크롬웰이 한 말이다. 우리를 둘러싼 환경에서 벗어나기 위해 스스로 끊임없이 노력해야 한다. 그래야 평범해지지 않고 앞으로 나아갈 수 있다.

내가 정한 만큼 갈 수 있고,
내가 정한 만큼 성공할 수 있다

내가 처한 현실이 내 인생의 주인공으로 살아가기에 한계가 있다고 생각하는가? 현실을 돌아보고 판단한 그 결과가 암울해서 앞으로도 주인공으로 살아갈 희망이 없는가? 지금 상황에서 꿈을 가지는 것은 어려운 일이며, 사치스러운 일이라고 생각하는가? 내 자신의 초라한 배경이 내 생각, 내 꿈대로 실현되기에 한없이 부족해 보이는가? 그러나 과연 그럴까?

현실을 보면서 좌절해야 한다면 벤자민 프랭클린처럼 가난의 밑바닥에서 출발한 사람도 드물 것이다. 그는 가난한 집안의 17남매 중 15번째로 태어났다. 어려운 집안 사정으로 정규교육이라고는 초등학교 2학년 중퇴가 전부였다. 그가 학교를 다니는 동안 배운 것이라고는 읽는 것과 쓰는 것, 그리고 간단한 연산을 배운 것이 전부였다. 그는 겨우 열 살 나이에 인쇄공으로 힘든 일을 시작하면서 암울하고 어려운 어린 시절을 시작할 수밖에 없었다.

그러나 그는 그 같은 현실에 좌절하지 않았다. 고된 일을 하면서도 시간을 아끼면서 독학으로 세상과 사람에 대해 열심히 공부했다. 그리고 13가지 덕목 '절제, 침묵, 질서, 결단, 절약, 근면, 진실함, 정의, 중용, 청결함, 침착함, 순결, 겸손함'이라는 목표를 세우고 자신의 가치를 발견하기 위해 끊임없이 노력했다.

결국 프랭클린은 철저한 시간관리와 자기계발로 '가장 지혜로운 미국인', '미국 독립의 아버지'라고 불릴 만큼 자신의 가치를 발견한 위대한 인물로 평가되고 있다. 미국 100달러 지폐에도 찍혀있는 것만 보아도 미국인에게 존경받는 인물이라는 것을 알 수 있다. 또한 그는 주철난로, 피뢰침 등 수많은 발명품을 만들었으며 정치가, 외교관, 사회사업가 등 수많은 수식어를 가지고 있으면서 지금도 많은 사람들에게 꿈과 희망을 주고 있다.

어떤가? 우리가 이런 처지에 놓였다면 과연 꿈이라는 것을 말할 수 있을까? 프랭클린 역시 얼마든지 자신이 처한 어려운 현실을 핑계 삼아 꿈을 가지는 것보다는 현실을 살아내는 데에 급급해할 수 있었다. 결국 내 한계를 정하는 수단으로 현실을 들먹이면서 이렇게 어려운 상황에서 꿈을 말하는 것은 사치라고 말할 수 있었다. 그렇지만 프랭클린은 꿈을 말하고, 꿈을 위해 계획을 세웠다. 결국 프랭클린은 자신이 정한 만큼 갈 수 있었고, 자신이 정한 만큼 성공할 수 있었다.

미국의 영향력 있는 여성 기업가로 45세의 나이로 여성들을 위한 회사 'Beauty by Marykay'를 설립한 메리 케이 애시는 "자신을 한계 짓지 말라. 많은 이들이 자신이 할 수 있는 바에 대해 한계를 정한다. 당신은 당신의 마음이 정하는 만큼 갈 수 있다. 당신이 믿는 것, 당신은 그것을 성취할 수 있다"고 말한다.

우리는 자신의 내면에 얼마나 위대한 힘이 숨겨져 있는지 모르고 현실의 내가 전부인 줄 알고 살아간다. 그러니 자신 안에 숨겨진, 자신만이 가진 엄청난 힘을 깨닫지 못하고 다른 사람도 아닌 자기 스스로 자신의 한계를 정하는 우를 범하게 된다. 중요한 것은 내가 어떤 꿈을 품을 것인지 내 의지대로 결정한다면 자신이 정한 만큼 갈 수 있고, 자신이 정한 만큼 성공할 수 있다는 것이다. 즉 환경은 얼마든지 바꿀 수 있다. 왜냐하면 우리의 잠재력은 무궁무진하기 때문이다.

뇌신경 과학자 에코노모는 "인간의 대뇌는 4%만 개발되었고, 나머지는 제대로 사용된 적이 없다"고 말한다. 다시 말하면 우리는 무궁무진한 능력을 가지고 있으면서도 스스로 자기 능력의 한계를 짓기 때문에 우리 속에 숨겨진 96%는 능력을 발휘할 기회조차도 얻지 못한다는 것이다. 결국 우리는 꿈을 꿈꾸기보다 익숙하고 편안한 현실에 기대어 자신의 한계를 핑계 삼아 주저앉는다는 것이다.

나는 20여 년 가까이 검정고시 학원을 운영하면서 검정고시를 공부하는 학생들을 가르쳤다. 20여 년이라는 긴 세월 동안 많은 사람들을 만나고 헤어졌다. 그 많은 사람들 중에서도 특별히 기억에 남아있는 사람들이 있다. 나는 내 기억의 한 부분을 채우고 있는 사람들을 간혹 기억의 앨범을 넘기며 회상하곤 한다.

몇 년 전이다. 어린 시절 어려운 가정형편 때문에 초등학교를 다니지 못한 40대 후반 주부가 있었다. 그 주부는 아들만 두 명이었는데 두 명 모두 공부를 잘해서 서울에서 유명한 대학을 다니고 있었다. 그런데 정작 자신은 학교를 다녀보지 못했기 때문에 그것이 항상 이 주부의 마음을 괴롭혔다. 그러나 아이들이 대학생이 되기 전까지는 당장 아이들을 가르쳐야 하는 상황이었고, 생활은 어려웠다. 남편 수입으로는 한계가 있었기 때문에 40대 후반 주부는 남의 집 청소를 하는 가사 도우미를 하면서 돈을 벌어 아이들을 가르치는 데 온 힘을 쏟았다. 그러면서도 항상 40대 후반 주부의 마음속에서는 아이들이 대학에 입학하면 자신도 공부를 해야겠다는 생각이 떠나지 않았다.

나는 이 주부를 처음 만났을 때 열심히 공부하면 고등학교를 합격하기까지 2년 정도면 된다고 설명하면서 '할 수 있다'는 힘과 용기를 주기 위해 노력했다. 그런데 40대 후반 주부는 웃어버렸다. 그러고는 믿을 수 없다는 표정으로 말했다.

"정규과정은 초등학교가 6년, 중학교가 3년, 고등학교가 3년 해서 총 12년이 걸리는데 아무리 정규과정이 아니고 시험으로 과정을 마친다고 해도 어떻게 2년 만에 초등학교, 중학교, 고등학교 과정을 마칠 수 있는지 상상이 안 됩니다. 그리고 저는 어려운 한글은 잘 쓰지도 못하기 때문에 2년 안에 그 과정을 모두 마친다는 것은 있을 수 없는 일입니다. 가령 다른 사람들은 2년 안에 초, 중, 고 과정을 모두 마쳤을지라도 저는 안 될 겁니다. 정말이지 자신이 하나도 없습니다."

물론 노력하지 않고, 열정을 내지 않는다면 초, 중, 고 과정 합격은 2년이 아니라 한도 끝도 없이 길어질 수 있다. 그러나 뒤늦게 자신의 꿈을 향해 도전장을 던지는 분들은 거의 모두 공부에서도 열정적이었다. 오히려 열정을 가지고 열심히 도전하는 그 꿈이 있는 모습이 옆에서 지켜보는 내가 부러울 정도였다. 이러한 이유 때문에 열심히만 공부한다면 2년이면 충분하다는 것을 나는 이미 경험을 통해서 알고 있었다.

하지만 40대 후반 주부는 자신은 다른 사람들에 비해 모든 것이 늦을 거라고 생각하면서 끝까지 내 말을 믿으려고 하지 않았다. 그리고 자신의 능력은 다른 사람보다 훨씬 낮다고 생각했다. 초, 중, 고 과정을 2년 안에 합격할 수 있는 사람들은 모두 머리가 좋아서 2년이라는 짧은 시간에 합격한 것이고, 자신은 워낙에 머리가 나쁘기 때문에 그렇게 빨리 합격할 수 없다고 생각했다.

그러나 내 말도 믿지 않았고, 자신이 가진 능력도 다른 사람들에 비해 현저하게 떨어진다고 생각하던 40대 후반 주부는 열정적으로 공부에 도전했다. 워낙에 이 주부는 열심히 사는 것이 습관이 되어있었다. 그리고 공부도 아주 잘했다. 아들은 엄마를 닮는다는 게 틀린 말이 아닌 것 같았다. 어려운 교과 내용도 잘 이해했고 거기에다가 열심히 공부하는 열정까지 가지고 있었기 때문에 처음 계획했던 2년이 아니라 그보다 더 짧은 1년 6개월 만에 초, 중, 고 과정을 모두 합격하고 그 해에 당당한 모습으로 대학에 입학했다. 마지막 고등학교 졸업 과정 합격증을 받을 때에는 내 말을 믿지 못하고 암담해하던 때를 생각하면서 자기 자신을 너무 낮게만 생각했던 것이 부끄럽다고 했다.

명문대학을 다니던 두 아들은 장학생으로 대학을 다니며 나름 소소한 아르바이트를 하면서 오히려 돈을 저축해가며 대학을 다녔고, 40대 후반 주부는 대학에서 얼마나 열심히 공부를 했는지 젊은 아들 같은 아이들 속에서 내내 1등을 거머쥐면서 전액 장학금으로 대학을 다녔다. 만약 이 주부가 끝까지 공부에 도전하지 않았다면 이 주부의 숨은 능력은 발휘되지 못했을 것이다. 그리고 평생 자신은 다른 사람들보다 머리가 안 좋다고 생각하면서 살았을 것이다.

누군가가 내 한계를 정해주면서 이 한계보다 더 큰 꿈을 품지도 못하게 하고, 그 한계를 넘어서는 도전도 못하게 하는 것도 아닌데 왜 스스로 내 한계를 정해버리고, 그 속에서 꼼짝을 하려고 하지 않는가?

자기 자신을 한계라는 울타리 안에 가두어버린 사람은 자신도 꿈을 이룰 기회를 잃어버려서 안쓰럽지만 주위 사람들도 많이 힘들어한다. 왜냐하면 한계에 갇힌 사람일수록 융통성이 없을 뿐 아니라 고정관념에 사로잡혀 자신이 둘러친 한계를 넘어선 어떤 것도 생각하려고 하지 않고, 받아들이려고도 하지 않기 때문이다.

이러한 사람들은 다른 사람들이 아무리 꿈을 말하고, 희망을 말해도 듣지 않는다. 내 한계가 있듯이 다른 사람들도 한계가 있다고 생각하고, 다른 사람들의 한계도 명확하게 정해버리는 실수를 하게 되는 것이다. 다른 사람이 한창 꿈꾸기 시작한 아이들일 수도 있고 남편, 아내일 수도 있다. 결국 내가 못하는 것처럼 이들도 못한다고 같이 한계라는 울타리 안에 가두어버리는 것이다. 한계에 가두어버린다는 것은 곧 모든 것을 부정적으로 바라보기 쉽다는 것이다. 현실을 부정적으로 바라보는 사람에게는 꿈을 말한다는 것 자체가 부질없는 짓이다. 그러나 내가 이룰 수 없는 한계란 없다. 내 힘이 어디까지가 끝인지 알 수 없듯이 내 한계 역시 어디가 끝인지 알 수 없기 때문이다. 만약 내 스스로 한계라고 생각하는 것이 있다면 우리는 그 한계를 극복할 수 있고, 그 한계를 극복하면서 우리 능력이 확장되고 길러지는 것이다.

성공한 사람들은 자신이 한계라고 생각하는 그 수준을 넘기 위해 고통스럽고 힘들지만 끊임없이 자신의 한계를 넘는 도전을 반복했고, 그 결과 끝내 그 한계를 극복하면서 자신의 능력을 무한한 능력으로 끌어올릴 수 있었던 것이다.

성공하고 싶은가? 그렇다면 반드시 기억하라. 한계라고 생각하는 것은 던져버리고 내 능력을 믿고, 넓게 보고, 크게 생각하자. 내 앞에 펼쳐진 현실과 상황을 바라보지 말고 내 안에 숨겨진 거대한 능력을 들여다보자.

40대 후반 주부가 자신 안에 숨겨진 보물 같은 능력을 모르고 있었던 것처럼 우리도 우리 안에 숨겨진 거대한 능력을 모르고 있을 뿐이다. 그러니 우리 안에 숨겨진 거대한 능력을 이제는 찾아야 한다.

내 마음이 정하는 만큼 다른 누구도 아닌 내가 갈 수 있는 것이고, 내가 믿는다면 다른 누구도 아닌 내가 성취할 수 있는 것이다. 이제는 자신 속에 숨겨진 능력을 들여다보자. 대충 들여다보지 말고, 자세하게 그리고 꼼꼼하게 들여다보자. 그러면 위대한 능력이 우리 속에 숨겨져 있다는 것을 발견하게 될 것이다. 이 능력은 내 스스로 정한 만큼 갈 수 있게 하고, 내 스스로 정한 만큼 성공할 수 있게 하는 능력이다.

즉 내가 할 수 있다고 생각하면 세상 모든 사람이 할 수 없다고 해도 할 수 있는 것이고, 내가 할 수 없다고 생각하면 세상 모든 사람이 할 수 있다고 해도 할 수 없는 것이다. 결국 '나는 할 수 있다'는 믿음이 잠재력을 드러내면서 불가능해 보이는 것도 가능하게 바꾸어 결국 내 삶을 바꿀 것이다.

기억하라! 자기 자신에 대해 한계를 정하는 것도 내 몫이고, 내가 할 수 있는 것들에 대해 정하는 것도 내 몫이고, 나를 믿는 것도 내 몫이다. 아무도 내 몫을 대신해줄 수 없다. 그러니 자기 자신에게 말을 걸어보자.

"내 속에 나 있지?"

큰 북에서 큰 소리가 난다

20세기 최고의 경영자, 경영의 귀재라고 불리는 제너럴 일렉트릭(GE) 전 CEO 잭 웰치는 "승자들이 가지고 있는 특성을 뽑는다면 그것은 바로 열정일 것이다. 너무 사소해서 땀 흘릴 만한 가치가 없는 일이란 존재하지 않으며 실현되기를 바라기엔 너무 큰 꿈이란 존재하지 않는다. 기억하라! 열정은 천재의 재능보다 낫다. 열정은 당신의 최고의 경쟁력이다"라고 했다. 열정이 꿈을 이루는 데 가장 중요하다는 것이다. '열정이 천재의 재능보다 낫고, 우리의 최고 경쟁력이다'라고 강조한다. 그래서 땀 흘릴 만한 가치가 없는 일이란 존재하지 않는다고 한다.

잭 웰치의 이야기는 열정을 강조하는 것 같지만, 여기서 우리가 놓치지 말아야 할 것이 있다. 천재의 재능보다도 뛰어나며 최고의 경쟁력인 열정보다 먼저 그는 우리에게 큰 꿈이 있어야 한다고 말한다. 실현되기를 바라기엔 너무 큰 꿈이란 존재하지 않는다고 한다. 꿈이 있어야 천재의 재능보다 뛰어나며 최고의 경쟁력인 열정을 가질 수 있다는 것이다.

그렇다면 반대로 생각해보면 어떨까? 꿈이 없다면 천재의 재능보다 뛰어나며 최고의 경쟁력인 열정을 가질 수 없다는 것이다. 우리에게 열정과 경쟁력을 가져다줄 수 있는 것, 그것이 꿈이다. 큰 꿈을 품는 사람만이 가질 수 있는 것이 열정이라는 것이다. 그리고 그 열정이 성공자의 모습이 될 수 있게 한다.

먼저 큰 꿈을 품어보자. 가슴속 한가득 온통 꿈으로 채워보자. 그 꿈이 열정을 가져와서 성공자의 자리에 설 수 있도록 만들어줄 것이다. 결국 내가 큰 꿈을 품기만 한다면, 그 순간부터는 우리가 꿈을 향해 달려가는 것 같지만 사실은 꿈이 우리를 만나기 위해 달려올 것이다. 내가 꿈을 궁금해하기보다 자신을 품어준 큰 꿈이 더 나를 궁금해할 것이다.

일본 소프트뱅크 손정의 회장은 만 열아홉 살에 '인생 50년 계획'을 세웠다.

"20대에 사업을 일으키고 이름을 떨친다. 30대에 적어도 1000억 엔의 자금을 모은다. 40대에는 일생일대의 승부를 건다. 즉 사업을 일으킨다. 50대에 사업에서 큰 성공을 이룬다. 60대에 후계자에게 사업을 물려준다."

놀랍게도 이후 그의 삶은 이 계획에서 한 치의 오차도 없이 진행되어 왔다. 그러나 만 열아홉 살에 '인생 50년 계획'을 세울 만큼 포부가 컸던 그의 출발은 너무 초라했다. 손정의 회장이 창업할 당시 일화를 보면 얼마나 초라하게 출발했는지 알 수 있다. 1981년 스물네 살의 청년 손정의는 허름한 목조건물 사무실에서 사과궤짝을 놓고 그 사과궤짝을 연단 삼아 3명의 직원 앞에 섰다. 그리고 그의 거대한 포부를 밝히는 연설을 열정적으로 시작했다.

"5년 후 매출은 100억 엔, 10년 뒤에는 500억 엔을 돌파할 것입니다. 궁극적으로 매출을 1조 엔, 2조 엔 단위로 끌어올리고자 합니다."

스물네 살 젊은 사장의 출발은 초라했으나 야망은 컸다. 그러나 스물네 살밖에 안 되는 젊은 사장의 믿을 수 없는 연설이 직원들도 어이가 없었던지 직원들 모두 회사를 떠나버렸다. 믿기지 않는 허풍으로 생각할 수밖에 없었던 젊은 손정의 회장의 허풍은 30년이 지난 후 사실이 되어 있었다. 소프트뱅크는 자회사 117개, 투자회사 73개, 순매출 2조 7000억 엔의 거대한 회사가 되었다. 결국 출발은 초라했지만 인생을 넓게 보고, 크게 생각한 '인생 50년 계획'을 세운 젊은 청년의 야망은 그대로 실현된 것이다.

〈네 안에 잠든 거인을 깨워라〉의 저자 앤서니 라빈스는 자신이 진정으로 꿈꾸던 삶을 누리고 있다는 사실을 깨닫게 된 날을 다음과 같이 회상하고 있다.

"내가 진정으로 꿈꾸던 삶을 누리고 있다는 사실을 깨닫게 된 날을 나는 결코 잊을 수 없다. 어느 날 로스앤젤레스에서 회의를 마친 나는 자가용 헬리콥터를 타고 세미나가 열릴 오렌지카운티를 향해 날아가고 있었다. 헬리콥터가 글렌데일시 상공을 지나갈 때 문득 눈에 익은 대형 빌딩이 보였다. 나는 잠시 동안 그 건물 위를 선회하도록 했다.

헬기에서 내려다보니 그 건물은 불과 12년 전에 내가 청소부로 일했던 바로 그 빌딩이었다. 그 시절 나는 출근하는 30분 동안만이라도 출퇴근용으로 타고 다니던 1960년형 고물 폴크스바겐 자동차가 고장 나지 않게 해달라고 빌었다. 나는 어떻게 살아남느냐 하는 문제에서 벗어날 수 없었다. 그만큼 하루하루 사는 게 두렵고 외로웠다. 그러나 지금의 나는 자가용 헬리콥터로 그 건물 위를 날고 있지 않은가! 그 시절에도 나는 꿈을 가지고 있었지만 실현될 가능성은 없어 보였다. 하지만 돌이켜보면 과거 내가 경험한 모든 실패와 좌절이 한 차원 다른 삶을 살고 있는 지금의 나를 있게 한 지혜의 기초가 되었다."

큰 꿈을 마음속에 품기가 두려운가? 앤서니 라빈스는 어려운 현실을 살아가면서 작은 꿈이 아닌 실현되기가 어려운 큰 꿈을 꾸었다고 한다. 그리고 그 꿈을 향해 가는 도중에 겪었던 모든 실패와 좌절이 지혜의 기초가 되었다고 한다. 그의 그 실현될 것 같지 않았던 꿈은 드디어 실현되었고, 이제는 꿈을 품었던 그 어려웠던 시절의 증거물 앞에서 옛날 일이라며 감격해하고 있다.

〈크게 생각할수록 크게 이룬다〉의 저자 데이비드 조셉 슈워츠는 '작은 목표를 품으면 작은 것을 이루게 되고, 큰 목표를 품으면 큰 것을 이루게 된다'고 한다. 즉 실현되기 어려워 보이는 큰 꿈을 품으라는 것이다. 왜 그럴까? 이유는 간단하다. 우리는 자기 자신의 내면을 모르고 지나치기 때문이다. 나를 가장 많이 알고 있는 사람이 자기 자신 같지만 사실은 그렇지 않다. 자기 자신 속에 숨겨진 보물 같은 엄청난 큰 힘을 모르고 있기는 남이나 나나 둘 다 똑같다. 무엇을 꿈꾸고 계획하든 상상할 수 있는 가장 큰 것을 꿈꾸고 상상해야 한다. 앤서니 라빈스처럼 어려운 현실을 살고 있지만 실현되기가 어려워 보이는 큰 꿈을 품어야 한다.

장자는 "작은 주머니에는 큰 것을 넣을 수 없다. 짧은 두레박줄로는 깊은 우물의 물을 퍼 올릴 수 없다. 이처럼 그릇이 작은 사람은 큰일을 할 수 없는 것이다"라고 했다.

지금 가슴속에 품은 꿈이 작은 주머니와 짧은 두레박줄인가? 기억하자! 그릇을 작게 준비하면 큰일을 할 수 없다. 혹시 큰 꿈이 작은 꿈보다 더 이루기 어렵다고 생각하는가? 큰 꿈을 마음속에 품는다는 것이 두려운가? 꿈의 크기에 따라 걱정거리도 커진다고 생각하는가?

그러나 작은 꿈을 품는다면 오히려 소홀하게 생각하고, 중요하게 생각하지 않게 된다. 그러니 차일피일 미루면서 어느 순간 꿈꾸는 것조차 잊어버리게 되고, 예전에 꿈꾸었던 것은 아예 없었던 것처럼 살아가게 된다. 반대로 큰 꿈을 품으면 크게 생각하게 되고, 그러다 보면 꿈을 달성할 수 있는 방법도 많아지게 되어있다. 그러니 큰 꿈을 가질수록 더 많은 것들을 이루게 되는 것이다.

우리는 자신이 생각하는 것보다 훨씬 크고 엄청난 능력을 가진 사람들이다. 내 안에 숨겨진, 언제든지 힘을 발휘할 수 있는 거대한 능력을 믿고 실현되기 어려워 보이는 큰 꿈을 품어보자. 10년 후, 50년 후 나의 모습은 어떤 모습일까? 결국 자신이 어떤 꿈을 품었느냐에 따라서 10년 후, 50년 후에 꿈꾸었던 바 그대로 현실이 되어 있을 것이다.

또 하나, 큰 꿈을 가진다고 해도 우리에게 손해 될 일은 하나도 없다. 꿈이 너무 크다고 세무서에서 세금을 붙이는 것도 아니고, 꿈의 크기에 비례해서 보험료가 올라가는 것도 아니다. 그리고 자기 분수도 모르고 큰 꿈을 가졌다고 누가 잡아가지도 않는다.

더 이상 망설일 필요 없다. 꿈을 품으라. 그것도 작고 시시한 꿈이 아닌 큰 꿈, 상상만 해도 흥분되는 그런 꿈을 품으라. 실현될 것 같지 않았던 꿈을 마음에 품었고, 드디어 그 꿈을 이룬 앤서니 라빈스의 모습이 이제 곧 내 모습이 되어 내가 품었던 꿈의 주인공이 될 수 있다고 생각하면 막 가슴이 뛰지 않는가? 혹시 실패하고 좌절할 것이 걱정되는가? 앤서니 라빈스는 '경험한 모든 실패와 좌절이 한 차원 다른 삶을 살고 있는 지금의 나를 있게 한 지혜의 기초가 되었다'고 말하지 않는가.

'큰 북에서 큰 소리가 난다'고 했다. 큰 북을 준비해야 큰 소리를 낼 수 있다. 꿈을 품어라, 그것도 빅 드림(Big Dream)을. 빅 드림을 꿈꾸는 바로 나, 내가 앤서니 라빈스 같은 큰 성공을 이루게 될 것이다. 그리고 반드시 꿈은 이루어진다는 것을 믿어라. 〈적극적 사고방식〉의 저자 노먼 빈센트 역시 '믿는 만큼 이루어진다'고 했다.

지금 당장 내가 원하는 것은 무엇이며, 내가 되고 싶은 모습은 어떤 모습인지 넓게 보고, 크게 생각해보자. 모든 문제의 답은 나 자신에게 있다.

처음부터 고양이를 그린다면
절대로 호랑이를 그릴 수 없다

내가 기타를 잘 치는 진수를 만난 것은 진수가 열일곱 살 때였다. 진수의 부모님은 이혼하셨고, 형이 한 명 있었지만 타 지역에서 대학을 다니고 있었기 때문에 아버지와 단둘이 살고 있었다.

진수는 말이 없었다. 말이 없었을 뿐만 아니라 열일곱 살에 맞지 않게 슬프고 어두운 표정이었다. 생기발랄한 모습이라고는 하나도 없어 보였다. 나는 진수와 일 년 동안 같이 수업하면서 단 한 번도 진수의 웃는 모습을 본 적이 없었다. 진수는 쉬는 시간조차 다른 아이들처럼 웃고 떠드는 일이 없었다.

나는 진수의 무뚝뚝하고 어두운 표정을 보면서 늘 가슴이 아팠다.

도대체 무엇이 열일곱 살 진수를 그토록 어두운 표정으로 만들어버린 것인지 궁금하기도 했다. 지금도 진수의 어두운 표정을 생각하면 가슴이 아파온다.

나는 진수를 힘들게 하는 것이 무엇인지 알고 싶었다. 그리고 그 고민을 덜어줄 수만 있다면 덜어주고 싶었다. 어떻게 해서라도 진수가 어두운 표정을 버리고 열일곱 살에 맞는 생기 있고 웃는 얼굴이 되었으면 했다. 그래서 내가 할 수 있는 일을 고민하기 시작했다.

그러나 아무리 생각해도 내가 할 수 있는 일은 없었다. 진수는 단단한 성을 쌓고 아무도 접근하는 것을 허락하지 않고 그 성 안에 오직 혼자만 있으려고 했다. 그러니 쉽게 '무슨 일이 있느냐, 너를 그렇게 힘들게 하는 것이 무엇이냐, 마음속에 있는 것을 속 시원하게 털어놔봐라'고 말하기도 힘들었다.

내가 할 수 있는 것이라고는 겨우 수업시간에 말을 거는 것뿐이었다. 그때마다 진수의 대답은 '네', '아니요'로 너무 간단했다. 더 이상의 말은 하지 않으려고 했다. 내가 말을 거는 것조차 귀찮아하는 모습이었다.

그러던 어느 날 드디어 진수와 단둘이 있게 되는 기회가 찾아왔다. 진수가 다른 사람들보다 수업에 빨리 온 것이었다. 나는 '기회는 이때다' 싶어 진수에게 말을 걸었다. 진수가 기타를 잘 치는 것도 그때 알았다. 그러나 내가 이런저런 말을 주책없이 해도 진수는 끝까지 마음을 열어 보이지 않았다. 어떤 말을 시켜도, 여러 각도로 진수의 고민이 무엇인지 파고들어도 마음의 문을 철저하게 닫아걸고 아무 이야기도 하지 않으려 했다. 진수가 내게 이야기한 것은 단 하나, 자신의 꿈 이야기였다.

"저는 세계 무대로 갈 겁니다."

진수는 자신의 꿈 이야기도 길게 설명하려 들지 않았고, 너무 짧아서 잘못 알아들을 정도로 짧게 말했다. 나는 순간 온몸에 소름이 확 돋았다. 진수의 꿈은 반드시 이루어질 것이라는 강한 느낌이 들었기 때문이다. 꿈을 이야기하는 진수가 세월이라는 흐름을 타면서 세계 무대에 서서 가슴속에 숨겨진 슬픔이 있다면 그 슬픔을 모두 풀어낼 것 같은 확신이 들었기 때문이었다. 워낙에 말이 없던 진수였기 때문에 그 마음에 품은 꿈이 반드시 이루어질 것이라는 확신이 더 강하게 들었다. 어렵게 꺼낸 진수의 꿈을 칭찬해주고, 할 수 있다는 용기를 주어야 하는 나는 또 상황 파악 못하고 진수에게 한 마디 했다.

"그때 나도 그 자리에 갈 수 있을까?"

그냥 미소만 짓던 진수 모습이 아직도 눈에 선하다. 나는 악기에 대해서는 잘 모른다. 그러나 기타 치는 모습이 TV를 통해 방송을 타면 혹시나 싶은 마음으로 진수를 찾는다.

자신이 할 수 있는 것으로 세계를 품고 있는 진수처럼 내가 할 수 있는 것이 무엇인지 찾아서 큰 꿈을 품어보자. 꿈을 품으면 반드시 이루어질 것이다.

세계를 무대로 꿈을 품은 또 한 명이 있었다. 정성혁이었다. 성혁이는 세계적으로 유명한 배우가 되는 것이 꿈이었다. 서울에 있는 연기학원에 수업을 가야 한다며 검정고시 수업은 결석하는 경우가 많았지만 자신의 꿈을 위해 먼 거리를 마다하지 않고, 힘들다는 말 한마디 없이 열심히 노력하는 모습이 보기 좋았다.

그러던 어느 날 성혁이는 '드디어 TV에 출연하게 됐다'며 시간과 채널, 드라마 제목을 내게 가르쳐주면서 꼭 보라고 몇 번이나 강조했다. 강조하지 않아도 성혁이의 꿈을 향한 열정을 알고 있었기 때문에 성혁이가 처음으로 나오는 드라마는 꼭 보고 싶었다. 지금은 KTX라도 있어서 서울이 가깝게 느껴지지만 성혁이가 서울까지 연기 수업을 받으러 다닐 때는 고속버스로 다녀야 했기 때문에 꿈을 향한 열정이 없다면 다니기 힘든 거리였다. 그 먼 거리를 참고 다니면서도 힘들다, 짜증 난다, 포기하고 싶다는 말을 단 한 번도 하지 않았다.

나는 할 일을 바쁘게 정리하고, 시간에 맞춰 TV 앞에 앉았다. 드라마가 시작했다. 나는 드라마 줄거리에는 관심이 없었다. 오직 성혁이가 어떤 모습으로 출연하는지 그것이 궁금했고, TV에서 만나게 되는 성혁이의 꿈이 궁금했다.

그런데 드라마가 시작되고 한참이 지났는데도 성혁이 모습은 보이지 않았다. 나는 시세를 자주 보면서 도대체 언제 나온다는 것인지, 이대로 드라마가 끝나는 것은 아닌지, 내가 시간을 잘못 알고 있는 것은 아닌지, 방송 채널을 잘못 맞추고 있는 것은 아닌지 별 생각이 다

들었다. 내가 이런 생각을 하든지 말든지 드라마는 계속되었다. 드라마는 이제 중반을 넘어 곧 끝날 것 같은데 성혁이는 그때까지도 나오지 않고 있었다. 도대체 언제쯤 나온다는 것인지 알 수가 없었다.

조금 지나자 드라마가 끝이 났다. 그러나 드라마가 이렇게 끝나면 안 되는 것이었다. 아직 성혁이가 나오질 않았는데 어떻게 끝난다는 것인가? 혹시 내가 성혁이 나오는 부분을 놓쳤나 싶었지만 움직이지도 않고 앉아서 처음부터 열심히 보고 있었는데 그럴 일은 없었다.

다음 날 성혁이를 만나자마자 어떻게 된 거냐고 물어보았다. 그러자 드라마 중간에 지나가는 행인 여러 명 중에 한 명이었는데 그것도 못 봤느냐며 오히려 내게 핀잔이었다. 나는 소리쳤다.

"애개, 그게 뭐야! 혼자 지나가는 것도 아니고 많은 사람들 지나가는 것에 휩쓸려서 지나갔다는 거야? 그러면 내가 어떻게 알아? 처음부터 행인이었다고 말을 하든가. 그럼 도대체 대사는 언제 하고, 주인공은 언제 되는데?"

그때 성혁이의 대답이 아직도 내 가슴속에 그대로 남아있다.

"언젠가 되겠죠!"

나는 성혁이가 말한 '언젠가 될 것'이라는 그 믿음을 믿는다. 그리고 반드시 성혁이의 꿈이 언젠가는 이루어지리라 확신한다. 세계 무대로 가겠다는 큰 꿈, 언젠가는 이루어질 것이라는 믿음을 가지는 큰 꿈, 그 꿈이 오늘도 우리를 살아가게 하는 밑거름이 될 것이다.

옛날 우리 속담에 호랑이를 그리려고 해야 고양이라도 그릴 수 있고, 처음부터 고양이를 그리려고 한다면 쥐를 그린다고 했다. 꿈을 가지되 호랑이와 같은 큰 그림을 그릴 수 있는 큰 꿈을 가져야 한다. 처음부터 고양이를 그리는 작은 그림을 그렸다면 절대로 호랑이를 그릴 수 없다.

청소부에서 시작해 세계적인 호텔 체인을 설립하며 세계인을 자신의 고객으로 삼은 사람이 있다. 우리는 그를 '호텔왕'이라고 부른다. "성공의 크기는 꿈의 크기에 비례한다. 꿈을 크게 가져라. 그러면 언젠가는 그 꿈을 이룰 수 있는 능력 또한 갖게 된다"고 말한 콘래드 힐튼이다. 그가 강조하는 것은 성공의 크기는 꿈의 크기와 비례하기 때문에 꿈을 가지되 큰 꿈을 가지라는 것이다.

그는 호텔 청소부로 일해야 했던 가난한 젊은 시절에 남들이 보기에는 허황되고 이루어질 것 같지 않은 큰 꿈을 가슴에 품었다. 도저히 이루어질 것 같지 않았던 허황된 그의 꿈은 결국 전 세계로 뻗어나갔다. 힐튼이 가난한 현실에 갇혀서 꿈이라는 것을 품지 않았다면 그의 인생은 어떻게 되었을까? 설령 꿈을 품었다고 하더라도 가난한 현실만 겨우 벗어나는 작은 꿈을 품었다면 세계적인 '호텔왕'이 될 수 있었을까?

더 이상 망설일 필요도 없고, 머뭇거릴 필요도 없다. 꿈을 가져라. 작은 꿈이 아닌 큰 꿈, 남들이 볼 때는 허황되다고 비웃어도 좋은 그런 큰 꿈을 가지라.

〈장자(莊者)〉의 '추수편(秋水篇)'

井蛙不可以語於海者(정와불가이어어해자)
拘於處也(구어처야)

'우물 안의 개구리에게 바다에 대해 말을 할 수 없다'는 것은
공간의 한계에 구속되어 있다는 것이며

—

夏蟲不可以語於氷者(하충불가이어어빙자)
篤於時也(독어시야)

'여름 곤충이 얼음에 대해 말을 할 수 없다'는 것은
시간(때)의 한계에 구속되어 있다는 것이며

—

曲士不可以語於道者(곡사불가이어어도자)
束於敎也(속어교야)

'편협한 선비가 도(道)에 대해 말을 할 수 없다'는 것은
가르침의 한계에 구속되어 있다는 것이다.

CHAPTER 2

반드시 이루고 싶은
꿈을 가져라

한이 되어버린 꿈을 붙잡은
73세 어머니

검정고시는 그 특성상 한 교실에 있는 학생들의 연령층이 10대부터 70대까지 다양하게 이루어져 있다. 내가 학원을 떠나오던 무렵에는 10대가 훨씬 많았지만 20여 년 전, 즉 내가 수업을 막 시작하던 초반에는 만학도들이 참 많았다.

나는 검정고시 수업을 하면서 꿈이 무엇이고, 그 꿈이 우리를 얼마나 펄펄 살아있는 생기로 채워주는지 온몸으로 느낄 수 있었다. 이것은 설명으로 알 수 없는 것이다. 직접 느껴보고 겪어보지 못한 사람은 도저히 상상도 할 수 없고, 느낄 수도 없는 그런 것이다.

꿈으로 채워진 30대, 40대, 50대, 60대, 70대. 이 만학도들에게 '검정고시합격증'은 도전을 한 이상 '꿈' 그 자체이다. 왜냐하면 '검정고시 합격증이라는 꿈', 그것은 도전하기 전까지는 만학도들에게는 '한'이었기 때문이다.

나는 꿈이 그대로 가슴에 묻혀버리면 당장은 표가 나지 않지만 시간이 많이 흐른 후에는 '한'이 된다는 것을 알게 되었다. 각각의 세대가 꿈, 아니 '한' 앞에서는 하나같이 열정적인 모습이었다. 물론 100% 모두 그렇다는 것은 아니다. 그러나 대체로 많은 만학도들이 똑같은 모습을 하고 있었다.

꿈이 실현되기를 생생하게 그리는 모습, 아무리 힘들어도 지치지 않는 모습, 이제는 절대 꿈을 놓지 않겠다는 강한 모습. 어떤 누가, 어떤 말을 해도 오직 자신의 꿈을 향해 두 귀를 막고, 두 눈을 감고 꿈만을 바라보는 모습. 내 꿈이 이제 곧 현실이 될 거라는 기대에 찬 모습. 이제 꿈이 아닌 한이 되어버린 것을 다시 꿈이라는 이름으로 자신 앞에 드러낼 그 날을 기대하는 모습. 그들이 어떤 눈빛을 하고 있으며, 어떤 자세로 꿈을 이루고자 노력하는지는 그들 앞에서 수업을 하는 나만 느낄 수 있는 특혜였다. 이것은 하나님이 나에게 주신 큰 축복이었다.

다른 사람들은 쉽게 말했다. 그 나이에 졸업장 따서 뭐하려고 힘든 공부를 하느냐고. 쉬는 날 산에나 다니고, 놀러나 다니면서 편하게 살라고. 그렇지 않아도 고달프고 힘든 세상, 뭐 하러 골치 아프게 일을 만드느냐고. 이제 다 늙어서 건강이나 챙기고 몸에 좋은 것이나 만들어 먹으라고. 인제 다 늙어서 무슨 영화(榮華)를 보겠다고 공부하느냐고. 그럴 거면 진작 하지 그랬느냐고. 이왕 공부를 하려면 돈 되는 것을 하라고. 그렇지만 나는 똑똑히 보았다. 꿈이라는 것이 우리를 단련시키고 훈련시켜서 마지막에는 행복과 기쁨을 안겨주는 것을 생생하게 목격하며 만학도들과 같이 울고, 같이 웃었다.

지금도 많은 분들이 잊혀지지 않는다. 그중에서도 한 분은 지금도 순간순간 기억의 앨범을 넘기며 회상해보곤 한다. 20여 년 전 73세였던 어머니 한 분이시다. 지금 살아계신다면 아마 90세가 훨씬 넘으셨을 것이다. 지금은 워낙 장수시대라서 73세가 그렇게 나이 들게 느껴지지 않지만 20년 전 73세는 지금하고 또 다른 느낌이었다. 그때 우리나라 평균수명이 75.9세였다.

사실 처음에는 교실에 앉아 계신 어머니를 뵙고 속으로 깜짝 놀랐다. 그것도 수학 시간에 앉아 계시는 것에 신선한 충격을 받았다. 수학은 10대 중에도 포기하는 학생이 많은 과목이 아닌가. 일명 '수포자'를 양산하는 과목인데 이런 기류는 검정고시 학원에서도 뚜렷이 나타났다.

그런데 마른 체구의 73세 어머니, 시골 어디에서나 뵐 수 있는 그 연세 어머니들의 인자한 미소를 가지신 어머니, 하지만 얼굴에는 이미 검버섯이 드리워진 어머니께서 수학을 공부하시겠다고, 더 나아가 검정고시 합격증을, 그것도 중학교, 고등학교 모두 취득하시겠다고 앉아 계신 것이었다.

사실 마른 체구에 시골 어디에서나 뵐 수 있는 어머니의 모습에서도 놀랐지만 이미 얼굴에 드리워진 검버섯 때문에 더 놀랐던 것 같다. 검버섯은 이미 73세 어머니의 생이 얼마 남지 않았을 것 같은 근거 없는 안쓰러움을 느끼게 했기 때문이다.

하지만 놀라는 모습은 감추고 미소로 인사드리고 수업을 시작했다. 수업하는 내내 나 역시 다른 사람들과 똑같은 질문을 73세 어머니께 수없이 마음속으로 했다.

'왜 공부를 시작하시는데요? 혹시 어떤 계획이 있으신가요? 막상 계획을 가지셨다면 왜 진작 하시지 않고 이제야 하시는 건가요? 건강은 좀 어떠신가요? 얼굴에 이미 검버섯이 피어있는 것은 알고 계신가요? 이 어려운 공부를 끝까지 할 수 있으시겠어요?'

나는 이런 질문에 멈추지 않고 더 나아가 마음속으로 검정고시 시험 합격 팁까지 챙겨드리고 있었다.

'제 생각으로는 공부를 포기하시는 방법이 가장 좋다고 생각하지만, 정 공부를 하시겠다고 생각하신다면 오늘 수업 들어보시고 수학은 그냥 포기해버리세요. 잘 모르셔서 수학시간에 앉아 계시는 것 같은데 수학은 단기간에 되는 과목이 아닙니다. 차라리 조금 쉬운 과목에 시간을 투자하시는 것이 합격하시기에 유리합니다. 다들 그렇게 합니다. 그러나 저는 여전히 공부를 중단하시는 것이 가장 최선의 방법이라고 생각합니다. 왜냐하면 검버섯이 공부를 하시기에는 이미 늦었다는 것을 말해주고 있는 것 같습니다. 그냥 취미 삼아 공부를 하시기에는 검정고시는 너무 힘든 과정입니다. 어차피 합격증이 필요

하신 것 같지도 않아 보이니까 이쯤에서 공부를 포기하시는 것이 건강에 조금이라도 도움이 될 것 같습니다.'

마치 '꿈 심판관'이 된 듯한 나의 머릿속은 수업시간 내내 분주하게 움직였다. 여기서 잠깐, 다시 말하지만 마음속으로만 고주알미주알 했지 여전히 미소 띤 얼굴과 존경스럽다는 표정으로 나 자신을 말끔하게 포장하고 있었다. 그리고 나름 확신했다. 다음 수학시간에는 못 볼 것이라고. 아니, 수학시간뿐만 아니라 학원에서 아예 볼 수 없을 거라고 확신했다. 이건 정해진 순서처럼 확실하다고 생각했다.

그리고 그 안타까운 73세 어머니를 도와드리는 것은 한 시간이라도 빨리 수학을 포기하게 해드리는 것이라고 생각했다. 가장 잘 도와드리는 것은 이 시간이 끝나고 쉬는 시간에 그냥 가시게 하는 것이었다. 그렇게 하기 위해서는 어떻게 수업을 했겠는가? 그렇다. 일부러 어렵게, 73세 어머니가 처음으로 도전하는 수학은 그냥 외계인 언어라는 생각이 들게끔 수업을 했다.

생각해보라. 이 73세 어머니께서 초등학교를 언제 졸업하셨겠는가? 32년생이시니까 어림잡아도 70여 년이 넘은 일이다. 그때는 지금처럼 학원을 다니고 학교를 정성껏 다니던 시절이 아니었다. 집에 바쁜 일이 생기면 제일 먼저 학교부터 가지 않고 일을 해야 했다. 동생을 돌보느라 학교를 못 가기도 했고, 특히 여자는 배위봤자 시집보내면 아무 소용없는 일이고 괜히 가르쳐봤자 팔자만 사나워진다고 생각했던 시절이다. 그렇기 때문에 시집가기 전에 부모 일이나 많이 도와주고 적당한 혼처 나오면 시집이나 가야 되는 그런 시절이었다.

내 생각은 적중했다. 수업시간이 흘러갈수록 73세 어머니 표정은 창백하게 변해갔고 간간이 한숨도 내쉬셨다. 쉬는 시간이면 내가 이루려던 목적이 쉽게 달성될 것 같았다. 하기야 외계인 언어 같은 이런 것들을 어떻게 이해한단 말인가?

좀 더 젊은 다른 만학도 분들도 말씀하신다.

"선생님, 수학에 왜 영어가 나옵니까? a, b, c 또 x, y 이런 것은 영어시간에 배워야지 수학책에 나오는 이유를 모르겠습니다. 그리고 이런 것 몰라도 더하기, 빼기, 곱하기만 알면 되는 거 아닙니까? 살아가면서 더하기, 빼기, 곱하기로 계산 안 되는 것은 하나도 없었습니다. 또 숫자가 한 번 써졌으면 그 자리에 가만히 있어야지 사람들 이사 다니는 것처럼 이쪽저쪽으로 옮겨 다니니까 정신이 하나도 없습니다."

다시 73세 어머니 이야기로 돌아가보자. 나는 73세 어머니의 창백한 모습을 보면서 생각했다. '바로 그겁니다. 어머니를 위해서 이 과목은 외계인 언어로 남겨놓고 한글, 너무 익숙하고 편안한 한글로 된 과목을 공부하십시오. 이것이 합격 팁입니다. 제가 다른 것은 해드릴게 없고 그 팁만큼은 확실하게 챙겨드리겠습니다.'

드디어 쉬는 시간이 끝나고 다음 시간이 되었다. 그런데 그 자리, 그곳에 또 73세 어머니께서 앉아 계셨다. '어? 외계인 언어가 더 궁금하신 건가? 아니면 이해를 하고 계신 건가? 73세 어머니 모습으로 봐서는 전혀 한 소리도 못 알아듣고 계시는데 뭐지? 얼굴은 더 창백해 지신 것 같은데. 이러다가 119 불러야 하는 거 아니야?'

다음 시간 역시 마음속이 복잡했다. 여하튼 수업을 모두 끝내고 여전히 포장된 상태인 미소 띤 얼굴 그대로 73세 어머니께 다가갔다. 그리고 물어보았다.

"어떠신가요? 어려우시죠?"

대답은 역시 내가 생각했던 그대로였다.

"네, 아무것도 모르겠고, 선생님 말씀 한 마디도 못 알아들었습니다."

차분한 목소리였다.

그런데 순간 73세 어머니 눈가가 미세하게 움직이는 것을 나는 놓치지 않았다. 마지막 '못 알아들었다'는 말씀 끝에는 살짝 물기도 묻어 있었다. 안타까운 마음이 목까지 차올랐다. 하마터면 '다음 수학시간부터는 오지 마시고 다른 과목을 좀 더 열심히 하세요. 하지만 그보다 더 좋은 방법은 공부를 포기하는 겁니다'라고 말할 뻔했다. 간신히 위기를 모면하고 우리는 그렇게 헤어졌다. 며칠 뒤 나는 아예 73세 어머니는 생각도 하지 않았다. 왜냐하면 절대 오시지 않을 거라는 강한 확신이 있었기 때문이다.

드디어 수업시간, 교실 문을 열자 정면에 73세 어머니께서 저번 그 자리에 그 모습 그대로 앉아 계신 것이었다. 그 순간 내가 73세 어머니보다 더 긴장하고 놀랐다. '아직 외계인 언어가 궁금하신 건가? 도대체 뭐야?' 이런 생각으로 '그럼 오늘 수업은 여전히 외계인 언어로 수업을 해야 하는 건가? 아니면 평상시 수업하던 대로 해야 하는 건가?' 오히려 내가 갈팡질팡하고 있었다. 그러나 여전히 밖으로는 완벽한 미소 포장지를 입힌 상태였다.

칠판 앞에 선 나는 외계인 언어로 수업을 할 건지 아니면 좀 더 쉽게 수업을 할 건지를 선택해야했다. 짧은 시간 안에 선택하기란 어려운 일이었지만 그래도 드디어 오늘 수업도 저번 수업처럼 외계인 언어로 수업하는 것이 좋겠다고 생각했다. 그것이 73세 어머니를 도와드리는 것이라고 결정했다. 검버섯이 피어있는 73세 어머니를 어떻게 해서든 공부에서 구해드리려면 수학을 계속 외계인 언어로 끌고 가는 수밖에 없다고 생각했다. 드디어 두 번째 외계인 언어 수업을 시작했다. 수학을 외계인 언어로 남기기 위해서는 대충 설렁설렁 수업을 해야 했다. 왜냐하면 조금이라도 쉽게 열정적으로 수업했다가 그럴 일은 없겠지만 혹시라도 73세 어머니께서 어느 한 부분이라도 이해가 돼서 이 어려운 수학을 공부해봐야겠다는 생각이 들어 수학을 붙드는 날에는 검정고시 합격은 더 멀리 달아날 수 있기 때문이었다. 정해진 공부시간 안에 최대의 효과를 보려면 어쩔 수 없는 선택이었다.

73세 어머니는 저번 시간처럼 진도가 나갈 때마다 한숨소리가 더 깊어갔다. 나는 속으로 쾌재를 불렀다.

'바로 그겁니다. 수학은 단기간에 공부해서 성적이 나오는 과목이 아닙니다. 지금 옆을 보십시오. 만학도가 몇 분이나 계신가요? 지금

앉아 계신 분들은 특별히 외계인 언어를 이해하는 유전자를 가지고 태어난 분들이라 생각하시면 됩니다. 또 어린 학생들은 태어나기도 전부터 태교라는 이름으로 시작해서 우리 세대에게 없는 훈장인 유치원에서부터 지금까지 수학학원이나 과외, 하다못해 학습지라도 공부하던 이른바 수학공부에서는 산전수전 다 겪은 아이들입니다. 설령 수학 내용 중에서 혹시라도 이해가 되는 것이 있다고 하더라도 그것은 시험장에 가서 시험지를 받는 순간 교실에서 겨우 세뇌해서 이해한 것이 말짱 꽝이라는 것을 알게 되실 겁니다. 교실에서 이해가 된다고 치더라도 시험장에서 느끼는 감각은 완전히 달라집니다. 다른 분들도 검정고시 시험 전날 미리 약을 드셔도 시험 보는 데 떨리는 것을 잡을 수가 없었다고들 말합니다. 그래서 시험 보는 며칠 전부터 긴장되고, 떨린다며 잠을 못 주무십니다. 차라리 다른 과목을 붙드세요. 그게 오늘 풀었던 모든 수학문제의 답입니다.'

73세 어머니도 저번 시간하고 똑같이 한숨만 쉬고 계셨고, 나 역시 저번 시간하고 똑같이 수학을 포기해야 하는 이유와 더 나아가 공부를 포기해야 하는 이유를 소리 질러 말하고 있었다. 물론 마음속으로 말이다. 그러고 보면 73세 어머니와 나는 둘 다 하나도 변하지 않고 자기 할 일에 최선을 다하고 있었다. 수업이 끝나고 나는 또 73세 어머니께 다가가 말을 걸었다.

"어려우시죠?"

사실은 '뭐 하러 오셨어요? 다른 과목이나 공부하시지. 아니면 쉬시

든가 하시지'라고 말하고 싶었다. 그러나 그럴 수는 없는 노릇이었다.

"네."

너무 간단한 대답이었다. 그리고 나가시면서 "다음 주에 보겠네요?" 하시는 것이 아닌가?

'뭐야? 다음 시간에 또 오신다고? 설마…, 그냥 인사로 하시는 말씀이겠지.'

그러나 내 생각은 여지없이 빗나가고 말았다. 처음 만난 다음 날부터 학원에서는 더 이상 못 뵐 줄 알았던 73세 어머니는 절대 결석하는 법이 없었다. 과로로 쓰러져서 밤중에 응급실에 실려 가시더라도 그 뒷날이면 어김없이 제일 먼저 오셔서 늘 앉으시던 그 자리에, 그 모습 그대로 앉아 계셨다.

시간이 지나서 알았지만 영감님의 반대가 엄청 심했다고 한다. 공부하는 내내 '곧 죽어서 땅 속에 들어갈 망구가 뭣 하러 공부를 하느냐'고 엄청 괴롭혔다고 하셨다. 더 놀라운 것은 집에서 기차로 1시간 정도 거리에 시댁이 있었는데 거기에는 중풍으로 누워 계시는 90대 시어머니께서 살아계셨다. 73세 어머니는 새벽 첫 기차로 시어머니께 가서 밥과 반찬을 준비해서 먹여드리고, 중풍으로 일어나시지도, 움직이시지도 못하는 시어머님을 깨끗이 씻겨 드린다고 하셨다.

"중풍으로 누워 계신 시어머니는 몸이 비대해져서 나 혼자서는 도저히 씻겨 드리기 힘들 정도입니다. 그래도 공부하러 가야 된다는 생각을 하면 힘이 납니다. 새벽부터 영감님 밥해놓고, 시댁에 가서 어머님 병수발 하고 나면 기차에서 한숨 잡니다. 그렇게 학원에 도착하면 온몸에 힘이 하나도 없고, 손가락 하나 움직이기 싫습니다. 일주일에 3번 이상 이런 생활을 합니다. 반찬하고 밥을 해놓으면 내가 안 가는 날은 옆집 사람들이 먹여주십니다. 수업이 끝나면 호랑이 같은 영감님 밥해드려야 하기 때문에 바쁘게 움직여야 됩니다. 영감님 밥까지 모두 해드리고 영감님 눈치 봐가면서 숙제 좀 하려고 하면 온몸이 물에 젖은 솜처럼 느껴집니다. 그래도 숙제는 꼭 해야 되겠다는 생각으로 내용을 알든 모르든 무조건 베껴 씁니다. 어떤 날은 몇 시간이고 썼는데 다 쓰고 나니까 하나도 이해가 되는 게 없었습니다. 그래도 썼습니다. 쓰고 또 쓰다보면 어떻게 되겠지 하는 생각입니다. 지금 할 수 있는 것은 숙제하고 학원에서 배운 것 써보는 것밖에는 없습니다."

내 기억에도 73세 어머니는 단 한 번도 숙제를 거르시는 날이 없었다. 그러고 나면 새벽 2시가 된다고 하셨다.

"그래도 나는 꼭 합격하고 싶습니다. 왜냐하면 제 칠십 평생 한이었기 때문입니다. 어렸을 때는 부모님이 공부를 안 시켜줘서 못했고, 그러다 저러다 종갓집이지만 선생질 하는 사람이니 살기는 힘들지 않을 테니까 시집가라는 부모님 뜻대로 시집을 왔습니다. 종갓집이고 바로 아이들이 태어나고, 아이들 가르치고 나니까 벌써 세월이 많이 흘러가버린 뒤였습니다. 선생님, 나는 졸업장을 따면 저승에도 가져갈 겁니다. 가슴에 한으로 새겨진 그 깊이만큼 이제 한이 아닌 졸업장으로 사진처럼 새겨서 저승에도 가져갈 겁니다."

이 말씀을 하시면서도 몇 번이고 눈물을 닦으시던 모습이 지금도 눈에 선하다. 20년이 지났는데도 지금도 가슴이 뜨거워지면서 눈물이 난다. 거듭 강조하지만 내가 이런 분들을 가르쳤다는 것은 분명 하나님의 축복이다.

73세 어머니는 과연 어떻게 됐겠는지 상상해보라. 우리가 생각하는 그대로다. 중학교, 고등학교 시험 모두 합격하시고, 당당하게 그렇지만 한없이 흐르는 눈물과 함께 합격증을 받아 가셨다. 합격증을 전해 드리는 우리도 울고, 합격증을 얼른 받지 못하고 서 계시는 73세 어머니도 울고, 같이 공부했던 분들도 울고 그날은 온통 울음바다가 되었다.

73세 어머니가 그날 받으셨던 합격증은 한이 꿈으로 바뀌는 순간이었고, 몇 번이나 응급실에 실려 가시면서도 끝까지 포기하지 않으신 노력의 결실이었고, 그 모진 영감님의 핍박 때문에 한이 되어버린 자신의 꿈을 향한 집념의 결과였다.

73세 어머니의 꿈을 향한 열정 앞에서는 현실의 어떤 어려움도 어려움이 아니었고 다만 공부할 시간을 좀 빼앗아가는 것에 불과했다.

그리고 다음 해에는 대학에도 도전하셔서 대학생이라는 이름으로 우리를 찾아오셨다. 합격증을 받으시던 그날 아들, 며느리들이 꽃다발을 가지고 왔다. 자녀들 옆에는 호랑이 영감님도 같이 계셨다.

73세 어머니는 간혹 아드님 이야기를 하셨다. 가끔 새벽 2시쯤 전화가 와서 회사 일이 이제 끝나서 퇴근하기 전에 주무시는지 전화 한

번 드렸다며 왜 아직 안 주무시느냐고, 인제 그만 주무시라고 볼멘소리를 한다는 것이었다. 73세 어머니 건강이 걱정된 아드님의 마음이 느껴졌다. 아드님은 '공부를 꼭 하셔야 되겠느냐'고도 물어왔다고 하셨다. 그때마다 73세 어머니 대답은 한결같았다고 하셨다.

"벌써 자면 된다냐. 숙제 다 하고 자야지. 나는 죽더라도 이 공부하다가 죽을란다. 내 걱정하지 말고 너나 너무 무리하지 말고 얼른 들어가서 쉬어라. 지금이 몇 신데 아직도 회사냐."

아드님 마음이 백번 이해가 됐다. 나라도 그 아드님하고 똑같은 말을 했을 것이다. 그러나 시험이 모두 끝나고 병원에 입원하시는 불상사는 있었지만 그럼에도 꿈을 움켜잡은 손을 절대 놓지 않으시고 결국 열매를 거두셨다. 73세 어머니는 합격증을 안고 말씀하셨다.

"힘들었던 것이 참 많았지만 그중 제일 힘들었던 것은 단 한 마디도 못 알아들으면서 앉아 있을 때, 그 가슴 답답했던 시간이 제일 힘들었습니다. 그럴 때면 졸업장이 없어서 서러웠던 세월이 주마등처럼 스쳐 지나가면서 눈물도 나오지 않았습니다."

그리고 모든 것은 아무 한 것도 없는 내 덕분이라고 하셨다. 오히려 내가 더 열정적이었고, 항상 잘한다고 칭찬을 해주어서 아무리 힘들어도 일어설 수 있는 큰 힘이 되었다고 하셨다.

수학 수업을 들을 때는 '다음 시간부터는 절대 오지 말아야지'라고 다짐을 하셨단다. '차라리 그 시간에 다른 과목을 공부해야겠다'고 단단히 다짐을 하고 또 다짐을 하셨단다. 그러나 수학 시간이 다가오면 내 모습이 아른거리고, 내 칭찬이 그리워서 결석할 수가 없었다고 하셨다. 그렇다면 내가 챙겨드린 합격 팁은 효과를 보고 있었던 것이다. 사실 내가 마땅히 해야 할 일을 한 것에 불과했는데 73세 어머니께 도움이 되셨다고 하니 다행이다 싶었다.

자기와의 고독한 싸움에서 승리하신 73세 어머니께 지금도 박수를 보내고 싶다. 73세 어머니를 끝까지 달려갈 수 있게 만든 것은 과연 무엇일까? 그것은 '한'으로 바뀐 '꿈'이었다. 저승까지도 가슴에 사진처럼 새겨서 가져가신다고 하신 그 꿈이 그것을 가능하게 했던 것이다.

73세 어머니는 고등학교 검정고시 시험을 치른 해에 고등학교 검정고시 합격생들 중에서 전국 최고령으로 합격하신 영애를 안으셨다. 온갖 매스컴에서 취재 요청이 있었지만 병원에 입원하시는 바람에 TV 출연 약속은 모두 무산되고 말았다. 그래도 라디오 방송은 전화 인터뷰로 하셨다. 모든 라디오 방송에서는 합격 비결을 약방에 감초처럼 질문했고, 그때마다 73세 어머니는 수학선생님의 칭찬 때문이었다고 말씀하셔서 나도 덩달아 축하를 받았다.

"영어가 힘들고, 수학이 제일 쉽지. 열심히 하는데도 영어는 점수가 오르지 않아. 수학은 재미가 있어. 셈하는 거야 기본적으로 하는 것이고, 선생님도 잘한다 잘한다 격려해주니 더 열심히 공부하게 되더란 말이야. 공부란 때가 있어. 그걸 놓치면 두고두고 후회해."

최고령 합격의 영애를 안으신 해에 73세 어머니와 한 일간지와의 인터뷰 내용이다.

그럼 이쯤에서 내 이야기를 해보자. 과연 나는 어떻게 되었을까? 상황 파악도 못하고 촐랑거리며 내 생각이 무조건 73세 어머니를 구원할 거라는 사람 잡는 확신으로 일부러 외계인 언어만 고르고, 수업도 순서대로 진도를 나간 것이 아니라 좀 더 외계인 언어로 포진된 교과서의 뒤쪽 부분에 있는 x항 이동이 어쩌고, y항 이동이 어쩌고를 남발하던 나는 변함없이 수업을 참석하시는 73세 어머니를 보면서 '아, 이게 아니구나. 이게 73세 어머니를 도와드리는 것이 아니구나' 하고 깨달았다.

'그럼 지금부터 어떻게 해야 하는가?' 고민하기 시작했고, '더하기, 빼기가 이항이 되면 그때부터는 전혀 외계인 언어로 바뀌는 이 상황을 어떻게 해야 73세 어머니를 도와드리는 방법이 될까?' 곰곰이 생각하기 시작했다. 최대한 쉽게 설명하면서 내 모든 에너지를 다해서 73세 어머니의 한이 되어버린 꿈을 이루는 것을 도와드려야겠다는 결론을 얻었다.

생각이 바뀌고 나니까 괜히 결석하실까봐 안달이 났다. 그리고 방법은 하나였다. 계속 반복 수업을 하는 것이었다. 여기에 덧붙여 칭찬카드와 숙제 카드를 꺼내 든 것이다.

그날부터 나는 다짐했다.

'오늘부터 내 수강생은 73세 어머니 한 분뿐이고, 이 어머니를 이해시키면 다른 모든 분들도 이해하게 된다.'

나는 이 다짐을 공식처럼 생각하면서 열정적으로 수업했다.

수업 시작하는 순간부터 끝나는 순간까지 오직 내 입에서 나오는 칭찬은 73세 어머니 한 분밖에 없었다. 모든 수업 초점이 오직 73세 어머니 한 분을 위한 것이었기 때문에 어쩌면 당연한 것이었다. 그리고 다른 분들은 이 어머니 때문에 무조건 이익 보는 거라고 생각했다. 그래서였을까? 유난히 그때 공부했던 사람들 중에는 '수포자'가 없었다.

수업이 거듭되자 어느 날부터 서서히 73세 어머니가 이해하는 단원이 생겨나기 시작했다. 처음에는 한 단원을 이해하시는 것 같더니 시간이 갈수록 점점 이해하시는 단원이 늘어갔다. 이런 것들이 자양분이 되어 결국 73세 어머니는 합격이라는 열매를 거두셨다.

이것이 꿈이다. 죽어서도 가슴에 사진처럼 가지고 가고 싶은 것, 우리에게는 그토록 생생하고 또렷한 꿈이 있어야 된다. 꿈 없이는 아무 열매도 거둘 수 없기 때문이다.

'혹시 꿈이 없어도 하루하루 최선을 다하면서 살면 되는 것 아닌가요?'라고 묻고 싶은가? 좋다. 이번에는 내가 물어보겠다. 그럼 꿈이 없는 지금, 최선을 다해 살고 있는가? '나는 최선을 다하고 있다'고 자신 있게 대답할 수 있는가? 꿈이 없다는 것은 방향이 없다는 것인데 어떻게 하루하루를 최선을 다해 산다는 말인가? 며칠 동안은 최선을 다하는 것같이 느껴질 수 있다. 그러나 말 그대로 며칠이 지나면 다시 나태해질 수밖에 없다.

언제까지
꿈 없이 지낼 것인가?

어렸을 때 과학자가 꿈이었던 한 소년이 있었다. 그 소년은 집안의 어려운 형편 때문에 가슴속에 품었던 꿈을 접어야만 했다. 그러나 그것이 그의 인생에서 꿈의 끝은 아니었다.

청년이 된 그는 다른 꿈을 꾸기 시작했다. 사업으로 성공하겠다는 것이었다. 그는 직장생활을 하면서도 사업으로 성공하고야 말겠다는 또렷한 꿈을 꾸면서 최선을 다해 일했다. 최선을 다해 일한 결과, 그는 회사에서 크게 인정받았다. 그러나 그는 이렇게 말했다.

"회사에서 많이 인정받고 있었지만 내 꿈은 사업을 하는 것이었기 때문에 그 정도로 인정받는 것에 만족할 수 없었다."

끊임없이 꿈을 이룰 기회를 찾던 그에게 드디어 기회라는 것이 찾아왔고, 이미 또렷하게 꿈으로 그리고 있던 그는 그것이 기회라는 것을 금방 알아차렸다. 그렇게 시작된 사업은 보기 드물게 첫 해부터 흑자를 이루었고 계속 매출이 증가해서 산업기계 및 자동차용 블라인드 리벳을 전문으로 생산하는 업체로 성장했다.

이 청년이 바로 ㈜넥스텍 대표 이영준 사장이다. 이제 그는 또다시 다른 꿈을 이야기한다.

"나는 현재의 ㈜넥스텍에 머무르지 않고 세계 최고의 회사로 성장시키고 싶다. 또한 회사의 성장과 더불어 앞으로 미래의 주역인 청소년들에게 꿈을 심어줄 수 있는 일을 하고 싶다. 난 꿈이 있는 사람은 다르다고 생각한다. 늘 도전하고 새로움을 추구하기 때문이다. 이 땅에 많은 이들이 꿈을 잃지 않고 꿈을 향해 도전했으면 좋겠다."

만약 그가 꿈을 꾸지 않았다면 그의 인생에서는 아무 일도 일어나지 않았을 것이다. 어려운 집안 형편만 탓하고, 어려운 현실만 탓하면서 이미 포기해버린 꿈만 변명거리로 만들고, 그대로 주저앉아버렸다면 다시 꿈을 향해 도전하는 일도 없었을 것이다. 그리고 자신을 찾아온 기회도 그것이 기회인지 알아차리지 못했을 것이다.

준비된 꿈이 있었고, 자신이 가야 할 길을 이미 또렷하게 그리고 있었기 때문에 기회가 왔을 때 그것이 기회라는 것을 알아차리고 도전할 수 있었다. 그렇다면 오늘 그를 있게 한 동력은 무엇인가? 그것은 다시 붙잡은 꿈이다. 또렷하게 그리고 있었던 꿈이 이제 또 다른 꿈을 갖게 한 것이다. 즉 꿈이 있어야 성공할 수 있고, 꿈이 없는 사람에게는 아무 일도 일어나지 않는다. 아무 일도 일어날 수가 없다. 꿈이 있어야 기회가 달려와줄 텐데 꿈이 없으니 기회라는 것이 달려올 수가 없는 것이다.

지혜의 왕 솔로몬도 "꿈이 없는 백성은 멸망한다"고 했고, 21세기 가장 주목받는 경영자이면서 아시아 최고의 부자이며 중국에서는 '창업의 신'이라고 불리는 마윈은 "가난보다 더 무서운 것은 이상(理想)이 없는 것이다. 이상이 없으면 미래도 희망도 없기 때문이다. 스스로 무엇을 하고 싶은지 모르는 사람이 가장 불행한 사람이다"라고 했다.

꿈이 없으면 현재의 삶이라도 계속 유지되어야겠지만 솔로몬 왕은 '멸망한다'고 한다. 마윈은 꿈이 없다는 자는 가난보다 더 무섭고, 미래도 희망도 없는, 이 세상에서 가장 불행한 사람이라고 한다. 이래도 꿈을 품지 않을 것인가? 이래도 아슬아슬 이어지고 있는 암울한 현실에 싸여 한 발자국도 움직이지 않겠는가?

사람은 누구나 꿈을 품고 사는 것 같지만 정말 그럴까? 그렇다면 주변 사람들에게 꿈이 있느냐고 물어보라. 아니, 당장 당신에게 물어보겠다.

"꿈이 있는가? 언제나 생각을 떠나지 않는 그런 또렷한 꿈, 반드시 이루고 싶은 그런 꿈, 죽어서도 가슴에 사진처럼 가지고 가고 싶은 그런 꿈. 만약 있다면 그것이 무엇인가?"

자, 대답해보라. 어떤가? 대답할 수 있는가? 그리고 주변 사람들 가운데 머뭇거리지 않고 당당하게 대답하는 사람이 과연 몇 명이나 되는가?

나는 주변 사람들에게 꿈이 있느냐고 종종 물어본다. 그런데 특이하게 내게 꿈이 있느냐고 물어온 사람은 지금까지 한 사람도 없었다. 그냥 아무도 묻지 않는데도 나 혼자 시간만 있으면 '내게는 꿈이 있다. 내 꿈은 이런 것이다'라고 말한다. 정 말할 사람이 없으면 가족들을 앉혀 놓고서라고 말한다.

내가 다른 사람들 눈에 가벼워 보이고, 묻지도 않은 말을 하는 분위기 파악 못하는 사람처럼 보일지라도 내 꿈이 그들의 시선보다 더 중요하기 때문이다. 왜냐하면 말을 하면 곧 현실이 된다는 것을 나는 이미 알고 있기 때문이다. 말이 씨가 되어 훌륭한 나무로 자라서 반드시 결실을 맺는다는 것을 나는 이미 경험을 통해서 알고 있다. 그리고 내 미래는 내가 말한 대로 펼쳐질 것을 알기 때문이다.

아무튼 꿈이 있느냐는 내 질문에 90% 이상은 대답이 없었다. 어떤 이는 그냥 빙그레 미소로 대답을 대신했고, 아예 '애들도 아니고 무슨 꿈 타령이냐'고 볼멘소리를 하는 이도 있었다. 특히 중·고등학생들에게서도 역시 "저도 그걸 모르겠어요. 그래서 저도 제가 답답해요"라는 대답을 많이 들었다. 결국 중·고등학생들이나 성인이나 꿈이 없기는 마찬가지였다.

1979년 하버드대학교 경영대학원 졸업생을 대상으로 실험적인 설문조사가 있었다. 가장 중요한 질문은 '장래에 대한 명확한 꿈이 있는가?', '있다면 그 꿈을 기록해두었는가?', '기록한 다음 그 꿈을 이루기 위한 구체적인 계획을 세웠는가?'였다.

이 질문에 꿈이 없다고 답한 사람이 84%, 꿈이 있지만 그것을 종이에 적어놓지는 않았다는 사람이 13%, 꿈을 구체적으로 계획하고 기록해놓았다는 사람이 3%였다. 결과적으로 단지 3%만 꿈을 구체적으로 기록해 놓았고, 13%는 꿈은 있었지만 종이에 적지는 않았다. 나머지 84%는 명문대 졸업생이란 자부심만 있었지 구체적인 꿈도, 계획도 없었다. 즉 세계 최고 대학교 학생들 중 16%만이 꿈을 가지고 계획을 세웠다.

그리고 그로부터 10년 후인 1989년, 연구자들은 이미 사회인이 된 그들을 대상으로 성공 여부를 추적하기 위해 다시 찾아 나섰다. 그 결과는 놀라웠다.

꿈을 갖고 있었지만 기록하지 않았던 13%는 꿈이 없다고 답한 84%의 학생들보다 평균적으로 2배의 성공을 이루고 있었다. 그리고 꿈을 종이에 기록하고 구체적인 계획을 세웠던 3%의 학생들은 13%의 학생들보다 10배, 꿈이 없었던 84%의 학생들의 20배의 성공을 거두고 있었다. 꿈을 종이에 기록해 두었던 3%에 대한 이야기는 뒤에서 다시 하기로 하고 여기서는 꿈이 있는 사람과 없는 사람의 성공을 비교해보자. 우리는 꿈이 있다고 답한 사람인 16%는 꿈이 없다고 답한 84%에 비해 훨씬 많은 성공을 이루고 있었다는 결과에 더 주목하자. 그렇다면 16%와 84%의 차이점은 무엇인가? 오직 꿈이 있느냐,

없느냐의 차이뿐 다른 것은 없었다.

이 설문조사는 꿈이 있는 사람이 꿈이 없는 사람보다 성공할 확률이 높다는, 즉 구체적인 꿈과 계획을 세워야 한다는 중요성을 일깨워주는 대표적인 사례이다. 요컨대 성공의 시작은 꿈을 품는 것에서부터 출발한다.

가슴속에 품은 또렷한 꿈이 있는가? 잘한 일이다. 장한 일이다. 조금만 기다려라. 꿈은 곧 당신을 성공의 주인공으로 만들어줄 것이다. 꿈이 있다면 그 꿈을 이루기 위해 지속적으로 노력할 가능성이 높고, 기회를 알아볼 수 있는 눈이 있을 것이기 때문이다.

꿈이 없는가? 지금 당장 왜 꿈이 없는지 자신에게 물어보라. 단순히 묻는 것만으로도 상황은 달라진다.

오래전 미국과 한국에서 폭발적인 인기를 누렸던 캐스 R 선스타인과 리처드 H. 탈러 공저 〈넛지(Nudge)〉라는 책에는 질문의 효과에 대한 이야기가 나온다. 단순히 '상품을 구매할 의향이 있습니까?'라는 질문만으로도 상품 구매율을 35%나 올린다고 한다. 또한 선거 전일 '당신은 내일 투표하시겠습니까?'라는 질문만으로도 투표율을 25%나 끌어올렸고, '향후 6개월 안에 새 차를 구입할 의향이 있습니까?'라는 질문만으로도 구매율을 35%나 올렸다.

사람은 누군가로부터 질문을 받고 답을 하게 되면, 생각이 정리되고 행동으로 옮겨지는 효과가 있다. 이것을 '단순 측정 효과'라고 부른다.

만약 꿈이 없다면 자기 자신에게 질문하라. '왜 꿈이 없는 것인가?', '언제까지 꿈 없이 지낼 것인가?', '이래도 되는 것인가?' 그리고 답을 찾아라. 이 질문에 대한 답은 오직 한 사람만이 말할 수 있다. 바로 자기 자신이다.

뿌리 깊은 나무는
가을을 타지 않는다

사람들의 비웃음을 보란 듯이 이겨내고 자신의 꿈을 실현시킨 주인공이 있다. 일본 홋카이도 시골 탄광 마을에서 1966년에 태어난 우에마쓰 쓰토무다. 그는 어린 시절부터 로켓을 좋아했다. 그래서 언젠가 로켓을 만들 자신을 상상하며 꿈을 키웠다. 하지만 주변 사람들은 무조건 안 된다고 했다. 안 된다는 이유는 다양했다. '돈이 엄청 많이 든다', '머리가 아주 좋아야 한다', '적어도 도쿄대학교는 들어가야 하는데 네 성적으로는 들어갈 수 없다.' 그도 그럴 만한 것이 그는 공부를 너무 못해서 선생님들에게 '말도 안 되는 꿈'이라고 혼나기 일쑤였다.

그렇지만 우에마쓰 쓰토무는 '실현할 수 있어 보이는 것만 꿈일까?'라고 생각하면서 사람들이 뭐라고 하건 자신은 계속 꿈을 생각하며 꿈을 향해 달려갔다. 언제나 사람들은 '어차피 안 돼'라고 했지만 그 말은 그를 더 성장시키고 강하게 만들었다.

다행히 겨우 진학한 대학교에서 유체역학을 전공해서 졸업 후 항공기를 설계하는 회사에 취직했지만 회사 분위기로는 제대로 꿈을 실현시키기가 어렵다고 판단하고 회사를 그만두었다.

지금 그는 어떻게 되었을까? 주위의 비웃음 속에서도 우주 개발 프로젝트를 출범시켜 고도 3,500m까지 날아오르는 데 성공한 로켓 '가무이'를 개발했고, 혼자 힘으로 전 세계에 단 세 곳밖에 없는 우주 개발 실험장을 만들었다. 이제는 미항공우주국(NASA)에서도 이곳을 찾아올 정도가 된 것이다.

우리가 꿈을 품기 시작하면 주변 사람들도 같이 그 꿈을 소중히 여겨 격려해주면 좋겠지만 오히려 주변 사람들이 더 '안 된다'고 핏대를 세운다. 나를 전혀 모르는 남들은 어차피 내가 어떤 꿈을 품었는지도 알 수 없기 때문에 오히려 그들은 잠잠하지만, 나를 가장 잘 안다고 떠드는 사람들이 더 내 꿈에 대해서 미주알고주알 시끄럽게 군다. 그리고 나보다 나를 더 잘 알고 있는 것처럼 군다. 내 꿈을 위해 눈물 한 방울 더해주지 않을 사람들이 말이다. '그게 말이 될 법이나 하냐?'며 자기가 무슨 꿈 심판관이 된 것처럼 행동하는 사람들이 있다. 오랜만에 어렵게 품었던 꿈으로 설레던 마음은 온데간데없고, 실망한 마음으로 풀이 죽어 있을 때 마지막으로 꿈을 잡아먹는 최대 강적

'꿈 킬러'가 등장한다. 바로 내 자신, 내 마음 속 꿈 킬러 말이다.

평상시 긍정적 마인드로 무장되어 있었다면 모를까, 대부분의 사람들은 새로운 도전 앞에서 두려워하고 머뭇거린다. 괜히 꿈을 품다가 헛불만 켜면 어쩌나 싶은 마음에 나를 찾아온 소중한 꿈을 외면해버리기 일쑤다. 그러니 가만히 놔둬도 엄청난 괴력을 발휘할 수 있는 꿈 킬러에게 주변의 부정적 사람들이라는 아군이 생긴 것이다. 꿈 킬러의 힘은 상상할 수 없이 커진다. 이제 꿈 킬러는 우리가 그토록 설레며 기대했던 꿈이라는 것을 포기하는 순간만을 기다리기만 하면 된다.

대부분의 사람들은 주변 사람들이 이런 반응을 보이면 '그들의 말이 틀리지 않은 것 같네', '사실 내 자신도 내 꿈이 이루어질 것 같지는 않았어', '하기야 될 법도 아니지'라고 생각한다. 처음 꿈을 품을 때는 '할 수 있다'는 자신감으로 그 꿈을 품었는데 어느덧 꿈은 모래성이 되어 서서히 무너지고 있었다. 그것도 주변 사람들과 꿈 킬러 때문에 말이다.

왜 이렇게 안 된다는 소리는 우리 마음속에서 천둥소리보다 더 크고 또렷하고 명확하게 들리는 것일까? 자, 이쯤 되면 우리는 아무런 주저함도 없이 꿈을 접어버린다. 드디어 꿈 킬러는 아무 힘도 들이지 않고 한 사람의 꿈을 순간 삼켜버린 것이다.

꿈을 품기 시작해서 마침내 그 꿈을 이룬 사람들 역시 주변 사람들의 반응은 별반 차이가 없었을 것이다. 하지만 이들은 자신이 품기 시작한 꿈에만 집중했다. 꿈을 이룰 수 있는 것에 온 마음을 썼고, 주변의 어떤 환경에도 흔들리지 않았다.

그래서 우에마쓰 쓰토무는 대단한 사람이다. 주변의 한결같은 비웃음을 견디며 끝까지 자신의 꿈을 포기하지 않았기 때문이다. 그런 그가 이제 우리에게 묻는다.

"당신의 꿈은 무엇입니까? 실현할 수 있어 보이지 않아도 괜찮으니까 이제 당신의 이야기를 들려주세요."

세상에서 가장 안타까운 것은 꿈이 없는 것이다. 특히 젊었을 때 꿈은 일생을 좌우한다고 해도 과언이 아니다. '가꾸지 않는 곡식 잘 되는 법 없다'고 했다. 꿈이 없다는 것은 참으로 안타깝고 안타까울 노릇이다. 그런 우리에게 우에마쓰 쓰토무는 오늘도 묻는다.

"실현할 수 있어 보이지 않아도 괜찮으니까 이제 당신의 이야기를 들려주세요."

그러나 반대로 꿈이 있는 사람은 어떤가? 〈성공의 법칙〉을 쓴 맥스웰 몰츠는 의학박사였다. 그는 성취할 목표가 분명하다면 자기 통제 메커니즘이라 불리는 우리의 '신경 의식(신경망 활성화 시스템)'이 알아서 목표 지점까지 갈 수 있는 수단을 만들어준다고 했다. 그 이유로 '인간의 뇌는 미사일의 자동유도 장치와 같아서 자신이 목표를 정해주면 그 목표를 향해 자동으로 유도해 나간다'고 말한다.

이게 무슨 말인가? 분명한 꿈이 있기만 한다면 우리 몸이 그 꿈을 성공할 수 있도록 다리를 놔준다는 것이다. 즉 우리 몸은 마음속에 꿈을 품기만 하면 소중하게 품은 꿈을 방치하지 않고 꿈을 이루기 위해 끊임없이 노력한다는 것이다. 그래서일까? 꿈이 있는 사람은 더 큰 꿈으로 발전시키고, 더 큰 꿈을 계획한다. 그러는 과정에서 사람의 크기도 꿈의 크기만큼 발전하고 성장한다.

예로부터 임금님 수랏상에 오른 8진미 중 제1품으로 진상되었다는 꼬막을 알고 있는가? 전라도 지역 사람들에게는 옛날부터 중요한 향토음식 중 하나인 꼬막은 이제 전라도 지역뿐만 아니라 어느 지역에서나 친숙하게 만날 수 있는 음식이 되었다.

꼬막은 '작은 조개'를 뜻하는 우리말이다. 이렇게 '작은 조개'인 꼬막이 거친 파도와 태풍에도 쓸려 다니지 않는 것이 희한하다. 그 무더운 여름과 혹독한 겨울을 이기고 작은 태풍이 오든지, 거대한 태풍이 오든지 끄떡도 하지 않고 자신이 있어야 할 자리에 떡하니 버티고 있는 작은 꼬막의 성장 과정이 신기할 뿐이다.

그렇다면 꼬막이 거대한 태풍과 일렁이는 파도 속에서도 끄떡도 하지 않고 자신이 있어야 할 자리를 지킬 수 있는 비결은 무엇일까? 그 비결은 꼬막 속에 숨겨져 있었다. 그것은 꼬막 속에 숨겨진 가느다란 실같이 생긴 돛 때문이다. 연약한 살 속에 심어진 가느다란 실인 돛은 꼬막이 아무리 큰 파도와 태풍이 와도 휩쓸리지 않도록 뻘 속에 닻을 내린다. 닻이 뻘 속에 뿌리를 잘 내리고 있으면서 거대한 태풍이 오더라도 꼬막을 지켜내고, 아무리 높은 파도가 일어도 꼬막이 흔들리지 못하게 꼬막을 지켜낸다. 결국 한 번 뻘 속에 내린 돛이 끝까지 꼬막을 지켜낸 것이다. 그런 이유로 꼬막이 자기 자리를 지킬 수 있는 것이고, 파도에 휩쓸려 다니지도 않은 것이다.

작은 꼬막이든 큰 꼬막이든 모두 돛을 가지고 있다. 큰 꼬막이라고 돛이 있고 작은 꼬막이라고 돛이 없는 것이 아니다. 모두 자기 크기에 알맞게 돛을 가지고 있다. 자기 크기에 알맞은 돛 때문에 거대한 태풍과 파도를 만나도 움직이지 않고 그들이 있던 자리를 굳건히 지킬 수 있는 것이다.

파도가 아무리 높게 일어도 이리저리 휩쓸리면서 흔들리지 않고 제자리를 지키고 있는 꼬막을 보면 자연이 우리에게 가르쳐주고 있는 것이 참 많다는 생각이 든다. 그리고 어려운 환경을 끝까지 참고 이겨내서 찬바람이 불어오면 우리들 밥상에 올라 기쁨을 주는 꼬막이 고마울 때가 여러 번이다.

인생에 아무리 거대한 태풍과 높은 파도가 와도 나를 지켜줄 돛을 가지고 있는가? 중심을 잡고 내가 서 있는 그곳에서 어떤 흔들림도 없이 휩쓸리지 않게 나를 지켜주고, 붙들어줄 돛을 가지고 있는가?

그 돛이 꿈이다. 꿈이 우리를 인생의 거대한 태풍과 높은 파도에서도 흔들리지 않도록 성공 속에 닻을 내려 우리를 지켜낼 것이다. 그리고 그 꿈이 사람의 크기도 꿈의 크기만큼 발전시키고, 성장시킬 것이다. 결국 나를 지켜줄 돛인 꿈을 품기만 한다면, 내가 꿈을 이루려고 힘들이는 것이 아니라, 그 꿈이 우리를 지키면서 우리를 키워나갈 것이다. 우리는 그 꿈에 의지해서 나아가기만 하면 되는 것이다.

반드시 기억하라. 꿈이 있어야 성공으로 가는 지름길을 만날 수 있다. '뿌리 깊은 나무는 가을을 타지 않는다'고 했다. 꿈이라는 깊은 뿌리가 있어야 어떠한 환경에서도 흔들리지 않고, 변함없는 모습을 지켜낼 수 있다.

혹시 꿈이 없다고 걱정하는가? 아무 걱정하지 말라. 지금까지 꿈을 품지 않았더라도 지금부터 가슴속에 꿈을 품으면 되는 것이다. 지금까지 나를 지켜주고, 성장시켜줄 꿈이 없었더라도 오늘 당장 나를 지켜주고, 성장시켜줄 꿈을 품기만 하면 된다.

이제 말이 필요 없다. 두말하지 말고 성공하고 싶다면 뿌리 깊은 꿈, 성공 속에 닻을 내려 끝까지 나를 지켜줄 꿈을 가슴속 가득 품어라. 세월이 많이 흐르고, 흐르는 세월 속에 세상 모든 것이 희미해지더라도 시간을 거슬러 올라 더 또렷해지고, 더 생생해지고, 더 명확해지는 꿈을 품어라. 그것도 시시한 꿈은 날려버리고 크고 원대한 꿈, 죽어서 천국까지 사진처럼 새겨서 가져가고 싶은 그런 꿈, 빅 드림(Big Dream)을 품어라.

결론적으로 성공은 아무나 하는 것이 아니다. 꿈을 품은 사람, 그 사람이 성공하는 것이다.

낙숫물이 바위를 뚫는다

자신이 간절히 원하는 꿈이 있다면 그 꿈은 반드시 이룰 수 있다. 왜냐하면 간절히 원하는 그 꿈 때문에 도전하겠다는 용기가 생기고, 그 용기로 인해 도전할 수 있기 때문이다. 용기를 가지고 꿈을 향해 도전한다면 꿈은 성공이라는 정상에 반드시 우리를 데려갈 것이다. 그 용기가 아무리 작아 보이더라도 그 작은 것이 기적을 만들어낼 것이다.

가슴에 간절한 꿈을 품어라. 어떠한 환경 속에서도 꽃을 피울 크고 넓은 꿈을 품어라. 그 꿈이 용기가 생겨나도록 우리를 도와줄 것이다. 그리고 우리를 도전하게 만들고, 앞으로 나아갈 수 있게 하는 힘을 줄 것이다.

결국 도전하는 용기와 행동하는 용기가 생기게 하는 것도 꿈이다. 꿈이 없다면 도전할 것도 없을 뿐 아니라 도전하기 위한 용기도 생길 수 없고, 용기가 없으니 아무것도 도전하지 못하고 주저앉게 되는 것이다. 그래서 어느 분야에서건 성공한 사람들은 어린 시절부터 가슴 속에 큰 꿈을 품고 있었다. 그들은 그 꿈으로 인해 용기가 생겨서 도전하게 되었고, 꾸준히 도전한 결과 그 분야에서 성공한 사람이 된 것이다.

도전하는 용기가 너무 작다고 생각되는가? '낙숫물이 바위를 뚫는다'고 했다. 바위를 뚫는 것은 물도 물이려니와 물이 바위를 두드리는 횟수가 더 중요하다. 끈기 있게 바위를 뚫겠다는 마음으로 또렷하고 간절한 꿈을 품어보자.

겨우 묻는 말에만 대답을 하고 다른 말은 거의 하지 않는 유난히 말이 적은 60대 후반 주부가 있었다. 이 주부는 대답이라고 해봐야 겨우 '네', '아니요'처럼 아주 간단한 대답뿐이었다.

감이 빨갛게 익어가는 늦가을에 이 주부를 만났다. 어느 날 먼저 공부를 시작한 만학도가 옆집 언니라며 이 주부를 소개했다. 60대 후반 주부는 첫 대면부터 말이 없었다. 대부분 다른 사람들은 어떻게 소개를 받았는지, 먼저 공부를 시작한 만학도가 어떤 말을 했는지를 이야기하는데 이 주부는 이런저런 말 한 마디도 하지 않았다. 오히려 소개하려고 데려온 만학도와 내가 말을 더 많이 했다.

이 주부를 소개한 만학도가 60대 후반 주부 대신 이 주부가 살아온 세월을 이야기하기 시작했다.

"저도 불쌍한 사람이지만 이 언니도 참 불쌍한 사람입니다. 언니는 갓난아이 때 부모가 고아원에 버려서 고아원에서 컸습니다. 그러니 부모 이름도, 얼굴도 모릅니다. 그리고 고아원에서는 한글을 가르치지 않았습니다. 고생 고생하면서 고아원에 있다가 어린 나이인데도 부잣집에 식모로 가게 됐습니다.

언니는 식모로 가는 날부터 고된 일을 시작했습니다. 더구나 한글도 몰랐기 때문에 더 구박받고 학대받았습니다. 언니는 어린 나이에 그 부잣집에서 날마다 구박받고 매를 맞으면서 불쌍하게 살았지만 그래도 무슨 방법이 없었고, 어떻게 해볼 수가 없으니 매를 맞고 구박을 당해도 그 집에서 계속 살아야 했습니다. 이렇게 어려운 세월을 사는 동안 한글을 배울 생각을 한다는 것은 사치였습니다. 그러니 한글을 배우겠다는 생각은 아예 하지도 못한 것입니다.

언니는 고아원에서 사는 동안에도 그랬지만 식모살이를 하면서도 다른 사람하고 거의 이야기를 하지 않았다고 합니다. 그때부터 말을 안 한 것이 습관이 돼서 어른이 돼서도 말이 없습니다. 나이가 들어도 그 습관은 변하지 않고 지금도 말을 별로 안 합니다.

서러운 식모살이였지만 그래도 부잣집에서 식모살이를 해서 그런지 언니는 고급 반찬에서부터 간단한 반찬까지 못 하는 요리가 없습니다. 요리 솜씨도 대단합니다. 간단한 재료를 가지고도 맛있는 요리를 만들어내는 걸 보면 그래도 서러운 세월이 마냥 원망스러운 것은 아니구나 싶습니다.

불행한 사람은 불행이 떠나질 않는지 언니는 형부하고 결혼을 하고서도 서러운 세월은 계속됐습니다. 결혼을 하고 난 뒤부터도 지금까지 온갖 고생 다 했습니다.

제가 공부를 해보니까 배우면서 깨닫는 즐거움은 세상 그 어떤 즐거움보다 컸습니다. 돈을 많이 벌 때도 지금보다 행복하지는 않았던 것 같습니다. 그만큼 배움이 주는 즐거움은 대단했습니다. 그래서 60 평생을 서럽게 살았으니 이제라도 한글 공부를 해서 글이라도 읽어보고 죽자고 제가 언니를 설득했습니다. 평생을 불쌍하게 살았으니까 이제라도 언니를 위해서 살아보자고 했더니 이렇게 용기를 낸 겁니다."

만학도가 들려주는 60대 후반 주부 이야기는 참 가슴 아팠다. 이 주부는 만학도가 자신의 이야기를 하는 동안에도 정작 자신의 이야기인데도 아무 말이 없었다. 오히려 만학도의 이야기를 이 주부와 내가 들어주고 있는 것처럼 보일 정도로 무덤덤한 표정이었다. 슬픈 표정을 짓는다든가 하다못해 부모가 원망스럽다는 표정 하나 짓지 않았다. 서러운 운명이 원망스러웠다는 표정도 없었고, 잔인한 운명을 탓하는 표정 역시 없었다. 그냥 남의 이야기처럼 아무 감정 없이 대하고 있었다.

그러고 보니까 60대 후반 주부의 온몸에는 60 평생 고생한 흔적이

고스란히 간직되어 있었다. 전체적인 분위기는 매사에 지혜로워 보이고, 따뜻해 보였지만 찬찬히 살펴보니까 만학도가 들려준 서러운 세월이 온몸 이곳저곳에 숨어 있었다. 제일 먼저 손부터 고생한 흔적이 역력히 드러났다. 무릎 위에 살포시 얹힌 손가락 마디는 거칠 대로 거칠어 있었고, 보일 듯 말 듯한 손목 두께도 보통 사람 손목 두께의 2배가 넘어 보였다.

이렇게 만나게 된 60대 후반 주부는 한글을 전혀 모르고 있었다. 한글을 모른다고 해도 아주 쉬운 단어 정도는 알고 있는 사람들이 많은데 이 주부는 아예 한 글자도 몰랐다.

드디어 60 평생 한 번도 한글을 배우겠다는 사치를 부려보지도 못했고, 자신이 글을 알 수 있는 날이 올 거라고 상상도 못했던 이 주부에게 한글 배우기가 시작되었다. 글을 읽고 쓰는 것은 자신처럼 잔인한 운명을 가지고 태어난 사람에게는 어울리지도 않을 뿐 아니라, 그것은 따뜻한 부모 아래에서 어리광이나 부리며 살았던 이들에게나 어울리는 몫이라고 생각했는데 그랬던 그가 한글을 배우기 시작한 것이다. 그것은 이 주부에게는 단순히 우리가 생각하는 한글만을 배우는 것이 아니었다.

한글을 배우기 시작한 이상 그것은 태어날 때부터 정해져버린 가혹한 운명에 대한 도전이었고, 가혹한 운명 때문에 흘려야 했던 눈물에 대한 도전이었다. 그러니 평생 처음 눈앞에 놓인 노트와 연필을 손으로 잡는 것조차 떨려 잡을 수 없었고, 아무리 참으려고 안간힘을 써도 눈물이 저절로 흘렀다. 이 주부 입장에서는 사치를 부려도 너무 큰 사치를 부리는 도전이었다. 그리고 이왕 사치를 부리기 시작한 이상 이제 한글을 깨쳐야겠다는 꿈이 생긴 것이었다.

그런데 평생 처음으로 부려보는 60대 후반 주부의 사치 앞에는 장애물이 많았다. 당장 시간이 없다는 것이 가장 큰 장애물이었다. 60대 후반 주부는 건물 청소원으로 일을 다녔는데 아침 일찍 일을 시작하면 오후 늦게 끝이 났다. 결국 늦게까지 일을 마친 후 잠깐의 자투리 시간을 이용해서 공부를 해야 했다. 오후 늦게 만나는 60대 후반 주부는 온몸이 물 먹은 솜처럼 무거워 보였다. 공부를 하려고 하면 겹겹이 쌓인 이 피곤이 문제였다.

여름은 하루 종일 땀으로 옷이 젖었다가 마르기를 반복했고, 겨울은 추위에 떠느라 그렇지 않아도 아프던 어깨 통증이며 등 결림 또한 문제였다. 그러나 가장 큰 문제는 다른 데 있었다. 바로 내가 가장 잘 활용하는 숙제라는 카드를 쓸 수가 없었다는 것이다. 이 주부는 숙제를 할 수 있는 상황이 아니었다. 자신이 숙제를 할 수 없는 상황을 이 주부는 이렇게 이야기했다.

"사실 한글을 모르기는 저나 남편이나 똑같습니다. 그러니까 저도 한글을 모르지만 남편 역시 한글을 모릅니다. 그런데 남편 성격에 제가 한글을 배우는 것을 알면 그 순간 난리가 날 겁니다. 책이고 공책이고 모두 불태워버릴 것이 뻔합니다. 남편은 그런 사람입니다."

결국 이 주부는 남편 때문에 집에서 숙제를 할 수가 없었다. 공부시간이라고 해봐야 오로지 자투리 시간을 최대한 활용한 것이 전부였다.

모든 언어가 어렵지만 한글 역시 어려운 언어 중 하나다. 우리는 이미 모국어로 한글을 쓰고 있기 때문에 얼마나 어려운지 모르지만 한글을 배우는 사람들을 보면 좀처럼 실력이 늘지 않는다. 그러니 다른 어떤 수업보다 숙제를 잘 활용해야 하는 수업에서 60대 후반 주부는 숙제를 할 수가 없는 상황이었고, 피곤에 지친 몸으로 잠깐씩 배우는 60대 후반 주부의 한글 실력은 좀처럼 나아지지 않았다. 어제 배운 것도 오늘 복습해보면 잊어버려서 아무것도 모르고 있으니 며칠 전에 배운 것은 아예 안 배운 것이나 매한가지였다.

좀처럼 나아지지 않는 60대 후반 주부의 한글 실력은 배우는 사람도 지치게 했고, 가르치는 사람도 지치게 했다. 이렇게 우리 둘은 서서히 지쳐가고 있었다. 어떤 날은 오히려 내 마음속에서 이 주부가 결석이라도 해주면 하는 바람까지 생기기 시작할 정도로 지쳐가고 있었다. 그리고 나는 생각했다. '날마다 시간을 내기도 어렵고 자투리 시간을 최대한 활용한다고 해도 실력이 제자리걸음이니 이 주부 역시 얼마간 배우다가 그만 포기하겠지.'

그러나 내 생각은 보기 좋게 빗나갔다. 60대 후반 주부의 인내심은 대단했다. 아무리 힘들고 피곤해도 절대 결석은 없었다. 너무 바쁜 일이 있을 때는 결석 대신 단 10분이라도 한글을 배우고 가는 것을 선택했다. 이 주부는 실력이라는 것은 시간이 가면 언제든 좋아질 것이라 믿었고, 이제 겨우 붙잡은 꿈을 단단히 움켜쥐고 놓지 않았다.

몹시 추운 겨울 어느 날, 온몸이 꽁꽁 얼고 추위에 지쳐서 얼굴이 퍼렇게 질려 있는 주부와 나는 따뜻한 녹차를 한 잔 앞에 놓고 공부하기에도 바쁜 자투리 시간에 여유를 부리고 있었다. 따뜻한 난로 옆에서 추위가 좀 풀리는지 60대 후반 주부의 얼굴이 불그스름하게 물들고 있었다. 말이 없던 주부는 따뜻한 녹차를 한 모금 마시더니 그동안 가슴 깊이 꽁꽁 숨겨두었던, 어느 누구에게도 말하지 않고 튼튼한 자물쇠로 채워놓았던 자신의 이야기를 꺼내놓기 시작했다.

"어린 시절은 그때 옆집 동생이 이야기했던 대로 참 서럽게 살았습니다. 지금 생각해봐도 내가 어떻게 그 어려운 시절을 견뎠는지 싶을 정도로 어려웠습니다. 그래도 시간은 흐르고 세월이 흐르다 보니까 중매가 여기저기서 들어오기 시작했습니다. 누구와 결혼을 한다고 해도 이보다 더 힘들겠나 싶어 지금 남편하고 결혼식이랄 것도 없이 그냥 살림을 차리고 살았습니다.

그런데 제 불행은 여전히 저를 따라왔다는 것을 남편하고 살림을 차리고 나서야 알았습니다. 남편은 술주정뱅이에다가 노름꾼이었고, 술만 먹으면 저를 무지막지하게 때렸습니다. 매를 맞다가 응급실에 실려간 적도 여러 번이었습니다. 그러나 술이 깨고 나면 잘못했다고 싹싹 빌었습니다. 술을 안 먹을 때는 전혀 다른 사람처럼 저한테도 잘해주었습니다. 그러나 술만 먹었다 하면 다시 저를 때리기를 반복했습니다. 그리고 술을 안 먹는 날이 거의 없었다는 것이 더 문제였습니다.

어느 날부터는 이렇게 살다가는 죽을 수도 있겠다 싶었습니다. 이미 첫 아들이 태어난 뒤였는데도 저는 남편하고 도저히 살 수가 없었습니다. 그래서 어린 아들을 남겨 두고 남편을 피해 서울로 도망을 갔습니다. 그런데 어떻게 찾았는지 희한하게 시누하고 남편이 어린 아들까지 데리고 저를 찾아왔습니다. 순간 어린 아들 모습이 어린 시절 고아원에서 자라던 내 모습하고 똑같아 보였습니다. 어린 아들 모습은 부모 얼굴도 모르니 그리워할 사람도 없었고, 원망할 사람도 없이 그냥 이렇게 사는가 보다 생각하고, 불쌍한 표정만 짓고 살았던 어린 시절 제 모습하고 똑같아 보였습니다.

갑자기 서러웠던 어린 시절이 생각났습니다. 한으로 겹겹이 쌓인 아픔들이 생각나면서 제 아들은 절대 부모 없는 아들로 만들 수 없다는 생각이 들었습니다. 제가 겪었던 고통을 아들에게까지 물려줄 수는 없었습니다. 아들을 안고 얼마나 울었는지 모릅니다. 우리 아들에게는 서러운 세월을 남겨주지 말아야 한다는 생각에 울고 또 울었습니다. 그렇게 다시 남편을 따라서 집으로 왔습니다.

그러나 제 버릇 개 못 준다고 남편의 술주정은 제가 도망을 갔던 것까지 더해져서 더 심해졌고, 그때마다 저를 때리는 것도 더 심해졌습니다. 그래도 참고 살았습니다. 이미 또 태어난 아이도 있었고, 이 아이들에게는 내가 겪었던 서러움을 절대 물려줄 수 없다는 생각이었습니다. 그러나 아무리 마음을 다잡고 또 다잡아도 살 수가 없었습니다. 도저히 견딜 수가 없었습니다. 그러나 어린 아이들을 두고 절대 도망 갈 수는 없었습니다. 그렇게 참으면서 살다보니까 죽고 싶은 생각밖에 없었습니다.

저는 그때까지 이 세상에 태어나서 단 한 번도 마음 편하게 웃어보지도 못했고, 행복한 순간도 없었습니다. 제가 받은 것은 오직 괄시와 천대였는데 결혼을 해도 마찬가지였고, 이 고통이 언제 끝날지도 모르는 일이었습니다. 그러니 이제 그만 이 한스러운 인생을 정리하기로 마음먹고 약을 먹었습니다. 그러나 죽는 것도 제 마음대로 안 됐습니다."

불그스름한 얼굴 위로 슬픈 표정이 깃들면서 담담히 자신의 이야기를 하던 60대 후반 주부는 자살을 했지만 살아난 이후의 이야기도 담담하게, 꼭 자신의 이야기가 아닌 다른 사람 이야기를 전하는 사람처럼 아무런 감정도 담지 않고 이야기했다.

"그 뒤로도 제 생활은 나아질 것이 없었습니다. 그래서 이것이 내 인생인가 보다 받아들이고 그냥 살아보자고 단단히 마음먹었습니다. 온갖 힘든 일을 하고, 반찬 하나 만들지 않고 밥하고 김치만 먹으면서 아끼고 아끼면서 살았습니다. 아이들 옷이며 신발, 제 옷이며 신발은 모두 다른 사람들에게 얻어서 입었습니다. 그러다 보니까 서서히 돈이 모이기 시작했고, 시간이 지나자 제법 큰돈이 모였습니다. 제게는 목숨 같은 돈이었습니다.

어느 날 아는 사람이 이자를 줄 테니 돈을 좀 빌려달라고 했습니다. 생각해보니까 그냥 가지고 있는 것보다 이자라도 받는 것이 낫겠다 싶었습니다. 그 사람은 차용증을 한 장 써 왔습니다. 그러나 글을 모르는 저는 그것이 차용증인지 뭔지 알 수가 없었고, 그 사람이 차용 증이라고 하니까 차용증인가 보다 했습니다.

그러나 목숨 같은 제 돈을 빌려간 그 사람은 시간이 지나도 이자 한 푼도 주지 않았고, 원금도 한 푼 주지 않았습니다. 아무리 돈을 달 라고 찾아다녀도 헛일이었습니다. 그때 차용증이 생각났습니다. 그래 서 그 차용증을 들고 경찰서를 가봤더니 그것은 차용증이 아니라고 했습니다. 그러니까 처음부터 그 종이는 차용증이 아니라 아무 상관 없는 글만 적어 와서 차용증이라고 저를 속인 것이었습니다.

하늘이 무너진 것 같았습니다. 그 돈은 그냥 돈이 아닌 제 목숨이 었는데 이렇게 속아서 못 받는다고 생각하니까 죽을 것 같았습니다. 그 뒤로도 계속 그 사람을 찾아가서 '제발 제 돈 좀 돌려 달라'고 사정 했습니다. 돈을 받을 수만 있다면 뭐든지 할 수 있을 것 같았습니다. 밤이고 낮이고 찾아다녔습니다. 울며불며 사정을 하고 또 사정을 했 습니다. 그런데 어느 날 일을 갔다가 와서 찾아가 봤더니 그 사람이 이사를 가버리고 없었습니다.

그 후로 얼마나 아팠는지 모릅니다. 그 돈은 좋은 옷, 좋은 신발 한 번 못 입어보고, 못 신어본 아이들의 눈물이 더해진 돈이었습니다. 그 리고 소중한 아이들에게 남의 옷만 얻어서 입히면서도 독하게 마음 을 다잡았던 제 눈물이 담긴 돈이었습니다. 아이들에게 고기반찬 한 번 못해주면서 모았던 돈이고, 아무리 먼 거리라도 걸어 다니면서 여름에는 더위와 싸우고 겨울에는 추위와 싸워서 모은 돈이었습니다. 그 돈을 포기하기까지 시간이 많이 걸렸습니다. 그래도 어쩌겠습니까. 이왕 못 받게 된 돈인데 저만 속을 끓이고 있으니까 제 몸만 아팠습니다.

그런데 몇 년 전에 그 사람이 죽었다는 소문을 들었습니다. 한글을 몰라서 겪은 고통은 이루 말로 할 수가 없습니다. 그러니 저는 반드시 한글을 배워야 합니다. 그래야 죽어서도 한이 되지 않을 겁니다. 혹시 제가 공부하는 것을 남편이 알게 되더라도 이제 절대 뒤로 물러나지 않을 겁니다. 이제라도 제 가슴에 남은 한을 반드시 풀어야 됩니다.

선생님, 그런데 그동안 남편한테 쩔쩔 매면서 남편 눈치만 보며 살았는데 공부를 시작하고 난 뒤로는 이상하게 당당해지면서 남편한테 쩔쩔 매면서 살 이유가 없다는 생각이 듭니다. 이젠 남편이 소리를 아무리 크게 질러도 무서워서 벌벌 떠는 것이 아니라 당당하게 제가 하고 싶은 말을 다 합니다. 그리고 아무리 자투리 시간만 공부를 한다고 해도 언젠가는 한글도 모두 알 수 있다는 용기도 막 생깁니다."

이야기를 다 끝낸 60대 후반 주부 입가에 미소가 피어났다. 나는 너무 가슴이 아파서 아무 말도 할 수가 없었다. 한 마디라도 위로를 건넸다가는 애써 참고 있는 눈물이 쏟아질 것만 같았다. 아무 말도 못하고 그 주부의 거친 손을 잡아주었다. 뒤늦게 붙잡은 한이 되어버린 꿈을 반드시 이루길 바라는 마음이 간절했다. 아울러 꿈을 붙잡으면서 생기는 용기에도 박수를 보내고 싶었다. 우리는 따뜻한 난로를 사이에 두고 불그레한 얼굴로 마주 보면서 살며시 미소 지었다.

60대 후반 주부는 자투리 시간이기는 했지만 비가 오든, 눈이 오든 봄, 여름, 가을, 겨울 여전히 그 시간이면 어김없이 한글을 배우러 왔다. 그 반복되는 하루하루가 단 한 번도 쉬는 경우가 없었다. 결국 결석이라는 것은 아예 처음부터 있을 수 없는 일이었다. 알든 모르든 그것은 큰 문젯거리가 아니었다. 60대 후반 주부는 그냥 꾸준히 배우다 보면 언젠가는 잔인한 운명에 마침표를 찍는 날이 온다는 것을 굳게 믿고 있었다.

'낙숫물이 바위를 뚫는다'고 했다. 포기하지 않은 꾸준한 인내 앞에서는 안 되는 것이 없다. 결국 바위를 뚫는 것은 바위를 두드리는 끊임없는 물의 낙하 횟수이다. 60대 후반 주부는 한글이라고는 자음, 모음도 모른 상태에서 출발했지만 쉬지 않은 노력이 결국 바위를 뚫어버렸다.

60대 후반 주부는 아는 글자가 하나둘 늘어나더니 어느 날부터는 교회에 가면 찬송가를 읽으면서 따라 부르게 되었다. 그동안은 읽을 줄도 모른 채 가지고 다니던 성경책이었는데 이제 찬송가를 읽으면서 부르게 되었고, 성경도 또박또박 읽으면서 목사님 설교를 들을 수 있게 되었다. 그러니 한글을 알고 따라 읽는 것도 감격스러웠고, 찬송가와 성경이 주는 은혜도 예전하고는 다른 감격이었다.

하루는 40이 넘은, 이제 중년이 되어버린 아들과 딸에게 문자를 보내 보고 싶다고 했다. 하기야 지금까지 마음을 전하는 편지 한 통, 문자 하나 보낸 적이 없었으니 엄마가 해주고 싶은 마음의 이야기들을 한 번도 전하지 못한 것이었다. 일단 보내고 싶은 내용을 노트에 적었다. 그리고 한 번도 사용해본 적 없는 휴대폰의 문자 기능을 열었다. 그리고 한 글자 한 글자에 엄마의 간절한 마음을 담아 적어나가기 시작했다. 60대 후반 주부는 아들과 딸은 엄마가 한글을 배우러 다니는 줄은 꿈에도 모른다고 했다. 그런 아들과 딸이 이 문자를 받으면 어떤 마음일까 가슴 설레며 가늠해보려는 것 같았다. 한참을 휴대폰을 들여다보면서 마지막 문장까지 모두 썼다. 그리고 떨리는 거친 손으로 '전송' 버튼을 눌렀다. 그 순간 60대 후반 주부를 만나고 지금까지 한 번도 보지 못했던 환한 미소가 그 주부 얼굴 한가득 퍼졌다.

꿈을 가져라

- 용혜원

절망할 일이 다가오면
다가올수록 꿈을 가져라!

슬퍼할 일이 많아지면
많아질수록 꿈을 가져라!

고통스러운 일이 찾아오면
찾아올수록 꿈을 가져라!

괴로운 일이 파고들면
파고들수록 꿈을 가져라!

고뇌할 일이 쌓이면
쌓일수록 꿈을 가져라!

낙심될 일이 가득하면
가득할수록 꿈을 가져라!

꿈꾸면
꿈은 이루어지는 법
꿈을 이루어가면
삶은 더 행복해지는 법

CHAPTER 3

꿈을 위해 준비하라

어느 탈북민 이야기

몇 년 전 일이다. 수업을 하고 있는데 사무실 전화가 계속 울렸다.

'뭐야, 왜 전화를 안 받지?'

사무실에는 아무도 없었다.

"네, 검정고시 학원입니다."

"안녕하세요, 검정고시 좀 물어보려고요."

'어? 목소리가 우리나라 사람이 아닌데, 중국에서 왔나? 중국에서 왔다면 중국에서 온 사람치고는 우리나라 말을 너무 잘하는데.'

순간 우리나라 사람이 아니라는 것을 알아차렸다.

"네, 그러세요? 제가 지금 수업하다가 전화를 받아서요. 다시 전화 드릴 테니까 번호하고 이름 좀 불러 주세요."

"7**-**** 김선희입니다."

"7**-**** 맞습니까?"

"네."

"이따가 전화드리겠습니다."

"얼마나 기다릴까요?"

"넉넉잡아 1시간 정도 후에요."

"네, 기다리겠습니다. 꼭 전화 주세요."

착실하게 번호를 받아 적어서 내 책상 위에 올려놓고, 하던 수업을 계속했다. 그런데 수업을 얼마나 열심히 했는지 시간이 얼마나 흘렀는지도 모르고 수업을 했다. 얼마 후 노크 소리가 들렸다. 사무실 선생님이었다.

"왜요?"

"선생님, 혹시 1시간 전쯤에 김선희라는 분하고 통화하셨어요?"

"아! 네, 근데 왜요?"

"방금 그분이 전화하셔서 선생님을 바꿔달라고 해서 수업 중이라고 했더니 언제 끝나느냐고 물었습니다."

"조금 있다가 전화 드린다고 하세요. 수업도 거의 끝나갑니다. 아니면 선생님이 설명 좀 해주든가요."

"네."

수업을 빨리 끝내고 전화를 해야 했다. 근데 그게 또 시간을 넘기면서 수업이 진행되고 있었다. 하지만 정말로 약간이었다. 한 5분 정도였던 것 같다. 또 노크 소리가 들렸다.

"선생님, 아까 그분한테서 또 전화 왔습니다."

"선생님이 설명 좀 하지요."

"네, 설명해드렸는데 선생님하고 통화를 한번 하고 싶다고 해서요."

"알았어요."

이런 경우는 드물었다. 대부분 이런 상황이면 전화를 할 때까지 기다리기 힘들면 사무실 선생님에게 물어보고 그것이 끝이었다. 그런데 선희 씨는 달랐다. 불과 1시간 30분 정도의 시간에 벌써 3번이나 전화를 다시 했던 것이다. 내가 다시 전화를 했을 때도 벨이 울리자마자 통화가 됐으니까 아마 전화기 옆에서 기다리고 있었던 것 같다. 처음부터 선희 씨는 열정 그 자체였다.

"전화가 늦어서 죄송합니다. 설명은 들으셨죠?"

"네, 근데 선생님 저는…."

여전히 목소리로 우리나라 사람이 아니라는 것을 알 수 있었다. 한참을 망설이더니 말했다.

"북한에서 왔는데요. 저도 할 수 있을까요?"

주저주저하는 목소리였다. 어쩐지 목소리 톤이 우리하고 다르다 싶었다.

순간 기억 저쪽에서 떠오르는 한 청년이 있었다. 언젠가 야간반에 공부하러 다니던 탈북민 청년이었다. 그때가 아마 27세 정도였던 걸로 기억한다. 얼마나 잘생겼는지 우리나라에서 제일 잘생겼다는 남자 배우들은 그 청년한테는 댈 것도 아니었다. '남남북녀'라는 말을 도대체 누가 만든 것인가 싶을 정도였다.

그렇게 잘생긴 탈북자 청년은 항상 제일 뒷자리에 앉아 있다가 수업이 끝나면 아무 말도 없이 가버렸다. 같이 공부하는 사람들하고도 단 한 마디도 하지 않았다. 그 청년이 탈북자라는 것은 교실 안에서 나와 그 청년만 알고 아무도 몰랐다. 그래서 다들 그 청년을 보면서 많이 피곤하니까 말하기가 싫은 것 같다며 자기들 나름대로 해석을 했다.

그 청년은 처음 만날 때부터 졸업할 때까지 단 한 마디도 하지 않았다. 나에게도 그랬고, 같이 공부하는 사람들에게도 그랬다. 말을 건네면 그냥 고개만 숙였다. 그게 대답이었다. 웃는 것도 한 번도 본 적이 없었다.

언제나 슬픈 눈을 하고 낮에는 카센터에서 기술을 배우고 피곤에 지친 모습으로 수업에 모습을 드러내곤 했었다. 그리고 수업이 끝나면 인사 한 마디 없이 아무 말도 하지 않고 가버렸다. 매일매일 마찬가지였다. 그러다 졸업을 했다.

그 뒤로는 그 청년을 우연이라도 한 번도 만난 적이 없다. 바람결에라도 소식을 들은 적도 없다. 하지만 나는 그 후로도 그 청년이 많이 생각나고, 많이 보고 싶었다. 전화번호도 결번이라는 안내 멘트만 흘러나왔다. 너무 친절하고 목소리가 아름다운 안내 멘트 기계에게 '그러면 바뀐 번호는 뭔데요?'라고 묻고 싶을 정도였다.

그렇게 우리 만남은 끝났다. 내 가슴을 온통 쓰라림으로 먹칠을 하고서 말이다. 내 마음에는 그 슬픈 눈이 아직도 생생한데, 꾹 누르면 금방이라도 눈물이 주르륵 흐를 것 같은 슬픈 눈이었는데, 쉬는 시간에는 그 눈을 아예 감아버리고 머리를 벽에 기대고 생각에 잠겨 있었는데, 그렇게 슬픈 눈으로 남한이라는 낯선 땅을 어떻게 견딜지 걱정만 남기고 그렇게 가버렸다. 왜 그렇게 힘들어하는지 내게 수수께끼만 남겨놓고 가버렸다. 합격을 했지만 합격증도 찾으러 오지 않았다.

북한에서 온 학생은 눈이 슬픈 그 청년이 처음이었고 몇 년이 흐른 후였기 때문에 사실 나도 당황이 됐다.

"그럼 어떤 과정을 공부하실 건가요?"

"모르겠어요. 선생님이 정해주세요. 갑갑해서 선생님께 의논드리려고요."

우리나라에서는 검정고시 시험을 응시하려면 최종학력이라는 확인증이 필요하다. 나는 그것을 물었다.

"시험을 보려면 최종학력을 증명받아야 되는데 그것은 어떻게 해야 될까요?"

주객이 전도되어 오히려 내가 묻고 있었다.

"그건 제가 알아볼게요. 제가 궁금한 것은 그냥 저 같은 사람도 공부를 할 수 있을까 입니다."

'저 같은 사람'은 구체적으로 어떤 사람을 말하는지 감이 안 잡혔지만 그때까지 우리 학원은 공부를 잘하는 사람들도 많았지만 그렇지 않은 분들도 결석만 하지 않으면 합격하는 특성이 있었기에 그건 걱정하지 말라고 안심시켰다. 정말이다. 희한하게 결석만 하지 않으면 모두 합격했다.

그래서인지 다른 도시에서도 소문을 듣고 학원 옆에서 원룸 생활을 하면서 공부한 경우가 많았다. 그리고 목소리로 봐서는 아직 젊으니까 연세 많으신 만학도 분들보다는 훨씬 유리하고 아무리 북한이라도 어느 정도 기초 실력은 있을 거라고 생각했다.

김칫국부터 마셨던 것이다. 왜 김칫국부터 마셨다고 하는지 조금 후 알게 될 것이다. 전화를 끊고 1시간이나 지났을까 빼빼 마른 체구, 그러니까 진짜 뼈에 가죽만 씌워 놓은 것 같은 모습의 키가 작은 20대 여자가 네 살쯤 되어 보이는 여자아이를 데리고 와서 '아까 전화했던 사람이다'며 자기를 소개했다.

"최종학력을 어디까지 인정받을 수 있는지 내일이나 돼야 알 수 있다고 하셨잖아요."

"네, 그런데 집에 가만히 있을 수가 없어서요."

"예? 왜요?"

"하루라도 빨리 뭔가를 해야 할 것 같아서요."

일단 앉으라고 자리를 권한 다음, 커피를 탔다. 둘 다 아무 말 없이 커피를 몇 모금 마시고 나서 내가 먼저 어떻게 된 것이냐고 물었다. 자기는 가족들과 같이 탈북한 사람이고 이곳으로 자리를 잡았다는 것이다. 그런데 뭔가를 해야겠다는 생각이 들어 이것저것 알아봤는데 탈북민인 자기가 할 일은 거의 없더라고 했다. 탈북민이라고 하면 주변 사람들의 시선부터가 다르게 느껴지곤 하는데 일자리를 얻는다는 것은 더 어려웠다고 했다. 하기야 이해가 됐다. 아직은 우리가 탈북한 분들을 이웃 사람처럼 대하기는 아무래도 무리일 듯싶었다.

"그래서 나는 남한에서 앞으로 뭘 하면서 살아야 하는가를 아무리 고민하고 또 고민을 해봐도 뾰족한 수가 없었습니다. 그래서 일단 공부를 하자는 생각으로 전화를 했습니다. 공부는 여기 남한 수준하고 북한 수준은 비교할 수도 없을 텐데 제가 이걸 할 수 있을까 싶어 다른 것을 아무리 찾아도 탈북자에게 희망이라는 것은 없었습니다. 지금 공부를 한다고 해도 제가 이 어려운 과정을 따라갈 수 있을지도 모르겠고, 설령 합격한다고 해도 뭘 하겠다는 것도 없고, 앞으로 제 인생이 어떻게 될지도 모르겠고, 어떻게 살아야 할지도 모르겠고, 문 밖으로 나가기도 힘듭니다. 앞이 막막한 느낌입니다. 참 힘듭니다. 목숨을 걸고 죽음을 넘어서 여기로 왔는데 막상 와보니까 여기는 더 막막합니다."

순간 몇 년 전 그 청년의 눈이 왜 그렇게 슬퍼 보였는지 수수께끼가 풀렸다. 왜 그렇게 슬픈 눈을 할 수밖에 없었는지, 그 수수께끼가 사슬 풀리듯 풀렸다. '그랬구나, 바로 이거구나. 남한에서의 막막함이 죽음의 사선을 넘을 때보다 더 막막하다니. 그게 어떤 것인지 감히 나로서는 상상도 할 수 없는 것이었구나.' 그런 생각을 하니 눈물이 났다. '이 일을 어쩌나' 싶었다. 가슴이 '쿵' 내려앉았다. 마음이 다시 쓰라려왔다. 제발 하나님께서 눈이 슬픈 탈북자 청년을 지켜주시기를 순간 기도했다.

그리고 앞에 앉아 있는 김선희 씨를 바라보았다. 오늘 여기, 또 그때 그 눈을 가지고 나를 바라보고 있는 한 사람을 만난 것이다. '할 수 있으니까 걱정 말라'고 다독이며 자신감을 줬다. 이번에는 절대 가슴 쓰라린 채로 졸업시키지 않으리라 다짐했다.

나와 김선희 씨의 만남은 이렇게 시작됐고, 다음 날부터 수업이 시작됐다. 일단 중학교 반에서 기초를 다져서 고등학교 반으로 올라가기로 했다. 첫 수업 시간, 교실에 들어가니까 김선희 씨가 제일 앞자리에 앉아 있었다. 역시 생각했던 대로 열정적이었다. 그리고는 자기 실력을 고백해야겠다며 자신의 무용담을 들려주었다.

"제일 처음 남한에 왔을 때 기초실력 테스트를 받았습니다. 온통 모르는 문제들이었습니다. 정말 하나도 아는 문제가 없었습니다. 예를 들면 우리나라를 팔아버린 사람을 찾는 문제가 있었는데 언제 들어본 적이 없는 문제였습니다. 아무리 생각해도 알 수가 없었습니다. 그래서 그냥 찍는다는 것이 '이순신'을 찍었습니다. 근데 뒤에 알고 보니까 '이순신'은 나라를 구한 분이지 나라를 팔아먹은 분이 아니었습니다. 근데 저는 나라 팔아먹은 사람을 이순신이라고 답을 했으니 한심하죠. 북한에서는 한 번도 '이순신'을 배운 적이 없습니다. 저는 처음 들어보는 이름이었습니다."

"푸하하하."

큰 소리로 웃어버렸다. 빵 터진 웃음은 한참 동안 잡히지 않았다.

'세상에 세상에, 아이고 세상에, 이순신이 나라 팔아먹은 사람이라고.'

"하하하하하."

김선희 씨도 자신이 찍은 답이 하도 어이가 없는지 웃고, 나도 웃고, 교실에 있는 사람 모두 웃었다.

"푸하하하."

한참을 웃고 나니까 그제야 정신이 들면서 현실이 보이기 시작했다. 그리고 걱정이 몰려왔다. 위에서 소개한 73세 어머니처럼 김선희 씨도 수학이 외계인 언어가 되는 것 아닌가 하는 걱정 말이다. 그것은 불 보듯 뻔했다. 전화를 기다리지도 못하고 먼저 3번씩이나 전화를 걸어왔고, 그도 안 되겠다 싶었는지 바로 학원을 방문한 열정적인 김선희 씨. 그만큼 모든 일을 열정적으로 도전한다는 이야기인데 수학이 외계인 언어가 된다고 느끼면 절대 그냥 안 넘어갈 것 같은데, 이 일을 어쩌나 싶었다.

밖으로는 "푸하하하" 웃고 있었지만 속으로는 '이 일을 어쩌나, 이를 어쩌나. 나라 팔아먹은 사람을 이순신이라고 답한 이 사람을 어떻게 가르쳐야 하나. 아이고 어쩌나.' 걱정이 꼬리에 꼬리를 물고 있었다. 밖으로는 여전히 "푸하하하" 웃으면서 말이다. 이러니 김칫국부터 마셨다는 것이다. 아이고 아이고, 한숨이 절로 나왔다.

그러나 세월이 약이라고 했던가. 시간이 해결사로 등장했다. 다행히 아직 젊어서 실력이 빠르게 좋아졌고, 드디어 중학교 반에서 기초 학습이 끝나고 고등학교 반으로 올라갔다. 김선희 씨 역시 대단한 노력파였다. 73세 어머니도 노력하시는 모습의 표본을 보여주셨는데 김선희 씨 역시 노력하는 데는 73세 어머니와 막상막하였다. 김선희 씨 역시 숙제를 한 번도 거른 적이 없었다.

나는 지금까지 숙제를 하는 사람치고 공부 안 하는 사람 없고, 숙제를 안 하는 사람치고 공부하는 사람을 본 적이 없다. 항상 너무 어렵다는 말을 입에 달고 다니면서 절대 숙제를 하지 않는 사람들이 있다. 숙제하고는 무슨 원수지간인 사람처럼 말이다.

그러나 숙제를 제대로 해오는 사람치고 어렵다고 징징거리는 사람이 없다. 그분들은 아무 흔적도 내지 않고 실력이 차곡차곡 속으로 쌓여간다. 마치 항아리에 물이 차오르는 것처럼 말이다. 배가 불룩한 항아리에 물을 채운다고 생각해보라. 아무리 부어도 그 자리에 멈춰있는 것 같지만 항아리 속에서는 물이 차곡차곡 채워지고 있다.

콩나물을 키우는 것도 마찬가지다. 물을 붓기는 하는데 물을 붓는 순간 그 물이 전부 아래로 쑥 빠져버린다. '도대체 콩나물은 자랄 수 있을까?' 싶을 정도로 물이 순식간에 없어져 버린다. 그러나 콩나물은 조금씩 자라나고 있다. 그 조그마한 변화가 눈에 안 보여서 그렇지 조용히 속으로 자라고 있는 것이다. 그러다 어느 날 확 자란 콩나물이 눈에 들어오는 것이다.

실력도 그렇다. '숙제 그까짓 것 좀 했다고 공부를 잘할 수 있을까?' 싶지만 아니다. 절대 아니다. 가랑비에 옷 젖듯이 실력으로 나타날 순간을 기다리고 있는 것이다. 숙제를 절대 하지 않는 사람들은 숙제를 내주면 볼멘소리를 한다.

"뭘 알아야 숙제도 하지, 아무것도 모르는데 어떻게 숙제를 하라는 겁니까?"

그러면 내가 오히려 물어보고 싶어진다.

'그러면 언제 이해할 건가요? 언제까지 기다리면 되는 건가요?'

물론 알고 숙제를 하면 그것보다 최상의 시나리오는 없다. 그렇지만 그때가 언제인가? 도대체 언제 이해가 된다는 것인가? 혹시 지금 '꿈이 없어서 준비하고 말 것도 없다'는 생각으로 답답한가? 그럴 수 있다. 충분히 이해된다. 그러나 아무 걱정하지 말라. 오늘부터 내가 내준 숙제를 착실히 하기만 하면 어느 순간 꿈이 내게 달려들 것이다. 어느 순간 달라진 자신을 만나게 될 것이다. 당장 지금부터 시작해보라.

자기계발서를 20권 정도를 준비해서 베껴 써라. 이때 책을 준비할 때는 반드시 자기 돈으로 준비를 해야 한다. 돈이 궁하면 1권씩 사서 베껴라. 학원비와 책은 무조건 자기 돈으로 하는 것이 좋다. 그래야 눈에 생기가 돌고, 더 열정적이 되기 때문이다.

꿈이 생길 때까지 베끼고 또 베껴라. 베끼고 베껴 쓰다보면 서서히 속에서 자라온 꿈을 만나게 될 것이다. 지금까지 숙제를 해왔던 모든 분들이 기적을 체험했던 것처럼 어느 순간 놀라운 자신을 발견하게 될 것이다.

팔이 아플 것을 걱정하는가? 괜찮다. 나는 지금까지 팔이 아파서 죽은 사람을 본 적이 없다. 시간이 없다고 엄살을 피우고 싶은가? 걱정하지 말라. 꿈이 없어서 방향도 모르고 흘려버릴 시간에 비하면 이것은 새발의 피다.

내 수업 방식은 설령 하나도 모르더라도 무조건 베끼기라도 해야 한다는 것이다. 그래야 다음에 반복할 때 적어도 생소하게 느껴지지는 않기 때문이다. 외계인 언어가 차츰차츰 우리 한글처럼 느껴지기 때문이다. 즉 외계인 언어를 한글처럼 친숙하게 느끼려면 무조건 외계인 언어를 그냥 베껴 써야 된다.

다산 정약용 선생도 그의 아들들에게 베껴 쓰기를 얼마나 강조했는가. 즉 하나도 이해가 안 되면 필사라도 열심히 해라. 그렇게 준비를 하고 있어야 어느 순간 확 내 언어로 달려 들어올 날을 만나게 될 것이다.

이 생각은 내게 수학 공식과도 같았다. 오늘 진도 나간 것을 무조건 20번씩 베껴오게 했다. 다음 수업시간에는 숙제를 검사하고 다시 그 숙제로 해온 단원을 설명하고 다음 단원으로 넘어갔다. 그렇게 하니까 숙제를 해오기만 하면 실력이 서서히 오르기 시작해서 어느 날 수학을 확 잡아채는 기적들이 일어났다.

사실 만학도 분들은 수학 실력이 거의 비슷비슷하셨다. 왜냐하면 그분들이 사셨던 어린 시절이 거의 비슷했기 때문이다. 동생들 가르쳐야 하니까 학교를 못 다니신 분들, 돈이 생기면 논, 밭, 땅을 사려고 자식 공부에는 별 관심이 없으셨던 부모님을 둔 분들, 집안 형편이 너무 어려워서 일찍 돈을 벌어야 했던 분들, 논일, 밭일 나가신 어머니를 대신해서 어려서부터 집안일을 해야 했던 분들 등등. 사연도 다르고, 각자 지닌 눈물도 다른 것 같지만 사실 어려운 시절을 살아내셨다는 것은 같았다. 수학 실력 역시 거의 비슷비슷하셨다.

그런 분들이 실력 차이가 생기기 시작하는 순간이 있는데 그게 바로 숙제였다. 숙제를 꾸준히 베껴 오신 분은 서서히 실력이 좋아지면서 수학이 들리기 시작하고 심지어 재미있어지기 시작한다.

이쯤 되면 게임 끝이다. 생각해보라. 만학도 분들의 최대 강적이 수학인데 그 외계인 언어였던 것이 어느 날 이해가 되기 시작하는데 다른 과목은 어떻겠는가? 다른 과목은 누워서 떡먹기 식이 되는 것이다. 그렇게 되면 이분들은 공부 잘하는 분으로 등극하게 된다. 그러니 시험에 합격하는 것은 당연한 일이다.

다행히 김선희 씨는 열심히 숙제를 해왔다. 아니, 더한 숙제도 해올 기세였다. 김선희 씨는 1년이 채 안 돼서 고등학교 검정고시 시험에 합격했다. 나라를 팔아먹은 사람이 이순신이라고 찍었던 국사에서 78점이라는 고득점으로 합격을 했다. 그리고 김선희 씨는 졸업을 해야 했다.

그런데 눈이 슬픈 청년 생각에 그냥 보낼 수가 없었다. 김선희 씨역시 다음으로 뭘 해야 하느냐고 물어왔다. 일단 전문대학에 진학하라고 권했고 전문대 교수 한 분을 소개해드렸다. 김선희 씨는 마치 낯선 길에서 부모 손을 꼭 잡은 어린아이처럼 내 손을 꼭 잡고 내가 인도하는 대로 따라왔다. 나 역시 절대 그 손을 놓지 않겠다고 다짐했다.

그렇게 해서 김선희 씨는 사회복지를 전공하게 되었다. 그런데 입학을 하기는 했는데 참 막막했다. 뭔가 인생의 키를 잡고 방향을 잡아야겠는데 그 답이 얼른 보이지 않았다. 그때부터 나는 김선희 씨에게 알맞은 것이 있는지 온갖 것을 다 알아봤다.

그러나 답이 없었다. 하지만 아무리 답이 없어도 물러설 수 없는 일이었다. 이미 눈이 슬픈 탈북민 청년을 눈이 슬픈 채로 보냈던 것이 가슴 아픈 쓰라림으로 남아 있던 나로서는 끝까지 김선희 씨 손을 붙잡고 있어야 했다. 그런데 그때 마침 눈에 들어오는 정보 하나가 있었다. 탈북자를 대상으로 한 사회복지 공무원 시험이었다. 이 시험은 딱 김선희 씨를 위한 시험이었다. 김선희 씨 역시 사회복지를 전공하고 있었으니까 열심히만 한다면 무리가 없을 것 같았다. 물론 어렵기야 하겠지만 지금까지 공부하던 김선희 씨 모습을 보면 할 수 있을 거라 생각했다. 역시 준비가 이래서 필요하구나 싶었다.

다음 날 김선희 씨에게 시험 요강과 공부하는 방법, 인터넷 수업을 들을 수 있는 사이트, 공무원 수험서까지 챙겨주면서 열심히 하는 길밖에 없다고 강조했다. 김선희 씨는 정말 자신이 없다고는 했지만 도전하는 데에는 주저하지 않았다. 김선희 씨 유전자는 무조건 '고(GO)'인 것 같았다. 간혹 인터넷 수업을 잘 보고 있는지 궁금해서 사이트를 열어보면 착실하게 강의를 잘 보고 있었다.

그리고 1년 뒤. 어떻게 됐겠는가? 공무원 시험에서 평균 93점을 맞았다고, 합격했다고, 감사하다고, 이제 아무 걱정 없다고 들뜬 목소리로 전화를 했다. 내가 김선희 씨보다 더 기뻤다. 주책없이 이럴 때는 꼭 눈물이 났다.

"잘됐다, 너무 잘됐다. 잘했다, 잘했다. 그리고 수고했다."

너무 좋을 때는 할 말도 생각이 나지 않았다. 더 멋지고 거창한 말을 해주고 싶은데 잘했다, 수고했다는 말밖에 도통 생각이 나질 않았다.

며칠 후 김선희 씨는 '공무원 시험 최종 면접을 봐야 하는데 자기소개서가 필요하다'며 '어떻게 써야 할지 몰라서 나하고 같이 쓰고 싶다'며 찾아왔다. 이런 내용, 저런 내용을 잘 정리해서 깔끔하게 마무리하고 어떻게 공부했느냐고, 어렵지는 않았느냐고, 어떻게 평균을 93점이나 맞을 수 있었느냐고 물어보았다.

"왜 안 어려워요. 너무 어려워서 포기하고 싶은 마음이 꿀떡 같았습니다. 그러나 그럴 수는 없었습니다. 이번에 포기하면 언제 또 이런 기회가 올지도 모르겠고, 어렵다고, 힘들다고 물러설 수는 없었습니다."

그랬을 것이다. 그러고도 남았을 것이다. 그 마음과 그 노력이 충분히 이해가 됐다.

"학교 갔다가 집에 오면 옷도 안 갈아입고 컴퓨터 앞에 앉았습니다. 그렇게 시작한 공부는 다음 날이 희미하게 밝아올 때까지 했습니다. 그렇게 컴퓨터 앞에서 보고, 또 봤습니다. 연습장도 아까워서 써버린 것도 모아두었다가 그 위에 또 쓰고, 또 쓰고, 얼마나 썼는지 빈틈이라고는 하나도 없게 썼습니다. 글자 위에 글자가 겹치기를 몇 번이나 되풀이했습니다. 하필이면 시아버지께서 암 선고를 받으셔서 시아버지 암 수발까지 하면서 공부하느라 너무 힘들었습니다."

김선희 씨 눈에 눈물이 그렁그렁 맺혔다.

"아이고, 고생했다. 너무 고생했다. 그리고 장하다. 정말 장하다."

내가 할 수 있는 칭찬은 이게 전부였다. 더 멋진 칭찬을 해주고 싶은데 '장하다, 장하다'만 생각나고 다른 말은 하나도 생각이 나질 않았다. 평상시에는 그렇게 말도 잘하고, 좋은 말, 예쁜 말도 그렇게 잘하면서 꼭 이렇게 결정적일 때는 한두 마디만 기계처럼 반복하는 내 모습이 바보스럽게 느껴졌지만 그게 내 온 맘을 다한 진심이었기 때문에 기분은 날아갈 것 같았다. 다른 사람이 보면 내가 공무원시험 합격자고, 김선희 씨가 내 이야기를 차분히 듣고 있는 것 같은 상황이었다.

"선생님, 근데 너무 웃긴 게 있어요. 면접하시는 분이 연락이 왔는데 매년 평균이 82점에서 차이가 나면 1점, 2점이라서 필기에서 3명 정도 뽑아서 면접에서 최종으로 1명을 뽑는데 올해는 저 혼자 93점을 맞았다며 비슷비슷한 점수가 있어야 다른 사람을 뽑아서 면접으로 최종 합격자를 뽑을 텐데 이번에는 저하고 점수가 비교할 사람이 없어서 그냥 저만 뽑았으니까 너무 긴장하지 말고 서류만 잘 챙겨오라고 했습니다."

"푸하하하, 너무 잘된 일이다."

"푸하하하." 김선희 씨와 첫 수업시간에 웃었던 그 모습 그대로 우리는 또 그렇게 웃고 있었다. 첫 수업시간에 김선희 씨는 '할 수 있을까?'라는 걱정을, 나는 '어떻게 가르쳐야 하나?'라는 걱정을 안고 웃었다면 지금은 선희 씨도, 나도 기뻐서, 너무너무 기뻐서 웃고 또 웃었다. "푸하하하" 눈물이 날 때까지 웃었다.

그리고 또 오겠다며 김선희 씨는 문을 나섰다.

"선생님, 이제 아무 걱정 없습니다. 너무 행복합니다. 정말 감사합니다. 제가 웃을 수 있는 건 선생님 덕분입니다. 막막한 터널에 갇힌 기분이었는데 선생님을 만나다니 정말 감사합니다."

감사하다는 말을 몇 번이나 반복하더니 가벼운 발걸음으로 걸음을 옮겼다. 김선희 씨 뒷모습을 보면서 기도했다.

'죽음의 사선을 넘으며 이렇게 좋은 대한민국 국민이 되었으니 앞으로는 꽃길만 걷기를.'

'멋진 하늘을 바라보고, 예쁜 꽃을 바라보며 힘차게, 즐겁게 살아가기를.'

김선희 씨가 어렵게 공부해서 공무원이 된 것이 어찌 내 덕이겠는가? 그것은 오직 변함없는 김선희 씨의 열정의 결과였고, 그보다 앞서 '준비'를 했기에 가능한 일이었다.

뭐가 꿈인지, 목표인지 아무것도 알 수 없는 터널 속에서 좌절하지 않고, 대한민국으로 온 것을 후회하면서 세월을 허송하지 않고 공부로 준비한 것이다. 준비를 했기에 바로 도전할 수 있었다. 준비를 했기에 93점이라는 어느 누구와도 비교할 수 없는, 다른 사람은 아예 면접 기회도 얻을 수 없게 만들어버린 꿈같은 기적을 얻을 수 있었던 것이다. 준비는 꿈이 확실하지 않아도 할 수 있다.

얼마 전 김선희 씨는 또 다른 기쁜 소식을 전해왔다. "선생님, 저 8급으로 승진했습니다. 그리고 또 다른 꿈을 품게 되었습니다. 이제 4년제 사이버대학에 편입해서 열심히 공부하고 있습니다."

또렷한 꿈을 가슴에 품었다면 그 꿈을 위해서 준비하고, 만약 또렷한 꿈을 아직 품지 못했다면 꿈이 또렷해질 때까지 오늘을 열심히 준비하자. 그러면 꿈이 보일 것이다. 꿈이 내게 말을 걸어올 것이다.

하늘은 스스로 돕는 자를 돕는다

　　　　　　　열여섯 살에 스카이다이버가 되기로 결심한 이후 세계 여러 마천루에서 낙하산 점프를 하거나 최초로 인조 날개를 달고 영국 해협을 건너는 등 갖가지 기록을 세우면서 유명해진 사람이 있다. 바로 오스트리아 출신의 펠릭스 바움가르트너다.

　그는 인류 역사상 최초로 우주에서 뛰어내린 사람으로 유명하다. 그는 38.6km 상공인 성층권까지 올라가서 세계 최초로 보호복과 헬멧만을 착용한 상태에서 낙하해 성공적으로 지상에 착륙한 사람이 되었다. 낙하시간은 10분 정도 걸렸으며 속도는 평균 1,100km/h로 측정되었다. 즉 비행기보다 3배나 높은 고도에서 비행기보다 더 빠른 속도로 뛰어내린 것이다. 사람으로서는 세계 최초로 음속을 돌파한 기록을 낸 것이다.

그러나 이렇게 대단한 일이 하루아침에 이루어진 것은 아니었다. 그는 새로운 점프에 수없이 도전했었고, 성층권까지 올라가서도 아무렇지도 않게 버틸 수 있는 여압복과 캡슐을 제작하는 기간만도 4년이 걸렸다.

자신이 꿈꾸는 것을 위해서 철저하게 노력하고 준비한 바움가르트너는 결국 자신의 꿈을 세계 모든 사람들에게 보여주었다. 하늘을 날겠다는 꿈을 품었던 바움가르트너는 하늘을 나는 스카이다이빙에서 세계적인 기록 보유자가 되었다.

'하늘은 스스로 돕는 자를 돕는다'고 했다. 바움가르트너가 하늘을 나는 스카이다이빙에서 세계적인 기록 보유자가 된 것은 과연 무엇 때문이라고 생각하는가? 그것은 먼저 어린 시절부터 품었던 꿈, 그 꿈이 있었고, 다음으로 그 꿈을 위해서 끊임없이 준비했기 때문이다. 그렇다. 바로 이것이다. 우리도 인생을 살아가는 데 꿈이 있어야 된다. 꿈이 있어야 목적지가 있고, 그 목적지를 향해서 오늘 준비하고 실천할 수 있는 것이다. 즉 모든 성공의 첫 단계는 바로 꿈을 품는 것이다. 다음으로는 꿈을 위해서 철저하게 준비하는 것이다. 바움가르트너가 꿈을 이룰 수 있었던 것도 철저한 준비가 있었기 때문이다.

꿈을 품고 있는가? 그렇다면 철저하게 준비하자. 바움가르트너가 자신의 꿈을 위해서 준비해야 할 것들을 하나하나 철저하게 준비했던 것처럼 준비하자. 그러면 꿈을 이룬 바움가르트너의 모습이 바로 미래의 내 모습이 될 것이다.

"사람들이 내게 성공하는 비법이 뭐냐고 물어보면 나는 대답합니다. 가장 중요한 것은 내 자신을 파고 또 파서 깊이 들어가는 것입니다. 그리고 어떤 존재가 되길 원하는지 스스로에게 물어보십시오. 그것이 사람들에게 미친 소리처럼 들려도 상관없습니다. 자신을 믿으십시오. 다른 사람들이 뭐라고 하든, 어떻게 생각하든 상관하지 마십시오. 비관론자들의 말은 무시하십시오. '이건 안 된다', '저건 안 된다', '지금까지 성공한 경우가 없다'고 하는 비관론자들은 이렇게 말하는 것을 좋아합니다. 아무도 못한 일이라는 것은 내가 최초가 될 수있다는 말이기 때문입니다. 그러니 안 된다고 하는 사람들한테 관심을 주지 마십시오. 저는 항상 저를 믿고, 이렇게 말했습니다. '그래, 넌할 수 있어.' 그리고 가장 중요한 것은 뼈가 빠질 정도로 열심히 준비하십시오. 저는 해볼 수 있는 건 모두 다 했습니다. 그리고 실패를 두려워하지 마십시오. 저는 늘 실패할 각오를 했습니다. 실패 때문에 결정을 내리는 데 두려워하지 마십시오."

아버지는 알코올 중독에 가난한 집에서 영화배우를 꿈꾸던 한 소년이 훗날 그의 꿈을 이룬 후 우리에게 들려준 이야기다. 그는 처음 영화배우를 꿈꿀 때 사람들에게 미친 소리처럼 들렸어도 상관하지 않았다. 안 된다는 비관론자들을 모두 무시하고, 오직 '난 할 수 있다'는 생각으로 실패를 두려워하지 않으면서 뼈가 빠질 정도로 '해볼 수 있는 것은 모두 해봤다'는 그는 〈터미네이터〉라는 영화로 우리를 찾아왔다. 주인공인 아널드 슈워제네거 이야기다. 우리는 그의 이름보다는 '터미네이터'라고 더 많이 불렀다.

지금은 나이 때문에 옛날 모습이 많이 사라졌지만 80년대와 90년대에는 그 누구도 비교할 수 없는 거대한 육체미와 균형미의 할리우드 액션스타로 전 세계 영화팬들을 열광시킨 사람이다. 영화 속 그는 영원히 늙지도, 죽지도 않을 것처럼 보이는 몸을 가진 사람이었다. 펄펄 끓는 용광로 속을 엄지손가락을 치켜든 채로 서서히 빠져 들어가도 조금만, 아주 조금만 기다리면 그 치켜든 엄지손가락 그 모습 그대로 다시 용광로 속을 빠져나올 것 같은 그런 사람이었다. 그래서 영화가 끝나도 자리를 떠나지 않고, 영원히 기다리면 될 사람이라고 생각했다. 그렇게 영원해 보이던 그가 '꿈을 위해서 해볼 수 있는 것은 모두 뼈가 빠지게 노력하고 준비했다'고 한다.

영원히 늙지도, 죽지도 않을 모습으로 우리를 찾아온 그는 10대부터 꿈을 이룰 수 있는 방법을 생각했다. 그리고 자신의 몸을 근육질로 만들기로 선택했다. 영화계에서 근육질 남자를 찾을 때 자신이 뽑혀야 된다는 생각이었을 것이다. 실제로 영화계에서는 근육질 남자가 필요할 때는 아널드를 찾았다고 한다. 꿈을 위해서 10대부터 철저하게 준비했던 그는 결국 책 〈말론 브랜도냐 디카프리오냐 할리우드를 움직이는 스타 111인〉에서 '80년대 이후 세계 영화시장을 지배한 거인'이라고 기록됐으며, 기네스북에서는 '인류 역사상 육체를 가장 완벽하게 발달시킨 사람'으로 오르기도 했다.

어렸을 때부터 꿈을 이룰 수 있는 방법을 생각해내고, 계획대로 자신을 철저하게 만들어 준비한 그는 말한다.

"꿈을 향해 뼈가 빠질 정도로 열심히 준비하십시오."

〈투산 시티즌〉의 기자였던 스티븐 챈들러는 전혀 유명하지 않았던 시절의 아널드와의 만남을 다음과 같이 회상하고 있다.

"당시 나는 스포츠 칼럼니스트였는데, 아널드와 함께 하루를 보내고 자매지인 일요판 잡지에 그에 대한 기사를 쓰는 임무를 맡았다. 나역시 그가 누구인지, 앞으로 어떻게 될지 전혀 아는 게 없었다. 그와하루를 보내기로 한 것은 순전히 일 때문이었다.

'보디빌딩을 그만두셨는데 앞으로는 뭘 할 생각이세요?'라고 물었다. 그러자 그는 사소한 여행 계획을 이야기하듯 소곤소곤 대답했다. '저는 할리우드 최고의 스타가 될 겁니다.'

나는 놀란 티를 내지 않으려고 무척 애를 썼다. 왜냐하면 초기 영화에서 그는 그다지 가능성을 보여주지 못했을 뿐 아니라, 그의 오스트리아식 억양이나 무시무시한 근육도 관객을 사로잡을 수 있을 것같지 않았기 때문이다. 그러나 나는 이내 그의 나직한 말씨에 익숙해졌고 내친김에 무슨 수로 할리우드의 톱스타가 될 거냐고 물었다. '보디빌딩을 할 때처럼 할 겁니다. 원하는 모습을 상상하면서 이미 다 이룬 것처럼 사는 것이죠.' 그 말을 듣는 순간에는 터무니없는 소리로들렸지만, 나는 받아 적고 절대로 잊지 않았다."

만약 아널드가 꿈을 위해서 아무 준비도 하지 않고 그냥 꿈만 간직한 채로 가만히 있었다면 그는 과연 세계 최고의 액션스타로 성공을 거둘 수 있었을까?

꿈이 있는가? 꿈이 있다면 그 꿈을 위해서 무엇을, 어떻게 준비하고 있는가? 꿈이 있는 우리에게 아널드 슈워제네거는 나직하게 소곤소곤 말한다.

"꿈을 위하여 해볼 수 있는 것은 모두 다 하십시오. 그리고 꿈을 향해 뼈가 빠질 정도로 열심히 준비하십시오."

오늘의 땀이
성공의 씨앗이 된다

언젠가 중국을 여행할 때 서커스 공연을 보게 되었다. 정말이지 공연 하나하나가 장관이었다. '어떻게 저렇게 거대한 공연을 할 수 있을까' 싶을 만큼 놀라웠지만 그중에서도 더욱 놀랍고, 보고도 믿기지 않는 공연이 있었다.

나는 아직도 그 공연을 생생하게 기억하고 있다. 어쩌면 공연을 펼치고 있는 아이들을 보면서 가슴 아파했던 것 때문에 더 기억하고 있는 것인지도 모르겠다. 이 아이들을 보면서 내가 생각했던 것은 '사람이 얼마나 훈련을 하고, 노력에 노력을 하면 저렇게 될까' 하는 것이었다. 그리고 그런 고된 훈련을 할 수밖에 없었던 아이들의 사정이라는 것이 더 안타까웠다.

우리나라 아이들로 치자면 초등학교 2학년 정도 돼 보이는 여자아이 1명과 3학년 정도 돼 보이는 여자아이 1명, 5학년 정도 돼 보이는 남자아이 1명, 이렇게 3명이 나와서 온몸으로 하는 공연이었다. 이 세 명은 모두 한 가족이었다. 아무 도구도 없이 그냥 맨몸으로 하는 공연이었는데 공연하는 내내 보여주었던 장면들은 보고도 믿을 수가 없었다.

그중에 가장 인상 깊었던 것은 초등학교 3학년 정도 돼 보이는 여자아이가 허리를 뒤로 넘기더니 완전히 손바닥이 땅에 가서 닿는 것이었다. 그런데 조금 뒤에는 나머지 아이들까지도 앞의 아이와 똑같은 동작을 하는 것이었다. 그러니까 허리가 뒤로 완전히 넘어가서 뒤로 땅을 짚은 것이다. 앞이 아니라 뒤 말이다. 분명히 뒤로 땅을 짚었다. 보고도 믿어지지가 않았다. 이젠 더 나아가 뒤로 땅을 짚고 걷기 시작했다. 배가 위로 향하고 허리가 활처럼 완전히 꺾인 상태로 뒤로 땅을 짚고 걸어 다녔다. 처음 태어날 때부터 뒤로 걸을 수 있게 태어난 것처럼 자연스럽게 두 발과 두 손바닥을 짚고 걸어 다녔다. 세상에 이런 일이 다 있었다.

그뿐만이 아니었다. 뒤로 완전히 꺾인 허리, 아니 배 위로 다른 아이들이 올라서고 또 다른 아이들이 올라서고 하더니 또 걷는 것이 아닌가? 그들은 뒤로 땅을 짚고도 온갖 아찔한 공연들로 관객인 우리를 놀라게 했다. 그 공연을 보고 있는 나뿐만 아니라 다른 사람들도 여기 저기서 감탄하는 소리가 터져 나왔다.

그런데 그렇게 아찔하고, 믿을 수 없는 공연들을 보면서 내 마음은 오히려 서글퍼졌다. 신기하다는 생각보다 '이 아이들은 얼마나 힘들었을까' 싶은 마음이 먼저 들었다. 이 정도 공연을 하기 위해 어린아이들이 흘려야 했던 땀이 생각났고, 어린아이들이 흘려야 했던 눈물이 생각나서 가슴이 아파왔다. '얼마나 힘들었을까? 얼마나 포기하고 싶었을까? 힘들 때마다 얼마나 자신을 다독이면서 꿈을 생각했을까?' 하고 생각하니 가슴이 저려왔다.

공연이 모두 끝나고 이 어린아이들이 어떻게 해서 서커스 단원이 되었는지 영상이 소개됐다. 가난한 아이들은 하루하루 살아가기도 힘든 상황이었다. 그런 이들이 서커스 단장의 눈에 띄게 되었고, 단장의 설득으로 단장을 만난 다음 날부터 혹독한 훈련을 거듭했다. 훈련하는 장면이 영상으로 소개됐는데 정말 보통 사람들은 견디기 어려워 보이는 훈련들이었다. 훈련 과정을 보기만 해도 놀라운데 이 어린아이들은 훈련이 쉽기만 했을까? 훈련 과정 영상을 보는 내내 사람이 저런 훈련을 소화해냈다는 것이 믿기지 않았다. 다행히 어린아이들은 혹독한 훈련을 묵묵히 참아냈고, 지금 우리가 보고도 믿기지 않는 장면들을 연출해낸 것이다.

이 어린아이들에게 꿈이 없었다면 과연 혹독한 훈련을 참아낼 수 있었을까? 아니, 아무리 꿈이 있었다고 하더라도 무너지고, 포기하고 싶었던 순간이 수도 없이 많았을 텐데 그 순간들을 어떻게 견뎠는지 가슴만 아팠다. 꿈을 위해 견뎌야만 하는 혹독한 훈련 앞에 좌절할 수밖에 없는 순간들이 많았을 것이다.

　그러나 가슴에 품은 꿈이 있었기 때문에 다시 일어섰고, 다시 힘을 냈고, 다시 도전했을 것이다. 내가 다시 일어서는 것 같고, 내가 다시 힘을 내는 것 같고, 내가 다시 도전하는 것 같지만 '다시'를 가능하게 하는 원동력은 바로 꿈이다. 꿈이 있어야 넘어지고, 좌절하고, 포기하더라도 '다시'를 붙잡을 수 있는 것이다. 그만큼 꿈은 우리에게 중요한 것이다.

　그러나 꿈을 가슴에 품는 것과 동시에 우리가 해야 할 일이 있다. 바로 꿈을 이루기 위한 준비가 있어야 된다. 왜냐하면 꿈을 꿈인 상태로 가만히 품고만 있다면 이것은 이루고 싶고, 이루어야만 하는 꿈이 아닌 헛된 망상에 불과하기 때문이다. 가슴에 품은 꿈을 현실로 가져오기 위해서는 준비가 필수로 따라다녀야 한다.

　이 세 명의 어린아이들이 꿈만 가슴에 품고 있으면서 아무런 준비도 하지 않고, 혹독한 훈련도 하지 않으려 했다면 이 아이들은 많은 관객들 앞에서 자신들의 꿈을 펼칠 수 있었을까?

　나는 공연을 보고 나오면서 '앞으로 내가 살아가면서 견디기 힘든 일을 만나더라도 이 아이들을 생각한다면 견디지 못할 것이 없다'는 생각이 들었다. 힘든 일이 있을 때마다 오늘 만났던 아이들을 생각하면서 힘을 내야겠다고 다짐했다. 이 어린아이들이 고된 훈련 앞에서도 좌절하지 않고 꿈을 위해 준비하고 또 준비했던 것처럼 나 역시 힘들고 좌절할 수밖에 없는 상황이 찾아와도 절대 주저앉지 않고 내 꿈을 위한 준비를 게을리하지 않기로 다짐했다.

한편에서는 이렇게 어린아이들도 자신과의 싸움에서 이기고, 고된 훈련과의 싸움에서 끝까지 이기면서 꿈을 준비했는데 어른이 된 나는 더 힘든 것이라고 하더라도 견뎌야 한다는 생각이 들었다.

꿈을 위해서 준비하는 과정이 힘이 드는가? 피곤한가? 그러나 기억하라. 나만 힘들고 나만 피곤한 것이 아니다. 오늘의 힘든 준비가 성공의 큰 자양분이 된다는 것을 반드시 마음에 새겨야 한다.

끊임없이 준비하고 도전하는 개그맨 하면 누가 떠오르는가? 육지면 육지, 바다면 바다, 여기에 더해 하늘을 나는 것까지 도전한 개그맨이 있다. '학창시절 성적은 뒤에서 3, 4등이었지만 본인이 하고 싶은 것을 하고자 하면 그렇게 되는 뇌를 갖고 있는 것 같다'며 웃는 개그맨. 우리는 이 개그맨을 맥가이버라고 부른다. 달인 김병만 씨 이야기다.

그는 '개그맨이 되겠다'는 꿈을 품었다. 부푼 꿈과는 달리 현실의 그는 단돈 30만 원을 가지고 무작정 서울로 올라왔다. 하지만 서울로 오기는 했지만 어렸을 때부터 익숙했던 가난과 남들보다 작은 키, 그리고 무대공포증까지 개그맨이 되고 싶었지만 가진 것은 남들보다 불리한 조건에 단점뿐이었다.

그는 개그맨 지망생 시절 신문배달, 전기설비, 폐기물 처리 같은 각종 아르바이트를 안 해본 것이 없을 정도라고 한다. 아침에 일어나면 천장에 고드름이 얼어있는 방에서 가진 것이라고는 '꿈밖에 없었다'고 말하는 그는 개그맨 시험에 일곱 번 낙방했을 정도로 서울 생활이 참 어려웠다. 그러나 아무리 어려워도 개그맨이 되겠다는 꿈은 어려운 현실과 아무 상관없이 커가기만 했다.

10년에 걸친 무명 연예인 시절은 좌절하고 포기하기에 충분했지만 그래도 그는 쉬지 않고 기어서라도 꿈을 향해 나아갔다. 독특한 아이디어가 생각나면 그 즉시 메모하면서 개그맨이 되기 위한 준비를 철저하게 했던 것이다.

'지성이면 감천'이라고 했다. '준비된 사람이 쓰임받는다'고 했다. 그러니 아무리 힘들고 지쳐도 철저한 준비로 기회를 노리며 때를 기다리던 그에게 기회가 찾아온 것은 당연한 일이었다. 드디어 어느 날 〈개그콘서트〉 오디션을 볼 기회가 찾아온 것이다. 이 기회는 그동안 끊임없이 준비했던 개그 아이템으로 〈개그콘서트〉의 '달인'이라는 성공의 길에 들어설 수 있는 계기가 되었고, 이렇게 최고의 개그맨이 된 김병만 씨는 땀과 노력, 성실과 연습의 아이콘이 되었다. 그는 이렇게 말한다.

"그래, 나는 엉금엉금 기어서 여기까지 왔잖아. 뛰지는 못하지만 쉬지 않고 계속 기어서 왔어. 한순간에 확 뜨는 사람은 중간에 여유를 부릴 수 있겠지. 나는 기어서라도 내 목표까지 가야 하는 거잖아. 토끼와 거북이 이야기를 봐. 아무리 토끼가 빨라도 결국에는 거북이가 이겼잖아."

가진 것은 꿈밖에 없었던 김병만 씨는 '땀은 배신하지 않는다'는 믿음 하나로 자신의 꿈을 이루기 위해 끊임없이 연습하고 또 연습했다. 그는 워낙에 도전의 아이콘, 자격증 부자로 불린다. 일반적으로 사람들이 '저런 자격증이 왜 필요하지?' 싶은 굴삭기운전기능사, 검도4단 공인단증, 스킨스쿠버, 배관기능사, 피겨스케이팅, 스카이다이빙 코치 등 자격증만 15개 이상을 보유하고 있다.

그런데 이런 자격증 부자의 모습 뒤에는 그의 눈물겨운 노력이 숨어 있었다. 그는 폐쇄공포증이 있었다. 폐쇄공포증을 가진 사람들은 물속에 들어가면 엄청난 공포를 느낀다고 한다. 왜냐하면 주변이 캄캄하고 아무것도 보이지 않기 때문이다. 그런 상태에서도 김병만 씨는 장비도 하나 없이 바닷속 27.9m를 처음 내려갔다고 한다. 이게 건물로 치면 12층 정도의 엄청난 깊이다. 그다음에 본인이 30m 이상 더 내려가면서 자신의 폐쇄공포증을 극복했다고 한다. 그는 이제 하늘을 나는 조종사를 꿈꾸며 도전하고 있다.

남들은 방송을 하면서 왜 이렇게까지 하느냐고 김병만 씨에게 묻는다고 하는데 김병만 씨는 반대로 이야기한다.

"하고 싶은 것을 하면서 이왕이면 본인의 직업인 코미디로 승화시켜보면 얼마나 좋을까 생각했다."

김병만 씨의 생각이 결국 김병만 씨의 성공 키워드가 되었다. 그 결과 김병만 씨는 톱스타 반열에 오를 수 있었다. 남들은 '워낙 잘하니까 하는 것 아닌가?'라고 생각하는데 김병만 씨 입장에서는 자신이 못하기 때문에 도전하는 것이라고 한다.

엉금엉금 기어서라도 가야할 꿈이 있는가? 뛰지는 못하지만 쉬지 않고 계속 기어서라도 반드시 가야하는 꿈을 가졌는가? 꿈이 있다면 지치지 말라. 그리고 땀을 흘려라. 연습하고 또 연습하라. 빠른 자가 성공하는 것이 아니라 포기하지 않고 오늘도 땀을 흘리는 자가 성공하는 것이다.

어느 60대 주부의
늦게 만난 꿈

꿈을 가질 필요도, 뭔가를 준비할 필요도 없었던 60대 주부가 있었다. 어느 날 수업을 하려고 교실로 들어갔을 때 제일 앞자리에 앉아서 울고 있는 주부를 만나게 되었다. 나와 이 주부와의 첫 만남은 이렇게 시작되었다. 아직 수업을 시작도 안 했는데 울고 있으니 이게 여간 난감한 일이 아니었다. 수업을 시작하지도 못하고, 그렇다고 가만히 있자니 다른 분들께 미안하고 좌불안석, 바늘방석이었다. 조금 기다리면 괜찮아지겠지 싶어 기다리기로 마음먹고, 다른 분들께는 눈으로만 미안하다는 인사를 건넸다. 그런데 모두 '이해한다'는 표정으로 '우리도 이미 기다리기로 마음먹었으니까 선생님도 가만히 기다리세요' 하는 표정들이었다. 그리고 울고 있는 주부를 향해 '우리도 다 같은 마음으로 이 자리에 앉아 있다'는 듯이 바라보고 있었다.

얼마나 지났을까 우두커니 서 있던 나도 영문도 모른 채 눈물이 찔끔찔끔 흘렀다. 지금까지 내 경험으로 보면 공부를 시작하신 만학도 분들은 '공부하고 싶었던 한이 겹겹이 쌓이는 세월 속에서 빛이 바래지기를 기다렸지만, 이상하게 시간이 흐를수록 공부하고 싶다는 한은 더욱 또렷해지고, 공부를 하지 못해서 겪어야만 했던 설움들이 더욱 선명해졌다'는 것이다. 그래서 첫 수업시간에 교실에 앉으면 이 모든 한이 한꺼번에 녹아 가슴으로 흘러내려 우는 분들이 참 많았다. 그래서 '이 주부도 다른 분들과 똑같은 설움으로 울고 있는 거겠지'라고 내 나름대로 해석했다.

다른 사람들보다 설움이 더 컸을까? 기다려도 눈물은 그칠 것 같지 않았다. 더 이상 기다릴 수가 없었다. 그냥 수업을 시작해야 했다. 생각해보라. 처음 만난 60대 주부는 제일 앞자리에서 울고 있고, 다른 분들은 '우리도 가슴에 켜켜이 쌓인 한으로 여기에 있는 거야. 그래, 잘한다. 그냥 오늘은 실컷 울어버려'라는 표정으로 그 주부를 바라보고 있고, 나는 이러지도 저러지도 못하겠지만 그래도 내 할 일은 해야겠다는 생각으로 x항이 어쩌고, y항이 어쩌고를 주저리주저리 시부렁거리는 상황을. 어떻게 수업을 했는지도 모르고 수업 시간이 끝났다. 나는 다음 수업이 기다리고 있었기 때문에 그 60대 주부에게 어떤 사연이 있는지 묻지도 못하고 우리는 헤어졌다. 수업이 다 끝나고 다시 교실을 찾았을 때는 가고 없었다.

다음 날 다시 60대 주부를 교실에서 만났을 때는 어제보다는 차분해진 모습으로 '어제는 미안했다'며 조용히 말하는데 그 말을 끝맺기도 전에 사슴같이 생긴 큰 눈에 그렁그렁 눈물이 맺혔다.

이 60대 주부는 초등학교 졸업장이 없어서 그 과정을 공부하러 왔던 것이다. 나는 무슨 일이 있는 것이고, 어떤 한이 그렇게 켜켜이 쌓인 것인지 선뜻 물어보기가 힘들었다. 왜냐하면 이 주부에게서 느껴지는 설움이 너무 컸기 때문이다. 설움도 어지간해야 웃으면서 다가가서 무슨 일이냐고 묻지 너무 큰 설움 앞에서는 나도 망설여졌다. 그래서 세월에게 맡기기로 했다. 시간이 해결사로 등장할 거라 생각하고 무작정 기다리기로 했다. 지금은 내가 할 일만 최선을 다해서 하면 된다고 생각했고, 울고는 있지만 단 하나라도 이해를 해보라는 생각으로 열정을 다해 수업을 했다. 내가 할 수 있는 일은 이 것밖에 없었다.

드디어 어느 정도 시간이 흘렀다. 하루는 아침 일찍 온 60대 주부에게 커피를 준비해서 다가갔다. 그리고 아무 말도 하지 않고 그냥 얼굴만 바라보았다. 커다란 눈에 숨겨진 그 슬픔이 무엇인지 조금이라도 나눌 수 있으면 덜어주고 싶었다.

첫 수업시간만큼은 아니었지만 간간이 손수건 속에 얼굴을 묻고 소리도 내지 않는 울음을 삼키던 모습이 내 가슴에도 아픔으로 전해졌기 때문이다. 소리도 없이 울고 있는 모습을 보는 것이 얼마나 힘든 일인지 겪어보지 못한 사람은 모를 것이다. 지금도 콧날이 시큰거린다.

그러나 앞에서도 이야기했지만 선뜻 물어보기가 어려웠다. 그냥 커피만 한 모금씩 마시고 있었다. 그렇게 커피가 식어가고 거의 다 마셨을 때였다. 눈이 큰 60대 주부가 나직한 목소리로 자신의 사연을 말하기 시작했다.

"선생님, 저는 30대에 만성 골수성 백혈병으로 시한부 선고를 받았습니다. 그러니 꿈을 가질 필요도 없었고, 뭔가를 준비할 필요도 없었습니다. 언제 어떻게 될지도 모르는데 꿈이고, 준비고, 이런 것들은 제게 아무 의미가 없었습니다. 그냥 하루하루 살아내는 것이 가장 큰 문제였습니다. 집안 살림도 관심이 없었고, 은행에 볼 일을 비롯해서 돈에 관한 것, 그 어떤 일도 알고 싶지도 않았고, 알 필요도 없었습니다. 지금도 은행에 일 보러 가면 당황스럽고 생소합니다. 왜냐하면 저는 곧 죽을 사람이었기 때문에 세상에서 일어나고 있는 일하고는 상관없이 살았거든요.

이런 제 곁에서 제 눈이 되어주고, 발이 되어준 사람이 있었습니다. 바로 남편이었습니다. 남편은 한결같은 모습으로 저를 보살펴주었습니다. 병원을 수시로 드나들 때마다 저를 업고 계단을 오르내리고, 단 한 번도 짜증을 내거나, 힘들다는 말을 한 적이 없습니다. 그 긴 세월을 말입니다. 하나님께서는 제게 이렇게 몹쓸 병을 주시면서 돌볼 천사도 같이 보내주신 것 같습니다. 남편은 저에게 우주였고, 나를 지탱해주는 유일한 희망이었습니다. 이런 남편이 나보다 먼저 천국을 갈 것이라고는 한 번도 생각해본 적이 없습니다.

그날도 회사 다녀오겠다며 활짝 웃고 집을 나갔던 남편이었는데 한참 있다가 다른 사람에게서 전화가 왔습니다. '휴대폰에 입력된 것을 보고 전화를 한다'며 제 남편 이름을 부르면서 남편이 맞느냐고 물었습니다. 순간 불길한 예감이 들었습니다. 온몸이 바짝 긴장이 돼서 대답도 못하고 그냥 전화기만 들고 벌벌 떨고 있었습니다. 불길한 예감은 그렇게 현실로 제 앞에 그대로 나타났습니다. 전화를 걸어온 사람은 '남편이 사고로 죽었으니 급히 와달라'며 전화를 끊었습니다.

세상에 이런 일이 있을 수 있을까요? 믿어지지 않았습니다. 죽어야 될 사람은 이미 시한부 선고를 받은 저였는데요. 죽어야 할 사람은 여기서 전화 받고 있는 저, 바로 저였습니다. 이것이 이치고, 이것이 순서였습니다. 죽어야 하는 저를 두고, 조금 전에 '다녀오겠다'며 웃음까지 웃어주던 멀쩡한 남편이 죽었다는 것이었습니다. 있을 수 없는 일이었습니다.

그러나 그것은 제게 닥쳐온 엄연한 사실이었습니다. 기절을 했다 깨어나기를 반복하면서 장례를 마쳤습니다. 그냥 그게 절차였으니까 그 자리에 있었지만 남편이 제 곁을 떠나 영원히 돌아올 수 없는 곳으로 갔다는 것은 여전히 믿어지지 않았습니다. 기절했다가 깨어나서 내가 왜 여기 있는지 생소한 순간이 많았습니다. 며칠이 지나면 다시 웃는 모습으로 현관으로 들어올 거라고 생각했기 때문에 얼른 집에 가고 싶었습니다. 장례를 마치고 집으로 돌아와서 남편을 기다렸습니다. 하루, 이틀, 사흘, 나흘…, 아무리 시간이 흘러도 남편은 돌아오지 않았습니다. 그렇다고 남편을 따라갈 용기도 없었습니다. 하나님께서는 얼른 데려가려고 몹쓸 병을 주셨으면 얼른 데려갈 것이지 왜 아무 죄 없는 남편을 먼저 데려가셨는지 지금도 궁금합니다.

그렇게 시간이 흐르고 흐르니까 남편이 이제 제 곁으로 돌아올 수 없다는 현실이 서서히 눈에 들어오기 시작했습니다. 얼마나 울었는지 모릅니다. '이것은 절대 있을 수 없는 일이다'라며 몇 날 며칠을 울부짖었습니다.

그러나 너무너무 인정하기 싫지만, 아니 절대 인정할 수 없었지만 그래도 인정하고 받아들여야 했습니다. 그리고 '이제 나는 어떻게 살아야 하나?'를 생각해야 했습니다. 아무리 생각해도 살아갈 자신이 없었습니다. 아무것도 할 줄 아는 게 없었습니다. 아프다는 이유로 남편이 마련해준 울타리 안에서 죽을 날만 기다리고 있었기 때문에 세상의 모든 것은 제게 두려움으로 다가왔습니다.

세상과 마주할 자신이 없어서 그냥 포기하고 이번에는 슬픔이라는 울타리 속에 숨어 아무것도 안 하고 지내던 어느 날, 평소 남편이 제게 했던 말이 생각났습니다. 남편은 살아있을 때 공부하기를 좋아했습니다. 새로운 자격증을 따면 또 그와 연관된 자격증을 따기를 반복했습니다. 그러면서 '공부를 하고 있을 때가 제일 행복하다'고 하면서 제게도 이 행복을 느껴보기를 간혹 권했습니다. 그런데 '내 처지에 자격증이 무슨 필요가 있겠냐?', '공부하고 싶은 사람이나 열심히 해라'

라며 쏘아붙였던 것이 생각났습니다. 남편이 유일하게 제게 요구했던 것은 공부를 해보라는 것 하나밖에 없었습니다.

그래서 공부를 해야겠다는 생각이 들었습니다. 그러고 보니까 내게는 초등학교 졸업장도 없었고, 아무 배움이 없었습니다. 저는 못 배워서 서러웠던 적은 없습니다. 왜냐하면 일찍 결혼을 했고, 남편은 단한 번도 내가 못 배워서 서럽다는 느낌이 들지 않게 해주었기 때문입니다. 아니, 그러고 말고 할 시간적 여유가 없었습니다. 저는 곧 죽을 사람이었기 때문입니다.

그런데 '배운 것이 없는 제가 얼마나 갑갑하고 힘들었을까?' 하는 생각이 이제야 들더니 남편이 무식한 저 때문에 견뎌야 했던 모진 세월이 그제야 생각 났습니다.

같이 모임을 가면 남편은 유난히 말이 없었습니다. 집에 와서 '왜 말을 그렇게 안 했느냐?'고 물어보면 '당신도 아무 말을 안 하는데 괜히 나만 무슨 말을 하겠어'라고 대답했습니다. 저는 부부동반 모임에 가면 물어보는 말이나 겨우 대답을 하고 다른 말은 일절 하지 않았습니다. 왜냐하면 아는 것이 없는 제 자신이 들통날까봐 겁이 났기 때문입니다. 그런 제 마음을 남편은 눈치 채고 있었습니다. 그리고 제가 그렇게 입 다물고 앉아 있는 모습이 못내 안쓰러웠나 봅니다.

그래서 남편은 간혹 제게 공부하기를 권했는데 그때마다 '당신이나 하라'고 쏘아붙였으니 그 마음이 어땠을까 이제야 짐작이 됩니다. 선생님, 언젠가는 남편을 만나게 될 겁니다. 이 세상이 아닌 천국에서요. 그때 남편에게 '당신이 내게 하라고 했던 공부를 해서 합격증을 모두 땄다'고 당당하게 말할 겁니다. 그리고 '아무것도 모르고 당신 속 태웠던 것 미안하다고 사과하면서 오랜 세월 참아주고 인내해줘서 고마웠다'고 말할 겁니다. 지금까지 단 한 번도 건네지 못했던 말을 할 겁니다. 그러면 남편은 활짝 웃으면서 '잘했다', '역시 당신이 최고다'고 말할 겁니다. 살아있을 때도 날마다 아파서 누워있는 제게 '당신이 최고다'는 말을 자주 했습니다. 그런데 이렇게 장한 일을 했다고 하면 얼마나 칭찬을 할지 눈에 선합니다.

그러나 너무 무섭고 두렵습니다. 책을 한 번도 안 보던 제가 할 수 있을까요? 그렇지만 아무리 힘들어도 반드시 해낼 겁니다. 저를 위해서, 그리고 남편을 위해서 말입니다. 어제가 남편이 제 곁을 떠난지 1년 되는 날이었습니다. 어제 남편 무덤에 가서 남편하고 약속했습니다. 이제는 울지 않겠다고, 당신이 나를 지켜달라고.

선생님, 이제야 저도 꿈이 생겼습니다. 대학을 가는 겁니다. 대학을 졸업해서 그 졸업장을 남편 앞에서 활짝 펼쳐 보여줄 겁니다. 세상을 포기하고 죽을 날만 기다리던 제가 이제 꿈을 꾸면서 그 꿈을 위해 열심히 준비할 것입니다. 남편을 만날 날을 기다리면서요."

60대 주부의 가슴 시린 이야기 앞에서 울지 않을 강심장을 가진 사람이 과연 몇 명이나 될까? 그날 나와 그분은 누가 더 많이 우는지 내기라도 하는 것처럼 말하는 그분도 울고, 듣는 나도 울었다. 그리고 나는 그분의 사슴처럼 큰 눈을 바라보며 이야기했다.

"힘내세요. 반드시 꿈을 이루실 날이 올 겁니다. 우리 같이 그 날을 생각하며 열심히 준비해요."

지금 꿈을 가질 필요도, 뭔가를 준비할 필요도 없는 절망 속에 있는가? 그러나 아무리 큰 절망 속에서도 꿈은 살아서 움트고 있다. 절망 속에서도 그 움트려고 하는 꿈을 위해 준비해야 할 것이 분명히 있다. 절망을 바라보지 말고 희망을 바라보자. 우리를 이끌고 갈 희망을. 그리고 그 희망을 위해 준비하자. 우리는 할 수 있다. 아자, 아자, 파이팅!

희망을 만드는 사람이 되라

- 정호승

이 세상 사람들 모두 잠들고
어둠 속에 갇혀서 꿈조차 잠이 들 때
홀로 일어난 새벽을 두려워 말고
별을 보고 걸어가는 사람이 되라
희망을 만드는 사람이 되라

겨울밤은 깊어서 눈만 내리고
돌아갈 길 없는 오늘 눈 오는 밤도
하루의 일을 끝낸 작업장 부근
촛불도 꺼져 가는 어두운 방에서
슬픔을 사랑하는 사람이 되라
희망을 만드는 사람이 되라

절망도 없는 이 절망의 세상
슬픔도 없는 이 슬픔의 세상
사랑하며 살아가면 봄눈이 온다.
눈 맞으며 기다리던 기다림 만나
눈 맞으며 그리웁던 그리움 만나
얼씨구나 부둥켜안고 웃어보아라
절씨구나 뺨 부비며 울어보아라

별을 보고 걸어가는 사람이 되어
희망을 만드는 사람이 되어
봄 눈 내리는 보리밭 길 걷는 자들은
누구든지 달려와서 가슴 가득히
꿈을 받아라
꿈을 받아라

CHAPTER 4

선택이 모여 하루가 되고,
그 하루가 모여 삶이 된다

써써족을 조심하라

우리는 하루에도 수많은 선택을 하느라 고민한다. 그런데 사실 여러 가지 선택을 하는 것 같지만 선택의 뿌리를 찾아가보면 결국은 긍정적 선택과 부정적 선택으로 나뉜다. 긍정적 생각을 할 것인지, 부정적 생각을 할 것인지, 긍정적 말을 할 것인지, 부정적 말을 할 것인지는 오직 자기 자신만이 선택할 수 있는 고유 영역이다.

오랫동안 물을 연구한 일본의 에모토 마사루는 1994년부터 8년 동안 물이 어떤 환경에 노출되느냐에 따라 물의 결정체가 어떻게 바뀌는지에 대한 실험 결과를 '물의 결정 사진'으로 발표했다.

먼저 유리병 2개에 물을 넣고 하나에는 '고맙습니다', '평화', '천사', '아름다움', '예쁘다', '귀여워'와 같은 기분 좋은 글을 붙였고, 다른 하나에는 '망할 놈', '전쟁', '추악함', '넌 안 돼', '못된 놈', '헛소리'와 같은 기분 나쁜 글을 붙였다.

다만 글자를 붙인 것에 불과했다. 물이 글자를 읽고 그 의미를 이해한다는 것은 상식적으로 이해가 되지 않는 일이다. 그러나 우리가 상식을 말하고 있을 때 두 개의 유리병에는 놀라운 결과가 나타났다. '고맙습니다', '평화', '천사', '아름다움', '예쁘다', '귀여워'와 같은 기분 좋은 글자를 붙인 유리병 속 물은 깨끗한 육각형 모양의 결정체를 만들었고, '망할 놈', '전쟁', '악마', '추악함', '넌 안 돼', '못된 놈', '헛소리'와 같은 기분 나쁜 글자를 붙인 유리병 속 물은 결정체 모양이 제멋대로 찌그러져 있었다.

또한 '그렇게 해 주세요'라는 글자를 붙인 물은 잘 정돈된 결정을 보였고, '하지 못해'라는 글자를 붙인 물은 결정도 만들어내지 못했다. '사랑합니다', '감사합니다'라는 글을 보여준 물 역시 아름다운 광채를 띤 육각형이었지만, '악마'라는 글을 보여준 물은 결정 자체가 찌그러진 모습이었다.

그뿐만이 아니었다. 밝고 아름다운 음악을 들려준 물은 잘 정돈된 아름답고 화려한 결정체를 만들었지만, 그에 비해 분노와 반항의 언어로 가득한 음악을 들려준 물은 제멋대로 깨어진 형태의 결정체로 나타났다. 즉 기분 좋은 글자를 붙인 유리병 속 물은 물 결정체를 아

름답게 만들었고, 기분 나쁜 글을 붙인 유리병 속 물은 결정체를 혐오
스럽게 만들었다.

이것은 우리가 일상적으로 사용하는 말이 얼마나 중요한지를 알
수 있게 하는 중요한 실험이다. 긍정적인 말을 하면 그 물질이 좋은
성질로 바뀌고, 부정적인 말을 하면 그 물질이 파괴의 방향으로 바뀐
다는 것을 보여주는 좋은 사례다.

긍정적인 말과 부정적인 말에 따라 물도 그 구성을 다르게 나타냈
다면 하물며 사람은 말해 무얼 하겠는가? 말이 마음의 표현이라고 봤
을 때 사람 역시 긍정적인 마음에는 좋은 반응을 보일 것이고, 부정적
인 마음에는 나쁜 반응을 보일 것은 당연한 일이다.

긍정적인 것을 선택한다면 긍정적인 현실이 자석처럼 달라붙어서
긍정적인 세계를 열어갈 것이고, 부정적인 것을 선택한다면 부정적
인 현실이 또한 자석처럼 달라붙어서 떨어지지 않고 부정적인 세계
를 열어갈 것이다. 그러니 긍정을 선택할 것인가, 부정을 선택할 것인
가에 따라 우리 삶은 달라질 수밖에 없다.

물론 당장은 어떤 것을 선택하든 큰 차이가 없는 것처럼 느껴질 수
도 있다. 그러나 하루하루가 쌓이면서 긍정을 선택한 사람과 부정을
선택한 사람은 반드시 차이가 나기 시작할 것이고, 어느 순간 그 간격
을 좁히기에는 이미 늦은 것을 알게 될 것이다. 그러므로 긍정적인 것
을 선택하기 위해 힘을 다하고 정성을 다한다면 그 정성은 절대 헛되
지 않고 반드시 좋은 결과를 가져오는 것을 몸소 체험하게 될 것이다.

아무리 긍정적인 말과 긍정적인 생각을 하려고 해도 지금 현실이 힘들고 괴로워서 도저히 긍정을 말할 수 없는가? 아니다. 절대 아니다. 힘들고 괴로울 때가 오히려 긍정을 선택할 수 있는 좋은 기회다.

왜냐하면 힘들고 괴로울 때 긍정적인 말을 선택하고, 긍정적인 생각을 선택한다면 시간이 얼마 지나지 않아도 그 효과를 확실히 보게 될 것이기 때문이다. 무엇이든 자신이 직접 효과를 체험하면 다음부터는 굳이 누가 말하지 않아도 확실하게 긍정을 선택할 것이고, 성공한 대부분의 사람들이 말하는 성공의 핵심인 긍정적인 태도가 그 이후부터 우리를 확실하게 성공으로 이끌고 갈 것이다.

그렇다면 이쯤에서 오늘 내가 했던 말을 한번 돌아보자. 오늘 했던 말 중에서 '잘될 거야', '감사하다', '난 할 수 있어'와 같은 긍정적인 말을 몇 번이나 했는지 적어보자. 몇 번이나 되는가? 10번? 5번? 물론 이것보다 더 많다면 잘한 일이다. 아주 잘하고 있는 것이다. 칭찬받아 마땅하다. 그러나 과연 잘하고 있는 사람이 몇 명이나 될까?

자신이 살아가는 태도는 냉정하게 바라보지 못하면서 '이 세상이 나를 이렇게 만들고 있다'고 세상을 원망하고 있는 것은 아닌지, 아니면 긍정적으로 살아가고 있다고 착각하고 있는 것은 아닌지 생각해 볼 일이다.

어떤가? 이제부터는 긍정을 선택해야겠다는 다짐을 할 수 있겠는가? 그러나 다짐을 하기 전에 반드시 경계하고 조심해야 할 사람이 있다. 바로 '나도 도전해봤어, 나도 시작해봤어'라고 말하는 사람을 조심 또 조심해야 한다. 나는 이런 사람들을 '써써족'이라고 이름 붙였다. '써써족'은 자신의 경험담을 가지고 와서 무슨 큰 무용담이라도 되는 것처럼 부풀려서 자랑한다. 그러나 '써써족'을 만났을 때 기억해야 할 것이 있다. 이들 '써써족'은 '무슨 일이든 열심히 최선을 다하지 않고 대충 도전해보고, 시작하는 것 같은 흉내만 내다가 얼마 지나지 않아서 포기해버린 사람들'이라는 것을 명심해야 한다. 만약 이들 '써써족'이 선택한 긍정적인 것들에 대해 계속 최선을 다했다면 그들이 꿈꾸는 꿈이 이루어지지 않았을 리가 없다.

어렵게 꿈을 가슴에 품게 되었고, 긍정적인 것을 선택하기 위해 힘을 다하고, 정성을 다해도 헛똑똑이 '써써족'의 경험담은 덜똑똑이 내게 '안 된다'는 생각을 가지게 만들 수 있다. 헛똑똑이 '써써족' 때문에 꿈이고, 긍정적 선택을 위한 정성이고간에 모두가 다 물거품이 될 수 있는 것이다.

하기야 긍정적인 태도만으로 성공할 수 있다는 것이 너무 터무니없이 느껴지기도 했을 것이다. 오랜만에 단단하게 마음먹고 아침부터 긍정적인 멘트를 날리면서 하루를 시작했는데 하필이면 그날따라 일이 잘 안 풀리고, 며칠 전에 시험 본 것은 하필 그날 발표됐는데 보기 좋게 떨어졌을 수도 있다. 그러니 '써써족'의 말이 신뢰가 갈 수도 있다.

그러나 이렇게 생각해보자. 자기 분야에서 성공한 사람들은 하나같이 '긍정적인 삶의 태도'를 강조한다. 그들의 이야기는 몇 십 년이 지나도 많은 사람들에게 영향을 주고 있으며 그들의 이야기대로 따라 한 사람들 역시 성공자 반열에 서 있다. 그렇다면 긍정적인 것이란 내가 알고 있는 알량한 지식을 넘어서는 분명히 내가 밝혀내지 못하고, 깨닫지 못하고 있는 것은 아닐까? 여전히 쓸데없는, 현실과 동떨어진 비현실적인 이야기만 잔뜩 씨부렁거리는 것이라고 무시하기에는 좀 억지라는 생각이 들지 않는가?

긍정적인 삶을 선택한 성공자의 책 속에는 과학자, 심리학자, 교수 등 여러 분야의 권위 있는 사람들이 오랜 기간에 걸쳐 진행한 생생한 실험들이 실려 있다. 그리고 이 실험을 현실에 적용해서 어떻게 성공했는지 많은 경험담이 실려 있다.

물론 갑자기 일어나는 일들이나 날씨 같은 것은 우리가 바꿀 수 없다. 그러나 자기 자신의 평생을 좌우할 긍정적 선택은 지금까지 부정적 선택을 주로 하면서 살았다고 해도 언제든지 긍정적인 선택으로 바꿀 수 있다. 즉 자기 자신의 선택에 달려있는 것이다. 어느 누구도 내 선택권을 빼앗아갈 수 없다.

기억하자. '써써족'을 조심하면서 긍정적인 선택을 하다 보면 그 선택들이 모여서 하루가 되고, 그 하루가 모여 자기 자신의 삶이 될 것이다.

"다른 것은 다 양보해도 공부는 양보하지 마라"고 아이들을 가르쳤던 50대 주부가 있었다. 이 주부에게는 중학교 졸업장이 없었다. 이

50대 주부는 '오빠를 가르쳐야 한다'며 자신을 가르치지 않았던 부모님에 대한 원망이 상당히 컸다. 못 배웠다는 자책감은 결혼하고 더 심해져서 우울증을 심하게 앓았다고 한다.

"집 청소를 하다가도 베란다로 나가서 아래를 내려다보면서 '여기서 떨어지면 죽을 수 있을까?'를 여러 번 생각했습니다. 그때마다 차마 뛰어내리지 못하고 돌아서는 제 자신이 그렇게 미울 수가 없었습니다. 제 속에서는 '바보, 그것도 못 뛰어. 그럴 줄 알았어. 그러니 넌 여전히 안 되고, 앞으로도 안 돼' 하는 생각이 들었습니다. 그렇게 하루 종일 베란다에서 아래만 내려다보고 있었습니다. 그런데 이런 상황이 시간이 지날수록 자주 반복된다는 것이 가족들의 걱정거리였습니다. '이대로 집에 있으면 안 되겠다' 싶어 일을 다니게 되었습니다. 학교 급식소에서 일하게 되었는데 일을 시작하고 잠시 동안은 그런대로 지낼 만했습니다. 그러나 그것도 잠시였습니다. 제 마음속에서는 다시 '학력도 없으면서 도대체 뭘 하겠다는 거야? 다른 사람들이 내 학력을 알면 어떻게 하지?'라는 생각이 떠나지 않고 따라다녔습니다.

지금 생각해보면 그렇게 힘들어하지 말고 얼른 공부를 시작했으면 될 일이었습니다. 그러나 아무것도 배운 게 없는 사람이 공부에 도전한다는 것이 얼마나 힘든 선택인지 당사자가 아니고서는 아무도 모를 겁니다. 저도 마찬가지였습니다. 제게는 고시 공부 도전하는 것보다 힘든 선택이었습니다.

아이들도 잘 컸고, 남편도 좋은 사람이고, 생활도 넉넉하고, 저는 아무 힘들 것 없는 상황이었습니다. 그런데 저는 힘들었습니다. 그렇다고 이제 공부해서 무슨 대단한 일을 할 것도 아니면서 항상 공부를 해야 한다는 생각은 저를 놓아주지 않았습니다. 아무리 생각하고 또 생각해도 자신이 없는데 말입니다. 그러나 자신이 없다는 이유로 계속 세월을 보내고 있을 수는 없었습니다. 제 나이가 곧 60이 된다고 생각하니까 이렇게 우물쭈물하다가는 정말로 아무것도 못하는 것이 아닌가 하는 생각이 들었습니다.

그러자 '나도 할 수 있을 거야. 다른 사람들보다 공부하는 시기가 늦었을 뿐이지 지금도 충분히 할 수 있을 거야'라는 생각이 들었습니다."

그렇게 공부를 시작한 50대 주부는 1년 만에 중학교, 고등학교 합격증을 거머쥐었고, 그해 대학에 진학했다. 좋아하던 모습이 지금도 보고 있는 것같이 눈에 선하다.

합격증을 받던 날 우울한 얼굴은 싹 사라지고, 온 얼굴 가득 웃음꽃을 피우면서 이야기했다.

"선생님, 이렇게 할 수 있는데 왜 진작 할 수 있다는 생각을 못했을까요. 괜히 우울증으로 힘들어하던 그 시간이, 그게 미련한 짓이었습니다."

이 50대 주부 역시 오랫동안 학력이 없다는 것 때문에 힘든 시간을 보냈다. 그러나 결국 '할 수 있다'는 긍정적인 것을 선택했고, 그 선택으로 인해 긍정적인 결과를 보게 된 것이다. 만약 이 주부가 계속 '할 수 없다'는 부정적인 것만 생각했다면 부정적인 것들이 더 많이 따라 다녔을 것이다. 그랬다면 끝내 할 수 없었을 것이다. 그리고 꿈에도 그리던 대학 진학은 없었을 것이다. 그러나 부정적인 것에서 벗어나 긍정적인 것으로 생각이 바뀌자 긍정적인 것들이 생각나고, 자기 자신 속에서도 할 수 있다는 생각이 들었다. 그 결과 자신이 그토록 꿈 꾸던 것이 현실이 되어 이 주부 앞에 모습을 드러낸 것이다.

오늘부터 당장 부정적인 것은 생각도 하지 말고 긍정적인 것만 선택하자. 긍정적인 선택을 하면 얼굴 표정부터 밝아지면서 목소리에서 힘이 느껴질 것이다. '할 수 있다'는 생각이 마음 깊숙한 곳에서부터 생겨날 것이다. 이러한 긍정적인 기운이 자신을 이끌어 성공의 문을 통과하게 할 것이다.

어떤 선택을 하든지
모두 맞는 선택이다

　　　　　　현대그룹의 창업주인 고(故) 정주영 회장의
일화를 한번 살펴보자. 1975년 이야기다. 중동에서는 오일을 팔아 막
대한 부를 축적해서 여러 가지 사회적인 인프라 수요가 급증하고 있
었다. 박정희 전 대통령은 국가 경제가 어려워지자 오일달러로 호황
을 누리고 있는 중동으로 관심을 돌렸다. 당시 중동은 오일달러로 돈
이 넘쳐나고, 건설 수요도 엄청 늘어나고 있었다.

　중동의 이러한 상황이 기회가 될 수 있음을 직감한 박정희 대통령
은 관료들에게 이러한 상황을 설명하고 중동 지역을 살펴볼 수 있도
록 파견했다. 중동을 돌아본 관료들은 박정희 대통령에게 다음과 같
이 보고했다.

"너무 더운 나라라 작업하기가 어렵습니다."

"사막이라 물도 없습니다."

"너무 더우니까 일을 하는 일꾼들도 없었습니다."

이런 보고를 받은 박정희 전 대통령은 현대건설을 운영하고 있던 정주영 회장을 불러 의견을 물었다. 박정희 전 대통령의 뜻에 따라 중동을 직접 살펴보고 돌아온 정주영 회장은 관료들과는 전혀 다른 의견을 내놓았다.

"중동은 이 세상에서 건설공사 하기에 제일 좋은 지역입니다."

"왜요?"

"1년 열두 달 비가 오지 않으니 1년 내내 공사를 할 수 있습니다."

"또요?"

"건설에 필요한 모래, 자갈이 현장에 있으니 자재 조달이 쉽습니다."

"물은?"

"그거야 어디서든 실어오면 되고요."

"50도나 되는 더위는?"

"낮에는 자고 밤에 시원해지면 그때 일하면 됩니다."

박정희 전 대통령은 비서실장을 불렀다.

"임자, 현대건설이 중동에 나가는데 정부가 지원할 수 있는 것은 모두 도와줘."

정주영 회장 말대로 한국 사람들은 낮에는 자고, 밤에는 횃불을 들고 일을 했고, 그 모습에 세계가 놀랐다고 한다.

이렇게 정주영 회장은 중동에 진출하게 되었고 우리나라 GDP의 1/4에 해당하는 사우디아라비아 주바일 산업항 공사를 수주하였다. 1970년대를 상징하는 중동 붐은 이렇게 시작되었다. 달러가 부족했던 시절 30만 명의 일꾼이 중동으로 몰려갔고, 그렇게 벌어들인 달러를 보잉 747 특별기편으로 실어 날랐다.

똑같은 상황에서도 누구는 긍정적으로 보고 긍정적인 선택을 하고, 누구는 부정적으로 보고 부정적인 선택을 했다. 만약 정주영 회장이 관료들처럼 '할 수 없다'는 생각을 가졌다면 현대건설의 중동 신화는 없었을 것이다.

같은 상황, 같은 환경에서도 어떤 생각을 가지고 있느냐가 완전히 다른 결과를 낳는 것이다. 긍정적인 자세로 자신을 믿는다면 자신의 내부에서 '할 수 있다'는 자신감에 넘치는 에너지를 만들어낼 것이다. 결국 그 에너지는 자신이 꿈꾸던 꿈을 이룰 수 있게 할 것이다. 반면 부정적 자세를 가지고 끊임없이 의심만 하는 사람은 자신의 내부에서 부정적 에너지가 성공할 수 없도록 발목을 잡을 것이다.

헨리 포드는 "할 수 있다고 생각하든, 할 수 없다고 생각하든 모두 다 맞는 생각이다"고 했다. 즉 어떤 것을 선택할 것인지 결정할 사람은 오직 한 사람 자기 자신이고, '어떤 것을 선택하든 모두 맞다'는 것이다.

생각이 생명을 좌우했던 이야기가 있다. 생각 하나로 인해 죽음에 이른 한 청년 이야기다. 구소련에서 있었던 이야기다. 철도국에서 근무하는 한 직원이 냉동 열차 칸 속에 들어갔다가 실수로 문이 밖에서 잠겨버렸다. 청년이 빠져나가려고 아무리 노력해도 냉동 열차 칸 문은 열리지 않았다. 우연이라도 누군가가 문을 열어줄 수도 있었을 텐데 이 청년에게 그런 일은 일어나지 않았다.

시간이 지날수록 청년은 그 속을 빠져나갈 수 없다는 생각을 하고 자기 상태를 벽에다 기록해 나갔다.

'점점 몸이 차가워진다…

그래도 기다리는 수밖에 없다…

나는 점차로 몸이 얼어오는 것을 느낀다…

나는 이제 몽롱해진다…

아마도 이것이 나의 마지막일지도 모른다…'

시간이 한참 지난 후 다른 직원들이 그 냉동 칸 문을 열었을 때 그는 이미 죽어있었다. 그런데 놀라운 사실은 그 냉동 칸은 오래전부터 고장이 나 있었고 냉동 칸 내부에는 공기도 충분했다는 것이다. 실내 온도도 화씨 56도(섭씨 13도)의 쌀쌀한 온도에 불과했다.

세상에서 제일 무서운 사람은 '생각하는 사람'이라고 한다. 생각해보면 그런 것 같지 않은가? 생각은 바늘과 실처럼 행동을 이끌고 다닌다. 그래서 인생은 자신이 생각하는 대로 살아가게 되어있는 것이다. 그러므로 어떤 생각을 가지느냐는 굉장히 중요한 일이다. 자신이 오늘 어떤 생각을 하느냐에 따라 오늘 내 행동이 결정되고 이런 하루

하루가 쌓이고 쌓이면 내 인생의 궤적이 되는 것이다.

랠프 월도 에머슨은 "인생은 우리가 온종일 생각하는 것으로 이루어져 있다"고 했다. 자신의 생각이 결국에는 인생의 모든 것을 결정하게 된다는 것이다. 물론 생각하지도 않은 일이 우연히 일어나는 경우도 있다. 그렇지만 그런 일이 과연 몇 퍼센트나 될까?

미국의 철학자 윌리엄 제임스 역시 '인생은 생각의 결과'라고 했다. 그러므로 누구든 자신이 생각하는 대로 살아가게 된다. 항상 '괴롭다', '힘들다'고 생각하는 사람은 괴롭고 힘든 삶을 살게 될 것이고, '행복하다', '감사하다'고 생각하는 사람은 어떤 경우를 만나도 이 생각대로 살아가면서 행복하고, 감사한 삶을 살 수밖에 없다. 즉 어떤 여건에서든 행복한 사람은 행복하고, 불행한 사람은 불행하다.

그렇다면 현재 자기 자신의 모습은 어떤가? 즐겁고, 행복하고, 감사할 상황에 있는가? 그렇다면 그것은 지금까지 긍정적인 생각으로 살아왔다는 증거다. 역시 잘한 일이다. 칭찬받아 마땅하다.

그런데 만약 현재가 괴롭고 힘이 든다면 이유가 무엇인지 곰곰이 생각해보아야 한다. 이것은 중요한 문제이기 때문에 하루라도 빨리 답을 찾아야 한다. 이렇게 중요한 문제에 대한 답은 아무도 찾아줄 수 없다. 이 문제에 대한 답은 오직 자기 자신만이 알 수 있는 것이다.

오늘을 돌아보았다면 이제는 내일 즉 미래를 생각해보자. 내일이라는 미래는 어떻게 살고 싶은가? 감사와 행복이 넘치는 삶으로 살고 싶은가? 괴롭고, 고통이 넘치는 삶으로 살고 싶은가? 이것에 대한 답은 오늘이 가지고 있다. 오늘의 생각과 선택이 내일 즉 미래를 감사와 행복이 넘치게 할 수도 있고, 고통이 넘치게 할 수도 있다.

이제 긍정을 선택할 것인지, 부정을 선택할 것인지 선택하자. 그리고 그 선택은 어느 것이든 '모두 맞다'는 것을 기억하자.

말과 생각을 항상 긍정적인 것으로 선택한 사람이 있다. 그는 어려서는 힘든 생활을 했지만 그가 선택한 긍정적인 말과 생각은 결국 그를 20대에 미국의 백만장자가 되게 만들었다. 그는 '절대적 긍정만이 성공하는 지름길'이라는 것을 강조하는 클레멘트 스톤이다.

클레멘트 스톤은 세 살 무렵 아버지가 돌아가시자 여섯 살 때부터 시카고에서 신문을 팔기 시작해서 13세에 자신 소유의 신문가판대를 갖게 된 가난한 어린 소년이었다. 그는 집이 워낙 어려워 일을 해서 가정을 돌봐야 했다. 그러나 그 어려운 어린 시절부터 항상 긍정적인 말을 했다.

"나는 건강하다. 나는 행복하다. 나는 부자다."

그는 그의 말대로 평생을 건강하고, 행복하게, 부자로 살았다.

16세 어린 나이에 보험회사 외판원이었던 어머니를 따라 보험을 팔아본 것이 계기가 되어 보험 세일즈맨이 된 그는 20대에 사원 1천여 명을 기느린 큰 보험회사 사장이 되었다. 그는 벌써 20대 후반에 백만장자에 들어설 수 있었다. 단돈 100달러로 출발해서 오늘날 백만장자가 된 그는 자신의 경험을 말하면서 절대적 긍정만이 성공하는 지름길이라고 강조한다.

우리 마음속을 한번 들여다보자. 긍정적인 한 가지 마음만 있으면서 항상 긍정적인 선택만 하면 좋겠는데 우리 마음은 그렇지가 않다. 긍정과 부정이라는 두 마음이 항상 갈등을 일으키며 존재한다. 이렇게 갈등을 일으키는 두 마음은 어떤 사건을 만나면 사람마다 다르게 결론을 내린다.

어떤 사람은 "안 된다, 능력이 없다, 힘들다"고 말한다. 또 어떤 사람은 '할 수 있다, 열심히 노력해보자'고 말한다. 참 이상한 것은 부정적인 사람은 어쩌다 부정적인 것이 아니고, 긍정적인 사람 역시 어쩌다가 긍정적인 것이 아니라는 것이다. 부정적인 사람은 매사에 부정적이고, 긍정적인 사람은 매사에 긍정적이다. 이런 생각은 잘 바뀌지도 않는다.

결국 자신이 말한 대로 되기가 쉽다. 설마 부정적인 상황을 원하지는 않을 것이다. 만약 조금이라도 부정적인 생각이 남아 있다면 오늘 당장 긍정적인 말을 외치자. 매일 힘차게 외치자. 사람들이 들을 것 같아서 창피하면 혼자 있을 때라도 말하자.

"나는 할 수 있다."

"나는 내 꿈을 이루기에 충분한 능력이 있다."

"나는 행복한 사람이다."

"나는 모든 것에 감사한다."

"나는 잘될 수밖에 없다."

이제, 말한 대로 될 것이다. 미국 문학의 아버지 마크 트웨인은 "자기 자신에 대한 생각이 자신의 운명을 만든다"고 했다. 그러니 이제 말한 대로 될 날을 기다리며 계속 긍정적인 태도로 자신을 완전히 바꿔나가자. 긍정적인 것들이 현실이 될 때까지.

공부의 제왕으로 등극하다

나는 작년에 공인중개사와 주택관리사 자격증 취득 시험에 도전했다. 그러니까 동시에 두 개의 자격증 시험에 합격하기 위해 도전한 것이다. 먼저 고백하자면 내 수준에서는 만만치 않은 어려운 공부였다. 이렇게 어려운 줄 처음부터 알았다면 절대 동시에 두 개 시험에 도전하지는 않았을 것이다. 공부하는 내내 후회했다. 하나씩 공부했다면 덜 힘들었을 텐데 내 수준에서는 너무 무모한 도전이었다. 이런 무모한 도전을 하게 된 것은 그 자격증 시험이 얼마나 어려운지 몰랐기 때문이다. 아니, 어려운 시험인지는 대충 알고 있었지만 그래도 열심히 하면 될 거라는 막연한 기대 때문이었다.

혹시 여자들이 첫아이를 어떻게 출산하는지 아는가? 출산의 고통이 얼마나 큰지 모르기 때문에 첫 아이를 출산하는 것이다. 아무것도 모르니까 임신이라는 것에 도전하는 것이다. 그러나 출산할 때는 출산의 고통이 어떤 것인지 그 진실을 마주하게 된다. 그리고 분만실에서 다짐한다. '끙' 힘을 쓰면서 소리친다.

"절대, 더 이상 아이는 낳지 않겠다. 이번이 마지막이다. 이건 진짜, 진짜다. 두고 봐라."

그러나 첫 아이를 키우다 보면 아이 커가는 모습을 보며 행복에 도취된 나머지 출산의 고통은 잊어버리고 다시 둘째, 셋째를 출산하게 된다.

나도 이런 식이었다. 어려울 것이라고는 생각했지만 얼마나 어려운지 정말 몰랐다. 처음 도전할 때는 '까짓것 영어로 된 것도 아니고, 한글로 된 것을 뭘 2년, 3년에 걸쳐서 공부를 나누고 말고 해. 이왕에 공부하려면 같이 해버리자. 고생이 되더라도 단칼에 끝내는 것이 좋지' 하는 생각으로 책을 구입했다.

그런데 지금까지 내 생각이 착각이었다는 것을 알게 된 것은 책이 도착했을 때다. 산모가 출산할 때 드디어 그 진실을 마주하게 된 것과 같은 것이었다. 일단 책 두께가 장난이 아니었다. 책 두께가 공부를 시작도 하지 않은 나를 질리게 했다. 그러니 책을 받는 순간부터 후회가 됐다. 아직 공부를 시작도 안 했는데 벌써 내 무모한 도전이 후회가 되기 시작했다. 그리고 '이게 아니구나' 싶었다. '이게 아닌데, 이게 아닌데.' 한숨만 나왔다.

그러나 아이들과 남편 앞에서 '공부하겠다. 그것도 두 개 자격증을 동시에 합격하겠다. 두고 봐라. 난 이런 사람이다'라고 큰 소리 땅땅 친 뒤였다. 물론 큰 소리 땅땅 칠 때는 아직 책을 받기 전이었다. 만약에 내가 큰 소리 땅땅 치기 전에 책을 먼저 받았다면 아무 말도 없이 반품했을 것이다. 아무 흔적도 남기지 않은 채 말이다. 그러니 가족들도 내게 무슨 일이 있었는지 전혀 눈치 채지 못했을 것이다.

아이들과 남편은 당연히 말렸다. 너무 무리니까 공부하고 싶으면 1년에 하나씩 도전하라며 내가 공부한다는 공인중개사나 주택관리사 시험은 1년에 하나씩 합격하기도 어려운 자격증이라는 힌트까지 착실히 챙겨주었다. 그리고 남편은 주변에서 공인중개사 시험 하나 가지고도 2년, 3년 공부하고 있는 사람들을 근거 자료로 덧붙였다. 그러니까 자신의 힌트에 근거 자료까지 가지고 와서 내 무모한 도전을 말린 것이다.

하기야 현실적으로 냉정하게 생각해봐도 내 상황이 공부만 전념해서 할 수 있는 상황도 아니었다. 아무리 공부를 한다고 해도 집안일은 그대로 해야만 할 처지였고, 거기다가 날마다 수업까지 하면서 1년에 두 개 자격증 시험에 도전한다는 것은 안 될 일이었다. 아무리 생각에 생각을 하고, 또 생각해봐도 동시 도전은 안 될 일이었다.

그러나 이미 야심 차게 책까지 구입했고, 생각에 생각을 하려면 진즉에 할 일이었다. 가족들 앞에서 잘난 체하면서 호들갑을 떨기 전에 생각했어야 될 일이었다. 그러나 대책 없는 열정은 항상 뒤에 후회를 남겼다. 이번에도 그 대책 없는 열정의 증거로 두꺼운 기본서 11권, 문제집 11권 해서 22권이 떡하니 내 앞에 버티고 있는 상황이 되어버렸다. 책 22권을 보고 있는 것만으로도 두통이 일었다. 이러지도 저러지도 못하고 머릿속만 복잡했다.

이제 와서 못하겠다고 뒤로 빼기에는 이게 여간 자존심 상하는 일이 아니었다. 제일 먼저 가족들 얼굴이 한 사람 한 사람 스쳐 지나갔다. 남편은 분명 비아냥거리는 말투로 말할 것이다.

"그럴 줄 알았어. 그러게 내 말 듣지. 남의 말은 듣지도 않고 혼자 잘난 척하면서 책까지 주문하고 그러더니 이제 제정신이 드는가 보네. 남의 말도 들을 것은 들어야 돼. 내가 공인중개사만 가지고도 몇 년씩 도전하고 있는 사람들 이야기할 때는 듣는 둥 마는 둥 하더니 내 그럴 줄 알았어. 자기가 무슨 용가리 통뼈라고 잘난 체하기는."

불 보듯 뻔했다. 아니, 정해진 수순이었다.

내 마음도 이미 공부를 포기한 쪽으로 가닥을 잡았는지 '이 책을 어쩌나' 싶었다. 그런 생각이 들자마자 바로 한쪽 마음에서 '아직 공부를 시작한 것도 아니니까 책은 반품하면 되지'라고 대답을 했다.

처음에는 '그래도 한번 도전해볼까?' 싶은 생각과 '그냥 반품해버려?'라는 생각이 반반 갈등을 일으키는 것 같더니 다음 날이 되니까 '책을 반품하는 것이 일단 최우선 일이다'라는 생각이 내 원래의 마음처럼 느껴졌다. 그리고 아직 시작하기 전에 현실을 냉정하게 판단해준 내 자신에게 오히려 고맙기까지 했다. 그렇게 생각하니까 남편이 챙겨준 여러 가지 팁들도 생각나면서 아무 한 것도 없는 남편도 고맙게 느껴졌다.

그러나 책을 반품한다는 것이 그리 개운하지는 않았다. 왜냐하면 내 마음 한쪽에서는 '그냥 도전해봐. 어떻게 되겠지' 이런 생각도 있었기 때문이다. 그래서 '에라 모르겠다, 한번 해보자. 뭐가 되도 되겠지' 하면 바로 또 한쪽에서는 '안 된다니까! 안 된다고! 정신 차려!' 하는 마음이 활개를 치고 있었다. 하루는 '그냥 동시에 도전해버려' 라는 마음이 이기는 것 같다가도 다음 날이 되면 제정신이 돌아와서 안 된다는 마음이 이겼다. 하루, 이틀, 시간이 갈수록 머릿속이 복잡해졌다.

이러고 고민만 하고 있기에는 시간이 없었다. 이렇게 하든, 저렇게 하든, 얼른 결정을 해야 했다. 그리고 내 성격이 오래 고민하고, 생각하는 성격이 아니었다. 한 이틀 고민하다가 드디어 나는 결정했다. '그냥 동시에 도전해봐야겠다. 분명히 난 할 수 있을 거야. 지금까지 내가 해서 안 된 일이 뭐가 있어. 막상 안 된 일이 있었다면 그건 그럴 만한 이유가 있었겠지. 그리고 만에 하나 열심히 공부했는데도 떨어진다면 그게 뭐 어때? 떨어지면 떨어지는 거지. 떨어지면 좀 창피하기는 하겠지만 뭐 어때? 그래도 안 해보고 지레 포기하는 것보다 열심히 해보는 것이 중요한 거지. 그래야 후회라도 하지 않지. 그러니까 도전해봐.' 이런 마음이 들었다. 그래서 무작정 도전 카드를 집어 들었다.

나는 원래 그런 사람이다. 뭔가를 해야겠다고 마음먹으면 기어이 해야 직성이 풀리는 성격이다. 그것도 그날부터 시작해야 한다. 그때 마다 '다른 사람은 다 못해도 나는 할 수 있다'는 근거 없는 자신감이 있었다. 어떻게 그런 자신감이 생기는지 그건 나도 모르겠다. 그러나 정말이다. 정말 나도 모르게 마음속에서 자동적으로 그런 마음이 세 팅 된다.

그러나 다시 강조하지만 이 두 시험이 얼마나 어려운지 아직도 정 확하게 모르기 때문에 도전장을 내민 것이다.

다시 가족들을 모아놓고 내 최종 결정을 발표했다. 그리고 부탁했다.

"그냥 아무 말도 하지 말고, 말리고 싶으면 집안일이나 좀 도와줘."

모두 안 되는데 왜 사서 고생을 하려고 하냐는 표정들이었다.

뭘 그런 시험 가지고 그러느냐고 할 사람이 있을 것이다. 그러나 내게는 정말 어려웠다. 공부하는 내내 무슨 일이든 좀 알아보고, 천천 히 준비하고, 신중하게 하지 못하는 내 성격이 원망스러웠고, 그동안 신중하지 못해서 낭패 봤던 일들이 그제야 하나하나 떠오르면서 후 회에 후회를 거듭했다.

그러나 기왕에 도전 카드를 집어든 이상 그날부터 지독한 공부가 시작되었다. 공부를 시작하니까 마음속에서는 '잘했다, 잘했다, 장하 다'는 칭찬 소리도 들리는 것 같았다. 그렇게 시작된 공부법을 나는 일명 '떨오기' 공부법이라고 이름 붙였다. '떨어지는 것이 오히려 기 적'이라는 공부법이다. 물론 이것은 순전히 나만의 공부법이었다.

'떨오기' 공부법으로 야심 차게 도전은 했지만 너무 어려웠다. 아니, 그냥 어려운 것이 아니라 보통이 넘는, 너무너무 어려운 과목들이었다. 모든 과목이 처음 보는 것들이기 때문에 나는 완전 멘붕 상태가 되어버렸다.

공부하는 내내 혈압이 오르락내리락했고, 머리가 지끈지끈 아팠다. 두통약을 먹지 않고서는 견딜 수가 없었다. 거기에 더해 어깨가 칼로 도려내는 것같이 아파서 계속 병원을 다녀야 했다. 어깨가 아파서 양치질하기도 힘들었고, 머리 감기도 힘들었다. 평소에도 어깨가 말썽이었는데 공부하면서 계속 기록을 해야 하니까 어깨가 견뎌주지를 못했다. 어깨가 내려앉는 것 같다는 느낌이 어떤 것인지 모르는 사람은 모를 것이다. 목은 목대로 굳어오면서 목과 어깨 쪽은 움직일 수가 없었다. 어쩌다 다른 사람하고 어깨가 살짝 스치기만 해도 비명이 질러졌다. 아픈 어깨로 집안 살림하고, 수업은 수업대로 하면서 계속 병원 다니면서도 공부는 계속되었다.

그런데 어느 날, 지금까지 멀쩡하게 잘 다니던 계단에서 넘어져 발목을 다쳤다. 이래저래 도저히 공부할 여건이 안 되었다. 여기서 그만 포기해야지, 이거 사람 잡겠다 싶었다. 그리고 공부를 포기할 수밖에 없는 변명거리들도 충분히 확보가 된 상태기 때문에 '덜 자존심 상하고, 덜 창피하다'는 생각이 들었다.

공부를 포기해야 하는 이유는 또 있었다. 남동생이 날마다 들렀다. 평상시에도 특별한 일도 없는데 항상 들러서 한 시간이나 두 시간씩

차 마시면서 이야기하고, 놀다 갔기 때문에 동생 입장에서는 늘 하던 대로 하는 것이었다. '날마다 만나서 무슨 할 이야기가 그렇게 많이 있나?' 싶겠지만 우리는 어제 한 이야기 오늘 또 하고, 그러면서 어제 들은 것도 오늘 새로 듣는 이야기처럼 웃으면서 그 시간을 즐겼다. 그냥 남편과 동생 그리고 나는 하루의 행복을 느끼는 시간이라고 해도 과언이 아니었다. 생각해보라. 어제 한 이야기 오늘 또 하고, 오늘 한 이야기는 내일 또 할 것이다. 그러면서도 전혀 지루해하지도 않고 항상 그날 듣는 이야기가 처음 듣는 것처럼 추임새까지 넣어가면서 행복해했다.

동생하고 앉아서 그냥 보내버린 그 시간이 그렇게 행복하고, 즐거웠는데 이제 내게는 부담으로 느껴지면서 그 시간이 아깝기 시작했다. 그렇지 않아도 시간과 싸워야 하는데 그 아까운 시간을 어제 한 이야기 또 하고, 또 내일이면 오늘 이야기 또 하면서 그렇게 시답잖은 이야기로 보내버릴 수는 없었다. 단 10분이라도 아껴야 하는 입장이 되고 보니 밥 먹는 시간도 최대한 줄인 상태였다. 그런데 1시간이나 2시간을 허비한다는 것은 안 될 일이었다.

나는 동생에게 단호하게 그리고 과묵하게 말했다.

"내가 공인중개사하고 주택관리사 두 개 시험을 동시에 도전하려고 공부하고 있으니까 시험 끝날 때까지는 오지 마라."

그러나 아무리 단호하고 과묵하게 말했다고 그 말이 동생에게 먹힐 리 없었다. 동생도 우리와 차 마시면서 웃고 이야기하는 시간을 참 행복해했다. 오히려 동생이 더 큰 소리쳤다. '누가 공부하라고 시킨 것도 아니고 괜히 아무 쓸데도 없는 공부하면서 괜히 옆에 있는 사람만 귀찮게 한다'는 것이었다. 그리고 정곡을 찌르며 덧붙였다. '그 자격증 딴다고 해도 어디 취직을 할 것도 아니고, 그렇다고 개업을 할 것도 아닌데 아무짝에도 쓸모없는 것을 공부하면서 나를 귀찮게 한다'는 것이었다. 사실 이 자격증들이 내게 꼭 필요한 상황이었다면 내가 말하지 않아도 동생이 먼저 조심했을 것이다. 동생 말도 맞는 말이었다. 현재로서는 자격증을 취득한다고 하더라도 취직할 계획도, 개업할 계획도 전혀 없었다. 동생 말처럼 아무짝에도 쓸데없는 공부를 그냥 하는 것이었다. 그 이후로도 동생의 방문은 계속되었고, 우리는 날마다 어제 했던 '낼은 오지 마라'는 말을 시험이 끝날 때까지 계속했다. 그것도 날마다 처음 듣는 것처럼 추임새까지 넣어 가면서 반복되었다.

하루는 어깨가 너무 아프고, 두통도 견디기 힘들어서 공부를 계속해야 하는 이유와 여기에서 포기해야 되는 이유를 각각 나누어서 기록해봤다. 결과는 포기해야 한다는 이유가 훨씬 많았다. 공부를 계속해야 하는 이유는 딱 하나였다. '그냥.' 내 자신부터가 이미 포기해야 한다는 것을 확실하게 알고 있었다. 공부를 계속하기에는 체력이 당장 문제였다. 이미 잠자는 시간을 줄이고, 밥 먹는 시간을 줄이면서 체력은 바닥이 되어 있었다. 더 이상 이 상태로 버틴다는 것은 어려운 일이었다.

그러나 아무리 체력이 바닥났다고 해도 이대로 포기할 수는 없었다. 마음 깊숙한 곳에서 '잘한다. 잘하고 있는 거다. 꼭 성공할 거다. 너는 할 수 있다'는 긍정적인 것들이 자꾸 떠올랐기 때문이다. 그리고 아무리 몸이 적응을 못하고, 여기저기 아팠지만 어느 순간부터는 '절대 부정적인 것에 지지 않겠다'는 오기도 생겼다. 그때마다 내 몸에게 사정했다.

'조금만 도와주라. 어쩔 수 없잖아. 나는 꼭 두 시험 모두 합격하고 싶어. 그러니 힘들어도 조금만 참아줘. 미안해. 시험 끝나면 호강시켜 줄게.'

그렇게 힘든 시간들이 영원히 끝날 것 같지 않더니 드디어 시험 보는 날이 되었다. 참 신기한 것은 시험 보러 가는 자신은 이미 합격할 것인지 아닌지를 알고 시험장에 간다는 것이다. 시험장을 정말 시험 보러 가는 사람이 있고, 시험지를 받아 들고 공부하러 가는 사람도 있다. 결과는 시험을 보러 가기 전에 자기 마음이 가르쳐준다.

"아무 걱정하지 마. 차분히만 풀면 충분해. 축하해."

나는 공인중개사와 주택관리사 두 개 자격증 시험에 당당히 합격했다. 그것도 합격 점수를 겨우 넘기는 '후덜덜 합격'이 아닌 '안심 합격'이었다. 합격했을 때 기분을 어떻게 말로 표현할 수 있겠는가? 그래도 굳이 표현하자면 날아갈 것 같다는 기분이 이런 것이구나 싶었다. 그때서야 송강 정철 선생님의 '관동별곡'에 '아차하면 상공을 날아갈 것 같다'는 구절이 이해가 되었다.

내가 이렇게 어려운 시험을 그것도 두 개나 도전해서 1년 안에 합격한 가장 큰 비결은 아무리 힘들고 어려워도 끝까지 '잘한다. 아주 잘한다'는 긍정적인 마음의 끈을 붙잡은 것이었다.

부정적인 것은 아무리 멀리하려고 해도 멀어지지 않았다. 중요한 것은 우리 마음을 100%로 생각한다면 긍정적인 마음이 10% 정도밖에 안 되고, 부정적인 마음이 90% 정도 된다는 것이다. 그러니 주위 반응은 부정적인 것이 100%라고 각오해도 될 듯싶다.

그러나 반드시 기억해야 할 것은 작지만, 아주 작지만 긍정적인 마음을 끝까지 붙들고 버티라는 것이다. 아무리 현실이 힘들어도 긍정적인 마음만이 우리를 행복한 사람으로 만들어준다는 것이다.

기억하라. 긍정이 답이다.

어려운 시험을 그것도 두 개나 1년 안에 동시에 합격하고 나니까 집에서 내 위치는 내가 굳이 어떤 행동을 하지 않고, 어떤 말을 하지 않아도 '천상천하유아독존'이 되었다. 공부에 대해서는 더 이상 아무도 나하고 비교하려고 하지 않았으며, 자동 공부계의 대모로 자리잡았다. 즉 공부의 제왕으로 등극하게 된 것이다. 단, 우리 집 안에서 그랬다는 것이다. 내 앞에서는 어떤 공부 이야기도 금기어가 되어 그날부터 공부가 어렵다느니 힘들다느니 하는 말은 집안에서 싹 사라졌다.

그리고 시험에 도전할 때는 생각에 생각을 거듭하면서 도전했고, 만약에 떨어지면 우리 집에서는 설 곳이 없음을 스스로 잘 알아서 선택했다. 이것을 긍정의 효과라고 해야 할지, 부정의 효과라고 해야 할지는 모르겠다. 그러나 공부의 대모 자리는 확실히 내 것이 되었다. 그리고 가족 중에서 지금까지 감히 아무도 내게 도전장을 던지는 사람은 없다. 그러나 가족 아무라도 내게 도전장을 던지길 지금도 간절히 바란다. 지금까지 살면서 느낀 것은 어차피 '그 사람 인생은 그 사람 생각대로 흘러간다'는 것이다.

위의 내 경우에서도 알 수 있듯이 우리 생각은 긍정보다는 부정이 훨씬 많은 부분을 차지한다. 그러니 우리 생각을 가만히 놔두면 긍정보다는 부정으로 흘러갈 확률이 높다. 부정적인 소리는 긍정적인 소리보다 크게 들리고, 귀가 솔깃하다. 그러니 부정적인 소리는 부정적인 소리를 또 부르게 되어 있다. 그러면 악순환의 고리가 계속 이어지는 것이다.

그러나 긍정적인 사람이든 부정적인 사람이든 불행하고 싶은 사람은 아무도 없다. 그렇다면 우리의 태도는 당연히 긍정적이어야 한다. 긍정적인 생각과 태도만이 우리가 모든 것을 할 수 있게 힘을 줄 것이고, 계속 긍정적인 것을 부르게 되어 있다.

나는 이 세상 위대한 사람들 그 누구도 부정적인 사람이 위대한 일을 했다는 것을 본 적도 없고, 들어본 적도 없다. 위대한 일을 한 사람들은 긍정적인 자세를 넘어서 '절대 긍정'이었다. 위대한 사람들 이야기는 너무 멀게 느껴지는가? 그렇다면 주위 사람들의 소소한 삶을 들여다보자. '안 된다, 힘들다, 할 수 없다, 불행하다'처럼 부정적인 말을 하는 사람치고 행복하고, 성공한 사람이 있는지 보라. '할 수 있다, 행복하다, 사랑한다'처럼 긍정적인 말을 하는 사람치고 불행한 삶을 살고 있는 사람이 있는지를 확인하면 될 일이다.

반드시 기억하고 명심하자. 오직 긍정만이 내 인생의 핵심 키워드가 돼야 한다.

콩을 심었으면 콩을 거둘 것이고,
팥을 심었으면 팥을 거둘 것이다

신발을 수출하는 회사 직원 두 명이 태양이 내리쬐는 아프리카에 거의 동시에 출장을 왔다. 한 사람은 미국에서 왔고, 다른 한 사람은 영국에서 왔다. 이들은 자기들이 도착한 뜨거운 나라 아프리카에서는 거의 모든 사람들이 신발을 신지 않고 맨발로 다니는 것을 동시에 똑같이 보았다. 뜨거운 땅을 아무렇지도 않게 맨발로 다니는 모습을 본 두 직원은 각각 자신이 속한 회사에 편지를 보냈다.

영국에서 온 회사원이 쓴 내용은 다음과 같았다.

"이곳 사람들은 모두 맨발로 다닙니다. 이들에게는 신발이 필요가 없습니다. 신발은 전혀 팔릴 것 같지 않습니다. 그러니 신발 보내는 것을 중지해주십시오."

그러나 미국에서 온 회사원이 쓴 내용은 달랐다.

"이 나라 사람들은 아직 아무도 신발을 가지고 있지 않습니다. 신발을 팔 수 있는 최고의 시장입니다. 그러니 신발을 보내주십시오."

미국의 신발회사는 뜨거운 나라 아프리카에서 큰 성공을 거두었다.

두 사람은 똑같이 뜨거운 나라인 아프리카 사람들이 맨발로 다니는 것을 보았다. 그러나 똑같은 상황에서도 어떤 면을 보느냐에 따라 결과는 전혀 달랐다. 영국에서 출장 온 회사원은 신발을 팔 수 없다는 것, 즉 '안 된다'는 것을 보았고, 미국에서 출장 온 회사원은 이곳이야말로 신발을 팔 수 있는 절호의 기회가 될 나라, 즉 '된다'는 것을 보았다. '된다'와 '안 된다'의 차이는, 판단을 내리는 그 순간에는 큰 차이가 없는 듯 보이지만 사실 성공을 거둘 수 있는지 없는지를 갈라놓았다. 미국인이 출장 온 회사가 대박이 난 것은 의심할 여지가 없다.

긍정적인 사람은 무슨 일이든, 어떤 여건이든 긍정적인 것만 찾아내고, 부정적인 사람은 무슨 일이든, 어떤 여건이든 부정적으로 생각하면서 안 되는 핑계와 구실을 찾는다. 그러다 장애물이라는 뜻하지 않은 것을 만나면 긍정적인 사람에게는 오히려 그 장애물이 기회로 작용하지만, 부정적인 사람은 장애물 때문에 더 할 수 없게 된다. 문제는 장애물 그 자체가 아니라 장애물을 바라보는 각자 각자의 생각이 문제인 것이다. 우리의 삶은 우리가 품은 생각대로 변하게 된다. 그렇기 때문에 더더욱 긍정이 주는 힘을 가슴에 품어야 한다.

말도 마찬가지다. 성공하고는 아무 상관도 없는, 삶을 고단하게 만드는 말을 주로 하고 있는가? 아니면 성공을 끌어당기는 말을 하고 있는가? 긍정적인 말은 에너지를 북돋아주고, 부정적인 말은 에너지를 빼앗아간다. 긍정적인 말로 에너지를 북돋아 그 에너지로 성공을 끌어당기자.

어떤 일을 시작할 때도 마찬가지다. '반드시 나는 성공한다. 아무도 못해도 나는 할 수 있다'는 긍정을 선택하자. 이것이 성공의 법칙이다.

'콩 심은 데 콩 나고, 팥 심은 데 팥 난다'고 했다. 어떤 것을 심으면서 살아갈 것인가는 아무도 선택해주지도 않고 또 그럴 수도 없다. 오직 '자기 자신' 한 사람만이 선택하고 심어가는 것이다.

사람은 누구나 자기에게 주어진 삶을 살아가야 한다. 우리는 모두 세상이라는 무대 위를 어차피 걸어가야 된다. 싫어도 걸어가야 하고, 좋아도 걸어가야 한다. 그러나 그 무대를 어떤 모습으로 걸어갈 것인지 씨앗을 심고 가꾸어야 사람은 오직 자기 자신뿐이다. 이제 자신에게 펼쳐진 하루에 어떤 것을 심을지 신중하게 생각하고 선택해서 부지런히 심어보자. 조금만 지나면 콩을 심었으면 콩을 거둘 것이고, 팥을 심었으면 팥을 거둘 것이다. 콩을 심었는데 팥을 거둘 일은 없을 것이고, 팥을 심었는데 콩을 거둘 일 역시 없을 것이다. 즉 긍정을 심었으면 반드시 긍정을 거둘 것이고, 부정을 심었으면 반드시 부정을 거둘 것이다. 긍정을 심어놓고 부정을 기다릴 수도 없는 것이고, 부정을 심어놓고 긍정을 기다릴 수도 없는 것이다.

그러나 무엇을 심을 것인가를 선택하기 전에 반드시 기억해야 할 것이 있다. 성공을 만들어갈 수 있는 것은 오직 '긍정적인 생각'이라는 것부터 명심하자.

1969년 7월 20일 오후 10시 56분 20초, 아폴로 11호 달착륙선 '이글호'는 무사히 달에 착륙했다. 이때 인류 최초로 달 위를 걸었던 사람이 닐 암스트롱이다. 수천 년 동안 인류에게 신화처럼 보였던 동경의 대상 '달'이 과학의 영역으로 들어오게 된 순간이다. 아폴로 11호의 달 착륙 성공은 우주 개발을 앞당기는 계기가 되었다. 이후 축구장만한 크기의 국제 우주정거장이 우주에 건설되었고 무수히 많은 인공위성이 발사되었다.

암스트롱의 달 착륙은 인류가 우주로 나아갈 수 있다는 자신감을 심어준 역사적인 사건이었다. 역사적인 사건이 된 아폴로 11호의 달 착륙과 지구로의 무사 귀환은 세계의 가장 뛰어난 과학자와 기술자가 만들어낸 노력의 결과였다.

그리고 또 한 사람이 있었다. 달 착륙 프로젝트가 성공할 수 있었던 그 중심에는 8년 전에 원대한 비전을 품은 한 사람이 있었는데, 바로 미국 전 대통령 존 F. 케네디였다. 1961년 5월 25일, 케네디 대통령은 의회에서 달 착륙에 대한 원대한 꿈을 선포했다.

"1960년대가 저물기 전에 미국이 달에 사람을 보내고, 안전하게 지구로 귀환시키는 꿈을 달성해야 한다고 생각합니다. 오늘날 이보다 더 인류를 흥분시키는 사건은 없습니다."

그러나 나는 TV를 통해서 암스트롱이 달에 착륙하는 것을 보기는 했지만 어떻게 그런 일이 있을 수 있는지 보고도 믿어지지가 않았다. 달에 갔다니까 '그런가 보다' 하는 것이지 나로서는 워낙에 현실성이 떨어지다 보니 어떻게 그런 일이 가능한지 알려고도 하지 않았고, 별로 알고 싶지도 않았다. 감히 내 알량한 지식으로는 아무리 달나라, 별나라를 간다고 해도 알 수가 없는 노릇이기 때문이다.

그러니 그때까지만 해도 인간이 달에 갈 수 있을 거라고 믿었던 사람은 거의 없었다. 케네디 대통령의 꿈은 너무 거대한 나머지 비현실적이었다. 케네디 대통령의 최고보좌관이자 그의 연설문 작성자로서 케네디 대통령의 '분신'으로까지 평가받았던 테드 소렌슨조차 다음과 같이 말했다. "달 착륙은 케네디 대통령의 개인적인 희망 사항에 불과하고 결코 현실적이지 않다." 수많은 과학자들도 말했다. "이것은 불가능하다." 과학자들은 왜 달 착륙이 어려운지에 대해 자세히 정리해서 케네디 대통령에게 제출하기도 했다.

그러나 케네디 대통령은 자신의 꿈을 믿었고 거기에 대해서 단호했다. 케네디 대통령은 그 거대한 프로젝트를 위해 '안 된다'고 말하는 사람들은 만나지 않았다. 그 대신 '된다, 할 수 있다'고 말하는 사람들을 만났다. 그리고 불가능하다고 말한 사람들이 거론한 그 이유가 왜 가능한지를 조목조목 찾았다. 그러자 케네디 대통령의 비전을 공유하는 수천 명의 과학자와 기술자가 모여들었고, 모든 상상력이 총동원되었다. 그 결과는 어땠는가? 1969년 7월, 닐 암스트롱이 실제로 달 위를 걷는 것이 전 세계에 방송되었다.

케네디 대통령은 '꿈은, 꿈을 꾸는 자만이 이룰 수 있다'는 생각으로 원대한, 아무도 생각하지도 못했던 꿈을 품기 시작했다. 그리고 자신의 꿈을 믿었다. 자신의 꿈을 믿었기에 '안 된다'는 부정적인 사람들은 만나지 않았고, '할 수 있다'고 말하는 긍정적인 사람들과 더불어 드디어 그의 꿈을 이룬 것이다.

케네디 대통령이 만일 불가능한 이유만을 주장하는 과학자들과 계속 만났다면 이렇게 큰 비전이 실현될 수 있었을까? 그들의 이야기를 조금이라도 귀 기울여 들었다면 과연 어떻게 되었을까?

우리에게 일어나는 모든 일에는 긍정적인 면과 부정적인 면이 동전의 양면처럼 따라다닌다. 여기서 긍정적인 것을 선택하느냐, 부정적인 것을 선택하느냐에 따라서 우리의 삶은 완전히 달라진다. 그러나 선택을 하는 그 순간에는 큰 차이가 느껴지지 않는다. 하지만 마지막에는 그렇게 선택한 결과의 차이를 좁히기 어렵다.

긍정적인 자세는 지구만 정복하는 것이 아니라 달나라도 정복하게 했다. 오늘부터 부정은 모두 싹 버리고 오직 긍정으로 지구를 정복하고, 우주도 정복하기를 기대한다.

신문지 밥상

- 정일근

더러 신문지 깔고 밥 먹을 때가 있는데요
어머니, 우리 어머니 꼭 밥상 펴라 말씀하시는데요
저는 신문지가 무슨 밥상이냐며 궁시렁 궁시렁 하는데요
신문질 신문지로 깔면 신문지 깔고 밥 먹고요
신문질 밥상으로 펴면 밥상 차려 밥 먹는다고요
따뜻한 말은 사람을 따뜻하게 하고요
따뜻한 마음은 세상까지 따뜻하게 한다고요
어머니 또 한 말씀 가르쳐 주시는데요

해방 후 소학교 2학년이 최종학력이신
어머니, 우리 어머니의 말씀 철학

CHAPTER 5

만남은 아무리 강조해도
지나치지 않는다

복 중에서 가장 좋은 복이
인복이다

성공과 실패, 행복과 불행은 과연 무엇으로부터 시작된다고 생각하는가? 우리는 살면서 반드시 누군가를 만나면서 살아갈 수밖에 없다. 아무도 만나지 않고는 살 수가 없는 것이다. 우리의 삶 자체가 만남이기 때문이다. 독일의 문학자 한스 카롯사는 '인생은 너와 나의 만남'이라고 했다. 그러니 성공과 실패, 행복과 불행은 만남으로부터 시작된다고 해야 할 것이다.

나는 누군가를 만남으로써 삶이 달라진다. 다른 사람들 역시 나를 만남으로써 운명이 달라질 수 있다. 결국 누구를 만난다는 것은 중요한 일이고 소중한 일이며, 누구를 만나느냐는 것은 삶에서 가장 큰 전환점이 된다.

즉 어떤 사람을 만나는가에 따라 자신의 행복과 불행, 성공과 실패가 갈리는 것이다. 옛말에 근묵자흑(近墨者黑)이라고 했다. '먹을 가까이 하면 검어진다'는 뜻으로 나쁜 사람과 가까이 하면 나쁜 버릇에 물들게 된다는 뜻이다. 성공하고 싶다면 성공한 사람을 만나야 하고, 행복하고 싶다면 행복한 사람을 만나야 한다.

지금 만나고 있는 사람이 주로 어떤 사람인가? 내가 나의 미래의 모습으로 닮고 싶은 사람들과 어울리고 있는가? 또한 그 만남을 소중하게 생각하고 있는가?

옛말에 '인생의 복 중에서 가장 좋은 복이 인복'이라고 했다. 즉 사람을 잘 만나는 것이야말로 우리가 누리는 복 중에서 가장 좋은 복이라는 것이다.

기억하라. 누구를 만나든지 그 만남이 내 삶에 큰 영향을 미친다는 것을. 나의 성공과 실패, 행복과 불행이 만남에 좌우된다는 것을 반드시 기억하자. 그리고 반대로 나도 누군가의 인생에 큰 영향을 미치고, 그들의 행복과 불행, 성공과 실패에 영향을 준다는 것도 반드시 기억하자.

위대한 만남을 통해 운명이 완전히 달라진 이야기가 있다.

미국 보스턴의 한 정신병동에 불쌍한 '앤'이라는 소녀가 수용되어 있었다. 앤은 알코올 중독자인 아버지의 학대를 받았고, 결핵으로 어머니를 잃었다. 그리고 남은 가족은 동생뿐이었지만 보호소에 같이 온 동생마저 죽어버리자 충격으로 미쳐버렸고, 실명까지 했다.

앤은 수시로 자해를 시도했고, 사람들을 만나면 괴성을 지르고 공격을 했다. 결국 앤은 회복 불능 판정을 받고 정신병동 지하 독방에 갇히게 되었다. 모두가 앤의 치료를 포기하고, 문젯거리로 여겼다. 보호소에서는 앤에게 진정제만 투여하면서 그대로 방치했다. 그때 나이 많은 간호사인 로라가 앤을 돌보겠다고 자청했다.

앤은 처음 만난 로라에게 여전히 악을 쓰고 물건을 집어던지면서 괴성을 질렀다. 로라는 앤에게 동생이 있었는데 그 동생이 죽은 후 그런 증상이 일어났다는 것을 알게 되었고, 이런 앤을 보면서 항상 안타까워했다. 로라는 날마다 과자를 들고 앤을 찾아가서 책을 읽어주고, 기도해 주었다. 그리고 세상에서 버려진 앤에게 로라는 끊임없이 속삭였다.

"앤, 나는 너를 정말 사랑한단다."

그렇게 로라는 변함없이 앤에게 사랑을 쏟았지만 앤은 단 한 마디도 하지 않았고, 앤을 위해 가져다준 간식도 먹지 않고 전부 집어던졌다.

그러던 어느 날 로라는 앤 앞에 놓아준 초콜릿 접시에서 초콜릿 하나가 없어진 것을 발견했다. 여기에 용기를 얻은 로라는 계속해서 앤에게 속삭였다.

"앤, 나는 너를 정말 사랑한단다."

로라는 죽는 순간에도 앤에게 용기를 주었다.

"네가 포기하지 않고 간절히 원한다면 기적은 언젠가 널 찾아올 거야."

로라가 앤에게 속삭이기 시작한 지 183일, 앤은 조금씩 반응을 보이며 가끔 정신이 돌아온 사람처럼 이야기했다. 그리고 시간이 흐를수록 이야기하는 빈도수가 많아졌다.

마침내 2년 만에 앤은 정상인 판정을 받아 파킨스 맹아학교에 입학했고, 수석으로 졸업하는 영애를 얻게 되었다. 그리고 한 신문사의 도움으로 시력회복 수술을 받아 시력을 되찾게 되었다. 그 후 앤은 말했다.

"저도 저를 찾아주셨던 간호사 선생님처럼 저의 도움을 절실하게 필요로 하는 사람에게 찾아가 제 사랑을 주고 싶습니다."

'사랑을 나누어 주겠다' 결심한 스물한 살의 앤은 어느 날 신문에서 '보지 못하고, 듣지 못하고, 말하지 못하는 아이를 돌볼 사람을 구합니다'라는 구인 기사를 보게 되었다. 그렇게 앤은 보지도, 듣지도, 말하지도 못하는 7세 소녀를 만나게 되었다. 7세 소녀는 어린 시절 앤과 마찬가지로 많은 사람들이 한결같이 '이 아이는 가르칠 수 없는 아이'라고 포기했으며, 7세 소녀 스스로도 포기한 상태였다.

그러나 앤에게 로라가 그러했듯이 7세 어린 소녀에게 앤은 사랑과 인내로 어둠 속을 헤매던 이 아이에게 말과 글은 물론 인생의 참 의미를 가르쳐 주었다. 앤이 인내로 끊임없이 소녀를 가르치고, 사랑으로 돌봤다는 것은 소녀의 고백에서도 알 수 있다.

"맨 처음 '물'이라는 말 한 마디를 배우는 데 7년이란 긴 세월이 걸렸습니다."

어느 날 소녀가 정원에서 꽃 한 송이를 꺾어 앤에게 건네주자 앤은 소녀의 손바닥에 적어주었다. "나는 너를 사랑한단다." 앤이 소녀에게 끊임없이 했던 이야기였다.

"시작하고 실패하는 것을 계속하라. 실패할 때마다 무엇인가 성취할 것이다. 네가 원하는 것을 성취하지 못할지라도 무엇인가 가치 있는 것을 얻게 되리라. 시작하는 것과 실패하는 것을 계속하라."

앤은 끊임없이 소녀에게 사랑에 관해 알려주었고, 모두가 포기했던 7세 소녀는 앤의 도움을 받으며 열심히 노력한 끝에 중증장애를 이겨내고 하버드대학교를 졸업하고 희랍어, 라틴어, 불어 등에 통달하면서 세계적인 작가 겸 교육가로 활동했다. 중증장애를 이겨내고 인간 승리를 보여준 그녀는 온 세계인들에게 큰 감동을 주었다.

그녀의 이름은 '헬렌 켈러'고, 선생님의 이름은 '앤 설리번'이다. 설리번이 로라에게 받은 사랑이 더 큰 사랑으로 기적을 만들어낸 것이다. 설리번 선생의 헌신적인 사랑은 결국 헬렌이 '20세기 최대 기적의 주인공'이라는 칭호를 받게 했으며, '20세기 위대한 100명'에 포함되어 많은 사람들에게 희망과 용기를 주고, 전 세계를 놀라게 했다. 헬렌 켈러는 말했다.

"사흘만 볼 수 있다면 첫날에는 나를 가르쳐준 설리번 선생님을 찾아가 그분의 얼굴을 바라보겠습니다. 그리고 산으로 가서 아름다운 꽃과 풀과 빛나는 노을을 보고 싶습니다. 둘째 날에는 새벽에 일찍 일어나 먼동이 터오는 모습을 보고 싶습니다. 저녁에는 영롱하게 빛나는 하늘의 별을 보겠습니다. 셋째 날엔 아침 일찍 큰길로 나가 부지런히 출근하는 사람들의 활기찬 표정을 보고 싶습니다. 점심 때는 아름다운 영화를 보고, 저녁 때는 화려한 네온사인과 쇼윈도의 상품들을 구경하고 집에 돌아와 삼일 동안 눈을 뜨게 해 주신 하나님께 감사의 기도를 드리고 싶습니다.”

보고 또 보아도 감동스러운 이 위대한 헌신과 사랑의 이야기는 바로 '만남'을 통해서 이루어졌다. 앤은 로라를 만남으로써 인생이 달라졌고, 헬렌 켈러는 설리번 선생을 만남으로써 운명이 달라졌다.

결국 앤을 향한 로라의 헌신적인 사랑이 있었기 때문에 40여 년 동안 헬렌 켈러에게 한결같은 사랑을 베풀 수 있는 설리번 선생이 탄생했고, 설리번이라는 선생은 로라에게서 받은 그 사랑 그대로 헬렌 켈러를 가르치면서 위대한 제자를 탄생시킬 수 있었던 것이다. 이들은 복 중에서도 가장 좋은 인복을 최고로 누린 것이다.

또 한 사람의 이야기를 살펴보자.

초등학교 시절, 의자에 폭탄 소리가 나는 장치를 몰래 설치해 선생님들을 깜짝 놀라게 하고, 학교 게시판에 '내일은 애완동물 데리고 등교하는 날'이라는 거짓 안내문을 붙여 수백 명의 학생이 개와 고양이를 데리고 학교에 등교하는 사태를 일으킨 문제아가 있었다. 학교 측에서는 그의 부모에게 '지금처럼 말썽을 부리면 학교를 다닐 수 없다'고 통보했다. 보통의 부모라면 혼낼 만도 하지만, 소년의 부모는 그를 사랑으로 감싸 안아줬다. 그리고 또 한 사람 테디 힐이라는 선생은 그가 유망한 학생임을 직감적으로 알아봤고, 믿음과 사랑으로 가르쳤다.

그 소년은 우리가 너무 잘 알고 있는 스티브 잡스이다. 그는 당시 일을 회상하며 이렇게 말했다.

"그분이 아니었다면 저는 틀림없이 소년원에나 들락거렸을 겁니다."

나를 알아주고, 사랑으로 감싸 안아줄 선생님을 만난다는 것은 분명 큰 복이다. 이러한 만남이 '만남을 소중히 여기는 만남'이며 '복 중의 복인 만남'인 것이다.

만남을 소중하게 생각하지 않은
선생의 뒤늦은 후회

만남이 찾아왔을 때 찾아온 그 만남을 소중하게 생각하지 않고 함부로 생각하고, 함부로 취급해서 오랜 세월 후회로 남아 있는 사람이 있다. 후회로 자리 잡은 것은 다시 후회 전의 상태로 되돌릴 수 없다는 것을, 만남은 물처럼 흘러서 다른 어딘가로 떠나간다는 것을 만남이 처음 찾아왔을 때 알았어야 했다. 그러나 그때는 그것을 모르고 함부로 생각했던 것이다. 지금도 간혹 기억의 책장을 넘길 때마다 소중하게 다루지 못한 만남을 후회하지만 다시 처음으로 되돌릴 수 없다는 것을 알기에 또다시 이런 후회를 남기지 않기 위해서 노력하는 사람이 있다. 부끄럽지만 내 이야기다.

이쯤에서 내 고백을 하나 해야겠다. 부끄럽지만 나는 문제를 일으키는 학생들을 설리번 선생처럼 또는 테디 힐 선생처럼 사랑과 인내로 대하질 못했다. 끝까지 사랑과 인내로 견디었던 설리번 선생과 테디 힐 선생이 오히려 부러울 지경이다.

17세였던 김영수는 공부에는 아무 흥미가 없었다. 공부보다는 시간 보낼 곳이 없으니 학원이라도 와야 했다는 표현이 맞을 것이다. 지금 생각해보면 공부에는 아무 흥미가 없었지만 그래도 학원이라도 매일 오는 것이 안 오는 것보다 이로운 점이 훨씬 많았던 것 같다. 방에서 꼼짝을 하지 않고, 친구들도 만나지 않고 있었다면 오히려 그것이 더 위험할 뻔했다. 영수는 공부에는 영 관심도 없고, 흥미도 없었지만 친구들과 웃고 떠들면서 언제나 생기는 넘쳤다.

공부를 해야 시험을 볼 것 아니냐며 아무리 따라 다니면서 잔소리를 하고, 공부 좀 제발 하라고 사정을 해도 소용이 없었다. 영수의 가방은 연필 한 자루, 노트 한 권도 들어 있지 않은 것처럼 겉으로 보기에도 홀쭉해 보였다. 연필 한 자루도 안 들어 있는 홀쭉한 가방을 뭐하러 메고 오는지 알 수 없었지만 그래도 영수는 그 홀쭉한 가방을 지성으로 메고 다녔다. 홀쭉한 가방은 학원에 오면 책상 위에 얹어만 있지 집에 갈 때까지 한 번도 열린 적이 없었다.

영수는 학원에 오면 공부하고 있는 아이들까지 데리고 나가 오토바이를 타고 학원 주위를 계속 맴돌면서 돌아다녔다. 시끄러운 오토바이 소리를 '붕붕붕' 내면서 말이다. 그리고 오토바이에 소리가 크게 나는 무슨 장치를 했다며 자랑을 하면서 '붕붕붕' 거렸다.

시끄러운 오토바이 소리는 다른 아이들이 공부하는 데 방해가 됐다. 열심히 공부하는 아이들에게는 말 그대로 소음이 되어 신경을 날카롭게 만들었다. 반면 공부하기 싫은 아이들에게는 그렇지 않아도 교실에 앉아 있는 것이 힘들고 지루했는데 밖에서 들리는 오토바이 소리와 영수의 떠드는 소리, 웃음소리는 마음을 설레게 하기에 충분했다.

그뿐 아니라 시끄러운 오토바이 소리는 아이들에게만 거슬리는 것이 아니었다. 수업을 하는 선생들에게도 여간 힘든 일이 아니었다.

오토바이는 위험을 항상 안고 다니는 것이다 보니 영수는 하루는 팔이 부러졌다며 깁스를 하고 나타나고, 팔이 좀 나았다 싶으면 다시 다리 인대가 늘어났다며 다리에 붕대를 하고 나타났다. 영수의 부상은 끊이지 않았다.

나는 영수를 볼 때마다 짜증 냈다.

"제발 좀 오지 마라. 공부도 안 할 거면서 뭐 하러 오는데? 집에서 놀면 되잖아. 오토바이도 집에서 타고 다녀. 왜 꼭 학원에 와서 다른 사람들에게 피해를 주는데? 너 좀 안 보는 것이 내 행복이다."

후회를 하고 있는 이제 와서 변명을 한다는 것이 우스운 일이긴 하지만 굳이 변명을 하자면 나도 처음부터 영수에게 짜증을 냈던 것은 아니다. 영수는 성격도 좋았고, 굳이 단점을 찾는다면 공부를 안 한다는 것을 빼고는 딱히 나무랄 게 없었다.

처음에는 그런 영수를 따라 다니면서 공부를 해야 하는 이유를 설명도 해보고, 타일러도 보고, 설득도 해보고, 엄포도 줘 보고, 사정도 해보고, 나름 할 수 있는 것은 다 시도해봤다. 그러나 내 말은 영수에게 도통 먹히지 않았다. 그야말로 소 귀에 경 읽기였다.

여전히 공부는 뒷전으로 미루고 한술 더 떠서 공부하고 있는 다른 아이들까지 데리고 나가서 놀곤 했던 영수는 나를 보면 내가 아무리 짜증을 내고, 인상을 써도 인사는 꼬박꼬박 하면서 씩 웃었다. 그때마다 몰인정한 나는 냉정하게 쏘아붙였다.

"웃지 좀 마라. 정든다. 너를 안 보는 게 제일 좋은 인사니까 넌 제발 좀 오지 마라. 알아들어?"

나는 영수 가슴에 대못을 땅땅 박았다. 그것도 날마다 반복해서 하루에도 몇 번씩이고 영수를 마주칠 때마다 대못질을 해댔다. 그래도 영수는 아무 상처도 받지 않는 것 같았다. '붕붕붕' 오토바이 소리를 시끄럽게 내면서 항상 싱글벙글이었다.

제발 안 봤으면 하는 영수는 공부를 안 했으니 시험에 떨어지는 것은 당연했고, 다음 해에 또 학원에 오기를 반복했다. 내가 그렇게 보기 싫다고 짜증을 내도 영수는 나를 따르고 좋아했다. 그만큼 심성이 착했던 것이다.

영수는 시험에서 계속 떨어졌다. 공부를 안 했으니 당연한 결과였다. 그런데 문제는 다른 데 있었다. 영수가 시험에 떨어지는 것이 반복되자 그만 좀 보고 싶다는 내 바람과는 다르게 영수는 계속 학원을 나와야 했다. 그러니 나는 영수를 자꾸 봐야 하는 상황이 계속되었고,

이대로는 안 되겠다 싶어 중요한 결정을 내렸다. 나는 영수가 학원에 등록하는 것을 막았다. 결국 등록을 하고 싶다는 사람을 등록 받지 않았던 것이다. 영수는 내 꽁무니를 졸졸 따라 다니면서 사정했지만 내 생각은 변하지 않고 요지부동이었다. 그쯤 되자 영수가 제안을 하나 해왔다.

"선생님, 제가 잘못했어요. 인제 공부할게요. 수업시간에는 절대 교실 밖으로 나가지 않을게요. 선생님이 항상 공부를 안 해도 좋으니 교실에만 앉아 있으라고 했으니까 딱 거기까지만 할게요. 내가 공부를 하든, 안 하든 그것은 잔소리 안 하깁니다. 선생님, 약속해주세요."

지금 하고 있는 영수 말은 도대체 누구를 위한 것인지 구분이 안 될 정도로 헷갈렸다. 그리고 누가 공부하는 사람이고, 그 공부가 도대체 누구를 위해서 하는 것인지 궁금할 정도로 내게 엄포를 놓고 있었다. 그러나 교실에는 앉아 있겠다는 영수 말에는 귀가 솔깃했다. 그리고 오히려 내가 되물었다.

"정말이지? 진짜 교실에는 앉아 있을 거야? 괜히 지금은 그렇게 말해놓고, 또 밖에서 놀 거지?"

그러자 심성이 착한 영수는 손까지 저으면서 말했다.

"아니에요, 이 사나이 말을 어떻게 들으신 거예요? 저는 한 번 한다면 합니다."

그러자 나는 속으로는 쾌재를 부르면서도 겉으로는 영 미덥지 않다는 표정을 지으면서 물었다.

"야, 사나이고 뭐고. 지금 그 말 믿어도 돼? 진짜야?"

그렇게 다시 영수와 나는 공부를 가지고 티격태격하며 지내야 했다. 그러나 부끄럽지만 반강제적으로 영수를 공부시킨 것은 영수를 위한 것이 아니었고, 순전히 나를 위한 것이었다. 영수를 만나지 않을 방법은 단 하나, 영수가 하루라도 빨리 시험에 합격해서 졸업하는 방법밖에 없었다. 영수를 위해서가 아니라 오직 나를 위해서 나는 안간힘을 다 썼다.

그 결과 드디어 영수가 어렵게 시험에 합격하게 되었다. 당연히 영수는 시험에 합격한 다음 날부터는 학원에 나오지 않았다. 그런 영수는 다음 해에 대학에도 진학했다.

그때 기분을 어떻게 말해야 할까? 앓던 이가 빠진 것 같은 시원함, 아니면 시원한 청량음료수를 한잔 맛있게 마신 느낌, 무더운 한여름에 땀을 뻘뻘 흘리면서 운동을 하고 나서 얼음 동동 띄운 차가운 냉수를 들이켠 그런 느낌이었다. 서운함 같은 것은 아예 없었다.

그 후로는 영수를 잊고 살았다. 그런데 다음 해 5월 15일이 되었다. 수업을 마치고 교무실에 오니까 어머나, 생각지도 않았던 영수가 앉아 있었다. 이런 때는 아무리 반갑지 않더라도 대부분 반가운 척이라도 하면서 반갑다고 웃어주는 것이 상식이다. 이것이 상식이라는 것은 나도 잘 알고 있었다. 그리고 나 역시 지극히 상식적인 사람이라고 생각하면서 살아왔었다. 그러나 영수는 워낙에 내 속을 썩여서인지 머릿속 생각과 밖으로 나온 내 행동은 완전히 달랐다. 완전히 상식을 벗어나고 말았다.

"뭐 하러 왔는데? 너 안 보니까 내가 요즘 피부가 다 좋아진다. 너 보면 또 피부에 잔주름 생기니까 얼른 가!"

이런 모진 말은 해서는 안 된다는 것을 나도 잘 알았다. 그러나 이성보다 감성의 지배를 더 많이 받는 나는 여전히 해서는 안 될 말을 하고 있었다. 나는 그날에서야 내가 참 상식과는 거리가 먼 삶을 살고 있다는 것을 알게 되었다. 결코 내 모습은 내가 생각하던 상식적인 모습이 아니었다. 말 그대로 몰상식한 행동을 하고 있었다. 다음 순간 후회가 되기는 했지만 그 순간만큼은 내 솔직한 심정이었다. 그리고 영수가 어지간한 강도 가지고는 상처도 안 받는 강철이었기 때문에 상처 되는 말을 서슴없이 했던 것 같다.

그런데 고개를 숙이는 영수 눈에 살짝 눈물이 비치는 것 같았다. 내가 알고 있었던 영수는 아무리 모진 소리를 해도 싱글벙글 웃으면서 "아, 선생님 왜 그러세요?" 하면서 애교 섞인 소리로 오토바이 키를 챙기던 아이였는데 오늘은 완전 다른 모습을 연출하고 있었다. 그러고 보니 손에는 아메리카노 커피 두 잔이 들려 있었다. 나는 속으로만 생각했다.

'어라? 뭔 일이야?' 차마 이것까지는 말할 수 없었다.

"선생님, 커피 사왔어요."

영수는 얼음까지 착실하게 넣은 커피를 내 앞으로 밀었다.

"됐어, 너나 먹어. 나는 양촌리 커피를 좋아하지 이렇게 비싼 커피는 써서 안 먹어. 그리고 내가 얼음 싫어하는 것도 몰랐어?"

"그래도 제 건 여기 있으니까 선생님 건 선생님이 드세요."

"싫어, 너 혼자 두 잔 다 마시면 되겠네. 그리고 얼른 가. 너 보고 있
으면 또 얼굴에 잔주름 생긴다고 했잖아."

지금 생각해봐도 영수 기분은 생각하지도 않고 모질게 쏘아붙였
다. 그러나 내가 그렇게 모질게 쏘아붙여도 영수는 아무 말 없이 한참
을 앉아 있었다. 그리고 무거운 목소리로 나를 불렀다.

"선생님!"

"왜? 왜 부르는데?"

"교수님이 중간고사 과제로 중·고등학교 선생님을 찾아뵙고 사인
받아오라고 했는데 아무리 생각해봐도 찾아갈 선생님이 없어서요.
그래서 선생님이 생각났어요."

까불이 영수가 갑자기 다른 사람 된 것처럼 무거운 목소리로 이
야기했다. 순간 '아차!' 싶었다. 갑자기 가슴이 먹먹해왔다. 아무 말도
할 수가 없었다. 그저 눈물이 핑 돌았다.

'그래, 그랬구나. 찾아갈 선생이 없었구나. 그래서 이 못난 나를 찾
아온 거였구나. 처음부터 알아차려야 했는데 이를 어쩌나, 모진 말을
다 해버렸는데. 어떻게 수습해야 하나.'

순간적이었지만 오만가지 생각이 스쳐 지나갔다.

'영수에게 다가가 그 손을 잡아주면서 미안하다고 할까? 아니면
잘 왔다고 할까? 나도 요즘 네가 생각났다고 할까?'

그러나 이미 엎질러진 물을 주워 담을 수는 없는 노릇이었다.

나는 영수에게 '미안하다고, 몰랐다고, 그렇다고 나밖에 없었느냐'고 사과했다. 그리고 내년에도 똑같은 과제가 주어지면 그때도 꼭 나를 찾아와달라며 부탁까지 했다. 축 처진 어깨를 하고 걸어가는 영수의 뒷모습을 보면서 얼마나 미안했는지 지금도 눈시울이 뜨겁다.

나를 찾아온 만남을 가볍게 다룬 나는 결국 지금도 영수와의 만남을 소중하게 생각하지 않았던 것을 후회하고 있다. 그렇게 어깨가 축 처진 뒷모습을 보이며 걸어갔던 영수를 그 뒤로 다시는 만날 수 없었다.

나처럼 만남을 가볍게 다루어서 후회가 남지 않기를 바란다. 항상 만남을 소중하게 여기는 사람이 되어서 인생의 복 중의 복인 인복의 주인공이 되기를 바란다.

붕대를 감고 은행에 갔던
50대 주부

노래방을 자주 가는가? 노래방 한번 가서 멋지게 노래 한 곡 해보는 것이 소원인 사람이 있다. 바로 한글을 모르는 사람이다. 한글을 모르는 사람에게 노래방은 하나의 큰 담장이고, 벽이다. 평생 한 번도 가보지 못한 곳이 노래방이고, 어떤 모임을 가더라도 2차로 노래방을 간다고 하면 그냥 돌아서서 집으로 가야하는 가슴 아픈 사연이 숨어있다. 속 모르는 사람들은 노래방을 싫어하는 거냐고 물어보지만, 아니다. 천만의 말씀이다. 한글을 모르는 사람은 제발 노래방에 한번 가보는 것이 평생의 소원이고, 다른 사람들처럼 마이크 한번 잡고 멋지게 한 곡 부르는 것이 평생의 소원인 것이다.

내가 만난 50대 주부 역시 노래방을 단 한 번도 가본 적 없는 주부였다. 노래방뿐이 아니었다. 한글을 모르니 모든 생활이 불편할 수밖에 없었다. 외출을 하든, 모임을 가든 바늘방석이었고, 은행을 가더라도 글을 읽을 줄도, 쓸 줄도 모르니 아무것도 할 수가 없었다. 그러니 자동적으로 집에서만 생활하는 시간이 길어질 수밖에 없었다. 밖에서 처리해야 할 일과 은행 일은 모두 남편 몫이었다.

그런데 하루는 50대 주부에게 어쩔 수 없이 은행을 가야 할 일이 생겨 버렸다. 남편이 다른 지역으로 일하러 가고 없는데 타지에서 대학을 다니고 있던 아들에게 갑자기 돈을 송금해야 하는 상황이 생긴 것이다. 어쩔 수 없이 은행을 가야하는 상황에 몰린 것이다.

"아무리 생각하고 또 생각해도 어떻게 해야 할지 방법이 떠오르지 않았습니다. 그래서 생각한 것이 손에 붕대를 칭칭 감는 것이었습니다. 붕대를 칭칭 감고 손이 다친 것처럼 보이면 사람들에게 부탁하기가 쉽겠다는 생각이 들었습니다. 아니나 다를까, 붕대를 감고 있으니 창피한 것도 조금은 덜하고, 부탁받은 사람들도 선뜻 제 부탁을 들어주었습니다.

이렇게 해서 아들에게 송금을 하고 집으로 오는데 눈물이 절로 났습니다. 어쩌자고 우리 부모는 나를 한글도 가르치지 않고 이렇게 만들어놨는지 부모가 원망스러웠습니다. 그리고 다른 사람들은 모두 글도 척척 읽고, 잘도 쓰는데 왜 나만 이렇게 살아야 하나 싶어 서러웠습니다. 길거리에서 창피한 줄도 모르고 한참을 울었습니다. 그리고 불쌍한 나는 도대체 언제까지 이렇게 살아야 하는가 싶어 더 서러

왔습니다. 지금까지도 고통스럽게 살아왔는데 앞으로도 계속 이렇게 살아야 된다고 생각하니 앞이 막막했습니다. 하기야 이런 생각이 그날 처음으로 들었던 것은 아니지만 그래도 그날은 앞으로는 이렇게 살 수 없다는 생각이 다른 날보다 더 강하게 들었습니다.

다른 사람들이야 그렇게 어려운 것도 아닌데 배우면 되지 싶겠지만 글을 모르는 저에게 공부라는 것이 얼마나 무섭고, 망설여지는 것인지 아무리 설명해도 당사자가 아닌 이상 모를 겁니다. 또 나이가 80세, 90세 정도 된다면 한글을 몰라도 덜 창피하고, 워낙 그 나이에는 한글을 모르는 사람이 많다고 생각하겠지만 저는 한글을 모르기에는 너무 젊습니다. 그러니 창피한 것도 훨씬 컸습니다. 하기야 80세, 90세 정도 됐다면 한글이고 뭐고 그냥 그럭저럭 살다가 죽는다고 하지만, 저는 죽는 날만 기다리기엔 너무 젊다는 생각이 들었습니다.

그래서 한글을 배우자고 결심했습니다. 그러나 저에게 한글을 배운다는 것은 역시나 창피하고 무서웠습니다. 어디 가서 한글을 모른다고 말해본 적도 없고, 막상 이렇게 젊은 나이에 한글을 모른다고 말하면 다들 얼마나 놀랄까 싶어 많이 망설였습니다. 모두 놀란 눈으로 나를 쳐다볼 것이 더 두렵고 무서웠습니다. 그래도 '이렇게 살 수는 없다'는 생각이 다른 때보다 훨씬 강하게 들었습니다. 이렇게 생각하고 나니까 지금까지 망설이고만 있었던 세월이 너무 아까웠습니다. 진즉에 공부했다면 서럽지도 않았을 것이고, 억울하지도 않았을 것을 왜 바보같이 살았나 싶었습니다."

이런 사연으로 시작된 그 50대 주부와의 만남이 시작되었다. 우리의 만남은 한글을 정복하는 것이 목표였다. 자음, 모음부터 시작해서 차근차근 배우기 시작했고, 50대 주부는 서서히 아는 글자들이 생기기 시작했다.

그러던 어느 날 50대 주부는 피부과를 가야 할 정도로 피부에 트러블이 일었다. 한글을 모를 때는 남편 도움으로 다른 병원들은 같이 갔지만 이젠 혼자 피부과를 찾아갈 수 있을 것 같은 기분이 들었다고 했다.

"피부과를 혼자 찾아가는데 '피' 한 글자가 눈에 들어왔습니다. 그래서 저기가 피부과인가 보다 싶어 들어갔습니다. 들어가보니 세상에 그곳이 피부과가 맞았습니다. 아픈 것도 싹 잊어버리고 기분이 얼마나 좋은지 혼자 웃고 또 웃었습니다. 다른 사람들은 이상한 아줌마라고 생각했을지도 모르지만 저는 평생 글자를 보고 찾아가보기는 처음이었으니 그 기분은 온 세상을 얻은 것 같았습니다. 그리고 너무너무 행복했습니다. 사는 것에 바빠서 행복을 느낄 겨를도 없었는데 행복이 이런 것이구나 싶었습니다. 진료고 뭐고 그냥 병원을 나와도 전혀 아프지 않을 것 같았습니다. 그러나 진료를 다 받고 병원을 나서서 다시 간판을 보고 '피부과'를 읽었습니다. 그때 그 기분은 말로 표현할 수가 없습니다. 이번에 피부과를 찾아가면서 무엇이든 무서워할 것이 아니라 배우면 된다는 것을 알았습니다."

50대 주부는 피부과를 다녀온 뒤부터 한글 배우는 것을 더 재미있어하고, 더 공부에 열심이었다. 한글 배우는 것을 재미있어 하니까 실력은 날이 갈수록 좋아졌다. 그러던 어느 날 50대 주부는 한글을 몰라서 힘든 상황에 또 내몰리게 되었다.

"남편이 어제 싸움을 말리다가 출동한 경찰들과 같이 경찰서를 가게 됐습니다. 경찰서에서 전화가 와서 부랴부랴 경찰서로 갔더니 조사는 모두 끝이 나 있었습니다. 남편은 어디를 갔는지 보이지 않고 경찰관이 저를 기다리고 있었습니다. 경찰관은 제 남편 이름을 불러주면서 남편이 맞느냐고 물었습니다. 그래서 그렇다고 대답했더니 경찰관이 저한테 서류 한 장을 주면서 사인을 하라고 했습니다. 그런데 한글도 모르고 사인이라는 것도 해본 적이 없는데 어디에 사인을 하라는 것인지 알 수가 없었습니다.

그때부터 온몸이 벌벌 떨리기 시작하면서 정신이 하나도 없었습니다. 한참을 볼펜을 집지도 못하고 떨고 서 있는 제 모습이 경찰관 보기에 딱하게 보였는지 말을 걸어왔습니다. 저는 남편이 걱정돼서 떨고 있는 것이 아니라 한글을 몰라서 사인을 못하니까 그것 때문에 떨고 있는데 경찰관은 내가 남편이 걱정돼서 떨고 있는 걸로 생각했나 봅니다. 그 경찰관은 떨고 있는 저를 오히려 위로하기 시작했습니다. 경찰관은 '아무 걱정할 것 없다'면서 '남편은 그냥 싸움만 말린 것이니 사인만 하면 된다'고 했습니다.

그러나 아무것도 보이질 않았습니다. 그냥 그 자리에 앉아서 엉엉 울고 싶었습니다. 이럴 줄 알았으면 진즉에 공부할 것을 왜 지금까지 못한다고만 생각하면서 미뤘는지 내 자신이 원망스러웠습니다. 또 한편에서는 아무리 가난하고 살기가 힘들었어도 그렇다고 한글도 안 가르친 부모가 원망스러웠습니다. 한참을 벌벌 떨고 서있는데 남편이 왔습니다. 남편이 저 대신에 사인하는 것으로 하고 경찰서를 나오는데 온몸에 힘이 하나도 없었습니다."

50대 주부는 이 일이 있은 후부터 한글을 배우는 데 더욱 열심이었고, 남편도 적극 도와주었다. 그동안 한글을 몰라서 겪어야만 했던 가슴 아픈 사연과 한도 끝도 없이 떨어지는 자존감 때문에 힘들었던 눈물겨운 사연들이 차곡차곡 노트 속에 쌓이면서 한글 실력도 차곡차곡 쌓여갔다.

"사람들은 어린 시절이 추억이라며 어린 시절 이야기를 합니다. 그러나 제게 어린 시절은 생각하기도 싫은 끔찍한 기억입니다. 가난 때문에 숨죽이면서 살아야 했던 어린 시절은 생각하기도 싫습니다. 친구들이 학교에 가는 모습을 부엌에 숨어서 보면서 얼마나 울었는지 지금도 한으로 남아 있습니다. 서러운 가난이 싫었고, 다른 친구들은 모두 학교를 가는데 나는 학교를 갈 수 없다는 것이 어린 나이에는 이해가 되지 않았습니다. 그냥 학교를 보내주지 않은 부모가 밉고 원망스러웠습니다."

서러운 가난 때문에 어린 시절이고 뭐고 모두 지우개로 지워버리고 싶다던 50대 주부는 일기를 쓸 정도로 실력이 좋아졌다. 이제 간판을 보면서 어디든 찾아다닌다. 그러면서 말한다.

"부모도 못해주고, 남편도 못해주고, 자식도 못해준 것을 선생님이 해주셨습니다. 감사합니다. 선생님과 만난 것은 저에게는 큰 축복입니다. 정말 감사합니다."

뒤늦게 어려운 도전에 성공한 50대 주부에게 박수를 보낸다. 꿈을 가지고 도전하면 반드시 그 꿈이 이루어질 수 있도록 '만남'이 준비되어있다. 두려워하지 말고 또렷한 꿈을 품어보자. 또렷하고 생생한 꿈을 품기만 하면 반드시 '만남'이 찾아올 것이다. 그 '만남'을 너무 오래 기다리게 하지는 말자.

만남은
인생의 전환점이 된다

만남으로 인해서 인생의 좌우명을 가지게 되고, 그 좌우명에 따라 평생을 살았던 사람이 있다. 바로 지미 카터 미국 전 대통령이다.

지미 카터 대통령은 '나는 최선을 다할 것이다'라는 한 문장을 자기 일생의 좌우명으로 삼았다. 그래서일까? 카터 대통령은 퇴임 후에도 왕성한 봉사활동으로 오히려 재임 때보다 더 많은 칭찬을 받고 있다.

그러면 카터 대통령은 언제부터 '나는 최선을 다할 것이다'라는 좌우명을 갖게 되었을까? 그것은 카터 대통령이 해군사관학교를 졸업할 때로 거슬러 올라간다.

카터 대통령은 해군 장교로 해군사관학교를 졸업했다. 해군사관학교를 졸업하고 핵 잠수함 요원이 되기 위해서 지원했고, 면접을 볼 때였다. 면접관인 리코버 대령이 그에게 물었다.

"카터 대위, 귀관은 사관생도 시절에 공부를 잘했는가?"

"그렇습니다."

"최선을 다했는가?"

"그렇습니다."

대답을 마치고 잠시 생각하니까 항상 최선을 다한 것 같지는 않았던 지미 카터는 다시 말했다.

"항상 최선을 다한 것 같지는 않습니다."

그러자 리코버 대령이 지미 카터에게 다시 물었다.

"왜 최선을 다하지 않았는가?"

리코버 대령의 '왜 최선을 다하지 않았는가?' 이 한 마디 질문이 지미 카터의 가슴에 항상 남아 있었다고 한다. 지미 카터는 평생 이 질문을 생각하며 '나는 최선을 다할 것이다'라고 다짐했고, 최선을 다해 노력한 결과 조지아주지사로 당선됐으며 미국의 39대 대통령으로 당선되었다. 2002년에는 노벨평화상을 수상했다. 대통령 임기를 마친 후에는 세계 평화를 위해 끊임없이 노력하고 있다.

또 만남으로 인해 인생의 전환점을 맞이한 두 명의 고등학생이 있다.

1962년 백악관에서 존 F. 케네디 대통령을 만난 동양의 고등학생이 있었다. 그 동양의 고등학생은 그로부터 44년이 지난 후 우리에게 유엔사무총장이라는 이름으로 나타났다. 바로 반기문 전 유엔사무총장이다.

그보다 일 년 뒤 미국의 고등학생이 역시 백악관에서 존 F. 케네디 대통령을 만난 후 대통령의 꿈을 품게 되었고, 대통령이 되기 위해서 준비하고 노력해서 결국 빌 클린턴이라는 이름으로 우리 앞에 미국 대통령이 돼서 나타났다.

결국 이들에게 만남은 인생의 큰 전환점이 되었다. 카터 대통령은 리코버 대령을 만남으로써 평생의 좌우명을 갖게 되었고, 그 좌우명에 따라 인생의 전환점을 맞이한 것이다. 고등학생이었던 반기문 유엔사무총장과 빌 클린턴 대통령 역시 케네디 대통령을 만남으로써 인생의 전환점을 맞이하게 된 것이다.

인생에는 많은 만남이 있다. 그중에서 내 인생의 방향을 돌려놓는 전환점이 되는 만남은 과연 어떤 만남일까? 어떤 만남에서 우리의 인생이 송두리째 바뀔까? 이러한 만남은 물론 사람과 사람과의 만남일 수도 있지만, 다른 한편으로 생각해보면 책을 만남으로써 내 인생의 방향을 돌려놓는 전환점을 맞이할 수도 있다.

인생의 전환점이 되고, 인생의 방향을 송두리째 바꾸어놓는 만남은 아무리 강조해도 지나치지 않는다. 그러니 사람을 만날 때는 신중에 신중을 기해야 한다. 책도 부지런히 읽어야 한다. 책 역시 따지고 보면 사람을 만나는 일 아닌가? 더구나 책을 접하기란 참 쉽다. 그러니 책을 통해 인생을 송두리째 바꾸어놓는 전환점을 만날 수 있다는 것을 명심하자.

여기 배움의 즐거움을 만나면서 괴로운 인생에서 행복한 인생으로 바뀐 40대 후반 주부가 있다.

남편을 잘못 만나 20년이 넘는 세월 동안 괴로운 인생을 살았다는 40대 후반 주부. 남편 때문에 20년이 넘는 긴 세월을 우울증으로 보내야 했던 그 40대 후반 주부를 만난 것은 화창한 봄날이었다. 봄 햇살이 참 좋아서 햇빛 바라기를 하기에 안성맞춤인 날씨였다. 때마침 유리창 너머로 목련도 예쁘게 피어있어서 행복한 봄날이었다.

우울한 얼굴이 화창한 봄 날씨하고는 대조적인 40대 후반 주부를 교실에서 만났을 때 40대 후반 주부의 첫인상은 아주 세련된 느낌이었다. 화장을 한 것도 아니고, 그렇다고 액세서리를 한 것도 아니고, 얼굴이 예쁜 것도 아닌데 그냥 세련된 느낌이었다. 화려하지는 않지만 은근히 화려한 세련미라고 해야 할 것 같다.

그러나 40대 후반 주부는 자신이 가지고 있는 세련미와는 전혀 어울리지 않는 어두운 표정과 눈빛을 하고 있었다. 뭔가 말 못할 사정이 가슴 가득 숨어 있는 것 같은 표정이었다. 기쁨이라고는 하나도 없는 표정에는 깊은 고뇌만 담겨 있었고, 어두운 표정과 눈빛은 보는 사람으로 하여금 안쓰러움을 느끼게 했다.

어두운 표정과 눈빛을 가진 40대 후반 주부는 결석이 참 많았다. 만학도들은 늦게 시작한 공부의 즐거움을 마음껏 누리고 있었기 때문에 거의 결석이 없었다. 만학도 대부분은 어린 시절 다른 친구들이 모두 학교 갈 때 학교를 갈 수 없었던 것이 한이 되어 가슴에 남아 있었고, 이제는 누가 시켜서 공부하는 것이 아니라 자신이 배워야겠다는 강한 열망으로 공부를 시작한 사람들이기 때문에 공부를 재미있어했다.

하기야 초등학교 시절이나 중·고등학교 시절에는 어쩔 수 없이 학교를 다녀야하니까 다녔지 학교 가고 싶고, 공부가 너무 하고 싶어서 학교를 다닌 경우가 과연 얼마나 될까? 그러니 배우는 즐거움보다는 지겨움이 더 컸던 것 같다. 어쩌다 태풍이라도 와서 학교를 안 가도 되는 날에는 큰 보너스라도 받은 것처럼 기분 좋아했던 경험을 대부분 가지고 있을 것이다. 이런 생활에서 배움의 기쁨을 느낀다는 것은 어려운 일이었다. 배움의 기쁨이 아니라 시험 때마다 벼락치기 공부를 해야 하는 고통의 시간들이었다. 공부의 즐거움도 모르고, 그렇다고 학교생활을 즐겁게 보낸 것도 아닌 상태로 조금 지내다 보면 어느덧 졸업이라는 것을 했다.

그러나 만학도들은 달랐다. 배우고 싶을 때 못 배웠고, 학교 가는 친구들이 너무 부러워 공부가 한이 되어버린 만학도들이기 때문에 도전하기까지가 망설여지고 두려웠지 일단 공부가 시작이 되기만 하면 공부의 즐거움 속에 푹 빠져들었다. '늦게 배운 도둑이 날 새는지 모른다'고 했다.

자신의 인생 경험을 교과 내용에 적용해서 이해하는 것도 아주 빨랐다. 10대처럼 암기력이 좋은 것은 아니었지만 10대, 20대보다 훨씬 우수한 능력이 있었는데 그것이 바로 이해력이었다. 어지간한 내용은 자신들의 경험과 연결 지어 이해했다. 그러니 억지로 외워야하는 수업이 아니었다. 그러다 보니 공부가 재미있고 즐거웠다. 그러니 자동적으로 결석을 하려고 하지 않았다. 단, 수학은 예외였다. 여전히 수학은 앞을 가로막는 거대한 산이었다.

공부를 즐기고, 재미있어하는 만학도들은 어쩔 수 없이 바쁜 일이 겹칠 때만 결석을 했고, 평상시에는 결석이 없었다. 그런데 40대 후반 주부는 다른 만학도들에 비해 결석이 잦았다. 무슨 바쁜 일이 있었느냐고 물어보면 아무 대답이 없었다. 그러나 그것도 잠시였다. 40대 후반 주부 역시 처음에는 결석이 잦았지만 시간이 흐르고 사람들과 친해지면서 서서히 결석 횟수가 줄어들었다.

다들 살아가는 모습이 크게 다르지 않듯이 내 고민을 상대방도 똑같이 고민하고 있고, 내 가슴에 응어리인 배움에 대한 것도 다른 사람도 똑같이 가슴에 응어리로 가지고 있으니 만학도들은 빨리 친해졌다. 40대 후반 주부는 서서히 다른 사람들과 마음을 터놓고 이야기하게 되면서 자신의 고민거리도 끄집어내기 시작했다.

"남편은 결혼한 해부터 바람을 피우기 시작했습니다. 그러다 저에게 들키면 '앞으로는 절대 그런 일 없을 것이다'라며 싹싹 빌었습니다. 그러나 그것도 잠깐, 다시 바람을 피우기 시작했고 그렇게 세월이 흘렀습니다. 아이들이 태어나고, 그렇다고 이혼할 용기도 없어서 꾹 참고 살았습니다.

그러나 돌부처도 돌아앉는다는 남편의 바람기는 저를 서서히 병들게 만들었습니다. 학력이라고는 전혀 없는 제가 이혼하고 살아갈 방법은 없었습니다. 그나마 생활하는 데는 어렵지 않게 돈을 벌어다준 남편 그늘을 벗어날 수가 없었습니다.

공부를 시작하기 전에는 제가 이렇게 불행한 것은 모두 남편 때문인 줄 알았습니다. 남편이 저를 불행하게 했고, 남편이 제 행복을 깡그리 날려버렸다고 생각했습니다. 그러니 남편만 보면 화풀이를 했습니다. 제정신이 아닌 상태에서 반은 미쳐 있었습니다. 이혼은 할 수가 없고, 남편은 죽도록 밉고, 괴로운 것은 제 자신뿐이었습니다.

세월이 흐를수록 남편을 향한 미움과 증오는 남편을 죽여야겠다는 생각으로 변했습니다. 그러나 차마 그럴 수는 없었습니다.

남편을 죽일 수 없다면 방법은 하나였습니다. 제가 죽는 수밖에 없었습니다. 날마다 술을 마시고 제정신이 아닌 상태로 살았습니다. 햇빛도 싫고, 불빛도 싫고 해서 온 집안을 어두운 커튼으로 쳐 햇빛을 완전히 차단했습니다. 어두운 커튼을 낮이든 밤이든 치고 살았습니다. 집안은 언제나 어둠뿐이었고, 그 어둠 속에서 저는 술에 취해 널부러져 있었습니다. 도저히 제정신으로는 살 수가 없었습니다. 남편은 집을 얻어서 나간 상태였고, 저는 술에 취해서 세상이 어떻게 변하는지, 계절이 어떻게 변하는지도 모르고 살았습니다. 아이들이 어떻게 학교를 다니고 있는지도 전혀 관심이 없었습니다. 저는 오직 제 괴로움에 빠져 있었습니다.

몇 번이나 자살을 시도했지만 그때마다 가족들에게 발견되어 살아났습니다. 그러다 도저히 안 되겠다 싶어 여기저기 알아보고 온 곳이 여기입니다.

처음에는 그동안 술에 취해 살았던 생활을 조금이나마 정리하고 학원을 오려니까 많이 낯설었습니다. 학원도 적응하지 못하는 제 모습이나 그렇다고 졸업장도 하나 없는 제 모습이나 생각하면 생각할 수록 제가 한심하다는 생각밖에 없었습니다. 하지만 결석을 하면서도 아침에 해가 뜨면 갈 곳이 있다는 것이 서서히 위로가 됐습니다. 그렇게 시간이 지나면서 조금씩 제가 회복되고 있다는 것이 느껴졌습니다.

지금 생각해보면 남편이 죽도록 미웠던 것이 아니라 아무 능력도 없는 제가 더 미웠던 것 같습니다. 이러지도 못하고 저러지도 못하는 제 자신이 더 싫었던 것 같습니다. 그런데 그때는 그것도 모르고 온통 남편만 미워했습니다."

겨우 자신의 이야기보따리를 풀어내면서 마음을 조금씩 열어 보이던 40대 후반 주부는 갈수록 결석 횟수가 줄어들었다. 그러더니 공부에 차츰 재미를 붙이기 시작했다.

집에 가도 숙제를 하느라 술 먹을 시간이 없었고, 숙제를 해야 하니까 햇빛도 필요해서 지금까지 온 집을 무겁게 짓누르던 어두운 커튼도 걷어야 했다. 밤이 되면 여전히 낮에 못한 숙제를 해야 하니까 불을 켜야 했던 것이다.

그렇게 배움의 즐거움은 40대 후반 주부를 서서히 밝은 햇빛으로 데리고 나왔고, 그 즐거움이 드디어 중학교 졸업과정을 합격하게 했던 것이다. 이때부터 40대 후반 주부는 완전히 달라졌다. 수업하는 내내 스펀지가 물을 빨아들이듯 열정적으로 교과 내용을 알아갔고, 그럴수록 배움이 주는 즐거움을 더욱더 만끽하고 있었다.

하루는 40대 후반 주부와 나는 커피를 같이 마시게 됐다.

"선생님, 저는 지금 두 세상을 사는 것 같습니다. 공부를 시작하면서 술도 끊었고, 집에 가면 숙제하느라 바쁩니다. 여전히 남편은 바람을 피우느라 바쁘지만 그러든가 말든가 저는 저대로 바쁘게 살아가니까 서서히 젊었을 때의 생기가 돌아옵니다. 어쩌다 웃고 있는 저를 보면서 제가 놀랍니다. 웃어본 지가 언젠지 모르겠습니다. 한번씩 남편이 집에 들르는데 집에 쳐진 어두운 커튼이 걷히고 햇빛이 거실 가득 비추고, 거기서 제가 바쁘게 숙제하는 모습이 괜찮아 보였는지 집에 오는 횟수도 많이 늘었습니다.

선생님이 수업시간에 하셨던 '인생은 각자의 생각대로 사는 것'이라는 말씀이 제게는 아주 큰 울림이었습니다. 생각해보면 남편은 남편 생각대로 사는 것이고, 저는 제 생각대로 사는 것인데 남편 생각을 제 고통으로 끌고 와서 저 자신을 망치고 있었으니 한심한 노릇이었습니다. 이제는 남편 생각과 남편 인생을 내 고통으로 생각하지 않고 저는 저대로의 생각으로 제 자신의 모습을 만들어갈 겁니다. 이제 와서 생각해보니 제 고통은 남편 때문만은 아니었다는 생각이 듭니다. 어쩌면 밑바닥인 제 자존감이 저를 힘들게 했고, 중학교 학력 하나 없는 제가 미워서 더 제 자신을 괴롭혔던 것 같습니다. 그런데 제 불행이 모두 남편 때문이라고 착각하고 있었던 것 같습니다.

공부를 시작하면서 제 괴로움의 원인을 이제야 찾았습니다. 앞으로는 남편을 미워하지 않을 겁니다. 어떻게 생각하면 남편도 불쌍한 사람입니다. 항상 나는 못났다고 생각하는 저는 피해의식이 있었고, 피해의식이 조금이라도 건드려지면 괜히 남편한테 화풀이를 했던 것 같습니다. 남편도 못할 노릇이었을 겁니다. 남편 역시 아무리 저에게 이야기를 해도 말이 안 통하니 갑갑했을 겁니다.

제 생각이 바뀌고 나니 서서히 행복이 느껴집니다. 소소한 행복이 느껴집니다. 어제는 20년 만에 처음으로 아침 일찍 비 오는 창밖을 내다보았습니다. 비 내리는 거리 풍경이 너무너무 아름다웠습니다. 그래서 아름다운 나무를 보고도 감탄했고 바쁘게 걸어가는 우산을 쓴 사람들의 모습을 보면서도 감탄했습니다. 그래서 사진을 찍고, 동영상을 찍으면서 계속 아름답다고 감탄하고 또 감탄했습니다. 왜 이렇게 아름다운 세상을 볼 줄 몰랐을까요? 왜 바보같이 남편만 바라보면서 제 자신을 파괴하고 있었을까요? 창밖을 바라보며 지나간 20년을 후회했습니다. 이러니 저는 지금 두 세상을 산다고 할 수 있습니다."

남편이 바람을 피우고 다니면 괴롭지 않을 아내가 과연 몇이나 될까? 이 40대 후반 주부의 마음이 충분히 이해가 됐다. 그러나 40대 후반 주부의 괴로움은 남편의 바람기도 원인이었지만, 그 괴로움을 훌훌 벗어버릴 수 없었던 자신의 처지가 더 힘들었던 것이다. 너무 괴로운데 이러지도 저러지도 못하는 그 상황이 더욱 견디기 힘들었던 것이다. 남편에 대한 증오는 결국 자신을 상하게 하는 것으로 자기 자신을 향했던 것이다.

그러나 배움의 즐거움을 만난 후로 40대 후반 주부는 완전히 변했다. 배움의 즐거움은 남편을 변화시킨 것이 아니라 40대 후반 주부 본인을 변화시키면서 생각을 바꾸고 행동을 바꾸게 했다. 결국 배움의 즐거움은 40대 후반 주부의 인생을 송두리째 바꾸어 놓았다. 그러자 40대 후반 주부에게 아름다운 자연이 보이기 시작했고, 행복이 찾아왔다.

만남은 참 소중하다. 사람을 만남으로써 인생의 전환점이 찾아올 수도 있지만, 책과 배움을 통해서도 우리 인생이 바뀔 수 있다. 즉 공부를 열심히 하면 거기에서 오는 배움의 즐거움을 느낄 것이고, 그 즐거움은 우리 인생의 방향을 확 바꿀 수 있는 놀라운 힘을 가지고 있다는 사실을 반드시 기억하자. 40대 후반 주부가 산증인이다.

많은 사람이 당신의 삶을 스쳐 지나갑니다
그러나 진정한 친구들만이 당신 마음속에 발자국을 남기지요.
스스로를 조절하려면 당신의 머리를 사용해야 하고
다른 이들을 조절하려면 당신의 마음을 사용해야 하지요.

노여움(anger)이란 위험(danger)에서 d 한 글자가 빠진 것입니다.
누군가 당신을 처음 배신했다면 그건 그의 과실이지만
그가 또다시 당신을 배신했다면 그땐 당신의 과실입니다.
커다란 마음으로는 이상에 대해 토론하고
중간의 마음으로는 사건에 대해 토론하고
작은 마음으로는 사람에 대해 토론합니다.

돈을 잃은 자는 많이 잃은 것이며
친구를 잃은 자는 더 많은 것을 잃은 것이며
신의를 잃은 자는 모든 것을 잃은 것입니다.

아름다운 젊음은 우연한 자연현상이지만
아름다운 노년은 예술작품입니다.

어제는 역사이고, 내일은 미스터리이며, 오늘은 선물입니다.

CHAPTER 6

후회가 남지 않도록
도전하라

내 출신은 혹시 껄껄족?

숨 가쁘게 여기까지 왔다. 이제 숨 고르기를 한번 하고, 지금까지 했던 내용을 다시 한번 살펴보자.

'넓게 보고, 크게 생각하라'에서 출발해서 반드시 이루고 싶은 꿈을 가져야 한다는 것을 지나 그 꿈을 위해 준비해야 한다는 것도 알았다. 그리고 꿈을 준비하는 과정에서 선택해야 하는 것들이 무엇인지도 알았고, 꿈을 이루기 위해 만남이 중요한 것도 알았다.

여기까지 오는 데 가장 핵심은 역시 꿈이 있어야 한다는 것이다. 아직 꿈을 품지 못했다면 앞에서 이미 숙제를 받았을 것이다. 그 숙제를 열심히 하고 또 해서 빠른 시간 내에 꿈을 품어라. 꿈이 있어야 지금부터 해야 할 도전을 하는 것도 가능한 것이고, 끝까지 포기하지 않는 것도 가능한 것이다. 꿈이 왜 중요한지는 이미 강조할 만큼 강조했으니 이제는 다음 단계로 넘어가보자.

이제 모든 준비는 끝났다. 이제 남은 것은 단 하나, 도전하는 것이다. 꿈을 이루고 싶다면 당장 시작해야 한다. 그것도 후회가 남지 않도록 최선을 다해서 도전하는 것이다. 꿈을 이루는 것은 결국 도전하는 행동에서 출발한다. 아무리 원대한 꿈이라도 마음속에 품고만 있으면서 도전하지 않는다면 아무 소용이 없다. 아무런 행동도 하지 않으면서 가만히 기다리고 있으면 아무것도 되는 것이 없다.

행동으로 옮겨야 기회를 만들어갈 수 있다. 그리고 다가오는 기회를 놓치지 않고 잡을 수 있다. 결국 기회라는 것은 다른 사람이 물건처럼 선물로 주는 것이 아니라 자기 스스로 도전할 때 드디어 모습을 드러낸다.

'구슬이 서 말이라도 꿰어야 보배'라고 했다. 보배 같은 구슬을 만들려면 꿰어야 한다는 것이다. 꿰지 않은 구슬은 그냥 구슬일 뿐 보배가 되지는 못한다. 지금 꿈꾸고 있는 꿈을 보배 같은 꿈으로 만들려면 도전해야 한다. 마음속에 품고만 있는 꿈은 보배가 되지 못한 구슬일 뿐이다. 그러므로 가장 중요한 것은 행동하는 도전이다. 후회가 남지 않도록 도전하는 것이 꿈을 보배로 만드는 지름길이다.

이제 출발선 앞에 서 있다. 오직 행동만이 필요하다. 출발선을 지나가기만 하면 이루고 싶은 꿈이 나를 기다릴 것이다.

그러나 가장 힘든 부분 역시 시작 지점이다. 그래서 '시작이 반'이라고 했다. 시작만 한다면 절반을 이룬 것이나 같다는 것은 그만큼 시작이 어렵다는 것이다. 그러나 일단 시작해보라. 시작만 하면 절반을 이룬 것과 같은 가속도가 붙을 것이고, 그 가속도는 자신감을 가져다줄 것이며, 그 자신감은 다음 단계로 나아가게 하는 힘이 될 것이다.

도전을 하되 두 번 다시 돌아가고 싶지 않게, 스스로 후회하지 않도록 도전하라. 먼 훗날 오늘을 돌아볼 때 후회가 남지 않도록 도전하라. 내일부터가 아니라 오늘부터 시작이다. 다음부터가 아니라 지금부터 시작이다. 이미 꿈이, 해야 할 일이 정해졌는데 미룰 이유가 없다. 오늘도 마냥 미루고 싶은가? 그렇다면 언제까지 미룰 것인가? 내일? 모레? 아니면 언제까지인가? 계속 미루다가 결국 너무 늦어지는 것은 아닐까? 그때는 또 뭐라 변명할 것인가?

주변을 살펴보면 '껄껄족'을 자주 만날 수 있다. '껄껄족'은 '그때 도전할 걸', '그때 시작할 걸' 하는 사람들을 일컬어 내가 부르는 이름이다. '껄껄족'은 항상 후회를 꼬리표처럼 달고 다닌다. 이들은 지나가버린 기회에 대해 '껄걸' 하고만 있다가 결국은 지금 찾아온 기회도 잃어버리고, 남은 것이라고는 후회만 꼬리표로 달고 있는 사람들이다.

우리가 생각하는 것보다 '껄껄족'은 훨씬 많다. 아마 내게도 '껄껄족'이었던 때가 있었을 것이다. 그래서 지금 후회하고 있는 것이 분명 있을 것이다. 그렇다면 앞으로는 '껄껄족'으로 살지 말아야 된다.

공부도 마찬가지다. 공부를 도전하려고 했다가도 이내 돌아선 '껄껄껄족'이 있다. 이들은 자신이 '껄껄족'이 될 수밖에 없는 변명도 가지각색이다. '껄껄족'이 될 수밖에 없는 변명을 들어보면 '그도 그럴 수 있겠다'는 생각이 들 정도로 변명도 앞뒤가 딱 맞게 잘도 갖다 붙인다.

그러나 아무리 각양각색 변명을 앞뒤가 딱 맞게 갖다 붙이더라도 모든 것은 변명이고, 도전하기 싫어서 갖다 붙인 자기 자신에 대한 합리화라는 것을 단 한 사람은 알고 있다. 바로 자기 자신이다. 이것이 '껄껄족'이다.

공부에서의 '껄껄족'은 빠르면 1년 안에 다시 공부에 도전하지만, 길게는 10년이 걸리는 경우도 있다. 물론 끝까지 '껄껄족'으로 남아 있는 사람도 있다. 그러나 대체로 5년 정도 안에는 다시 공부에 도전한다. 결국 90% 정도의 '껄껄족'은 시간 차이가 있을 뿐 다시 자신의 꿈을 향해 방향 전환을 한다.

그러니 지금 도전하지 않고 '껄껄족'으로 남는다면 아까운 시간만 흘려보내고 먼 훗날 다시 꿈이 생각나게 되어 있다. 다시 꿈이 생각날 때 그 꿈을 향해 도전할 수 있는 상황이라면 좋겠지만 그렇지 못한 경우라면 평생 '껄껄족' 출신으로 남게 된다.

이들 '껄껄족'은 수업을 받는 도중에도 처음 공부하고 싶은 마음이 있을 때 공부를 시작하지 않은 것을 계속 후회한다. 이들은 '그때 도전을 했으면 지금쯤 대학까지 모두 마쳤을 걸', '한 살이라도 빨리 도전했으면 조금이라도 쉬웠을 걸', '아무 한 것도 없이 시간만 버리지는 않았을 걸'이라고 말한다.

지금 당장 시작하지 못하는 이유가 무엇인가? 지금 당장 도전하지 못하는 이유가 무엇인가? 모든 것은 도전하기 싫고, 시작하기 싫은 변명에 지나지 않는다. 그렇다면 오늘도 '껄껄족'으로 살 것인가?

1820년대 로스차일드 은행이 유럽에서 크게 성공한 직후였다. 은행장은 유능한 부하 직원 몇 명을 불렀다.

"미국에 진출할 계획인데 떠날 준비를 하는 데 시간이 얼마나 걸리겠나?"

그러자 대부분의 직원은 한참 생각하더니 열흘 정도 걸릴 거라고 대답하거나 "아무리 서둘러도 3일 후에야 떠날 수 있겠습니다"라고 대답했다.

그런데 단 한 명의 직원만은 "지금 곧 떠나겠습니다"라고 대답했다. 은행장은 말했다.

"좋아, 당장 떠나게. 자넨 지금 이 순간부터 샌프란시스코 지점장일세."

이 직원의 이름은 줄리어스 메이로 후에 샌프란시스코 최대 갑부가 된 사람이다. 자신의 꿈을 이루는 사람의 공통된 특징 가운데 하나는 이렇게 당장 시작한다는 것이다. 무언가를 진정으로 이루고 싶으면 꿈이 무엇이든 지금 당장 시작하자.

꿈이 없다면 기회가 오는지, 지나가는지도 모르지만 이미 꿈이 있다면 기회는 내 것이 될 것이다. 이미 모든 것이 준비되어 있는데 도전하지 못할 이유가 없다. 최선을 다해서 도전해보자. 그래야 후회가 남지 않는다. 세계는 넓고 우리가 할 일은 수도 없이 많다. 할 수 있다는 의지를 가지면 무엇이든 할 수 있다.

그리고 중요한 것은 우리 속에 무엇이든 할 수 있는 '한국인의 피'가 흐르고 있기 때문에 우리는 시작만 하면 무조건 할 수 있게 되어 있다는 것이다. '한국인의 피'가 어떤 피인가? 일제 식민지와 한국전쟁의 폐허에서도 한강의 기적을 만들어낸 불굴의 도전정신이 깃든 피다. 이 피를 물려받은 우리는 할 수 있다. 전 세계 모든 민족이 할 수 없어도 우리는 할 수 있다. 그것이 우리가 물려받은 피의 저력이다.

도전하지 못하는 가장 큰 이유는 무엇인가? 내일이 두려운가? 아직 시작도 안 했는데 실패를 두려워하는가? 혹시 지난날 도전했다가 실패한 경험이 있는가? 그 실패한 경험이 자신을 끝까지 붙들고 늘어지는가?

오프라 윈프리는 우리에게 말한다.

"할 수 없을 것 같은 일을 하라. 실패하라. 그리고 다시 도전하라. 이번에는 더 잘해보라. 넘어져본 적이 없는 사람은 단지 위험을 감수해본 적이 없는 사람일 뿐이다. 이제 여러분 차례다. 이 순간을 자신의 것으로 만들라."

두려워하지 말라. 아무 걱정도 하지 말라. 실패한 경험이 있었다면 그것은 실패가 아니라 경험을 하나 얻은 것뿐이다. 그 경험을 토대로 다시 시작하자. 그리고 이번에는 더 잘해보자. 이미 넘어져본 경험이 있으니 이번엔 더 잘할 수 있다. 그러면 꿈꾸고 있는 꿈이 결국 내 것이 될 것이다.

한 발 한 발 앞으로 나아가자. 지금 내 현실과 내가 처한 상황은 전혀 중요하지 않다. 꿈을 향해 나아가기만 하면 된다.

전국시대 대학자 순자(荀子)는 "아무리 가까운 거리라고 해도 걷지 않으면 도달할 수 없고, 아무리 간단한 일도 실천하지 않으면 이루지 못한다"고 했다.

오늘도 소중한 시간이 흘러가고 있다. 오늘 당장 시작하자. 도전하자. 오늘부터 시작하는 도전이 자신의 인생에 평생 기둥이 될 것이다. 도전해야 성공을 거머쥐게 된다. 설령 성공을 거머쥐지 않더라도 적어도 후회는 없을 것이다. 가만히 앉아서 아무것도 도전하지 않고 성공했다는 사람은 이 세상에 단 한 사람도 없다.

설마 어제와 똑같이 살면서 다른 미래를 기대하는가? 그렇다면 정신병 초기 증세라고 아인슈타인은 말한다.

"어제와 똑같이 살면서 다른 미래를 기대하는 것은 정신병 초기 증세이다."

천리 길도
한 걸음부터 시작된다

어느 날 한 사냥꾼이 사냥을 하다가 매의 알을 주웠다. 사냥꾼은 그 알을 집으로 가지고 와서 암탉이 품고 있는 달걀 속에 함께 놔두었다. 시간이 얼마쯤 지나자 새끼 매와 병아리가 함께 부화했다. 함께 부화한 새끼 매와 병아리들은 암탉의 보살핌으로 즐겁게 지냈다.

암탉은 병아리들과 똑같이 새끼 매를 가르쳤다. 새끼 매는 병아리들과 함께 닭이 되기 위한 여러 가지 방법을 익혔다.

그런데 간혹 그들이 생활하는 곳의 하늘에는 매가 날고 있었다. 그때마다 새끼 매는 하늘을 날고 있는 매를 보고 말했다.

"나도 하늘을 날면 얼마나 좋을까. 언젠가는 나도 저렇게 날아보고 싶다."

하지만 암탉은 새끼 매가 그렇게 말할 때마다 타일렀다.

"넌 병아리야. 날고 싶어도 날 수가 없단다."

다른 병아리들도 덩달아 말했다.

"맞아, 맞아. 우리는 병아리일 뿐이야. 저렇게 높이 나는 건 불가능해."

결국 새끼 매는 다른 병아리들 말처럼 자신 역시 영원히 높이 날 수 없을 거라 믿게 되었다.

그 후로 새끼 매는 하늘을 날아가는 매를 볼 때마다 스스로 자신을 타일렀다.

'나는 병아리일 뿐이야. 나는 저렇게 높이 날 수 없어.'

결국 새끼 매는 죽는 날까지 한 번도 날아보지 못했다.

병아리 속에 묻혀 지내던 새끼 매는 자신이 어떤 잠재력을 가지고 있는지도 모르고 살았다. 새끼 매는 하늘을 날고 싶다는 꿈만 품었지 실제로 하늘을 나는 것에는 도전하지 않았다. 그러니 새끼 매는 죽는 날까지 하늘을 한 번도 날아보지 못하고, 꿈만 품은 채로 끝나버렸다. 그리고 꿈이 생각날 때마다 자신은 병아리일 뿐이라고 스스로 현실을 일깨우면서 꿈을 지나쳤다.

만약 새끼 매가 자신이 품었던 꿈대로 하늘을 나는 것에 도전했다면 어떻게 되었을까? 병아리라는 현실의 울타리를 과감하게 벗어던지고 하늘을 나는 것에 도전했다면 처음에는 많이 넘어지고, 힘들었을 것이다. 그러나 계속 넘어지고, 계속 힘들었을까? 새끼 매에게는 이미 하늘을 멋지게 날 수 있는 잠재력이 있었는데 계속 넘어지고만 있었겠는가?

아마도 넘어지는 힘든 과정이 조금만 지나면 그가 품었던 꿈처럼 멋지게 하늘을 나는 매의 잠재력을 그대로 발휘했을 것이다. 새끼 매가 가진 잠재력은 하늘을 멋지게 날 수 있는 것이었다. 그러나 불행하게도 새끼 매는 자신이 품은 꿈보다 자신이 처한 환경과 병아리들의 이야기에 갇혀 자신이 하늘을 나는 것은 불가능하다고 여겼다. 다른 매들처럼 하늘을 나는 것은 자신의 능력 밖이라고 생각하고 아예 도전조차 하지 않았다. 그리고 자신의 커다란 잠재력을 끝까지 발견하지 못하고 '안 된다'는 벽에 막혀 스스로 좌절하고 포기해버렸다.

결국 새끼 매는 평생 하늘을 나는 다른 매들을 부러워하면서 지낼 수밖에 없었다.

어쩌면 지금 우리 상태를 그대로 보여주는 이야기라는 생각이 들지 않는가? 우리도 새끼 매처럼 커다란 잠재력이 우리 속에 숨어 있는데도 스스로 내게는 아무 능력이 없다고 자신에게 이야기하고 있지는 않은지 돌아봐야 한다.

우리가 볼 때 자신의 잠재력을 알아차리지 못한 새끼 매가 참으로 안타깝게 느껴진다. 그러면 나는 어떤가? 내 자신이 안타깝다고 생각한 적은 없는가? 나는 아무런 능력도 없는 사람이라는 잘못된 생각을 심어주는 주변 환경과 주변 사람들 이야기에 갇혀서 살고 있는 것은 아닌가? 그래서 죽는 날까지 날아다니는 매를 부러워만 했던 새끼 매처럼 성공한 사람만 계속 부러워만 하다가 이대로 끝낼 것인가?

현실을 바라보지 말자. 누가 무슨 말을 하든지 신경 쓰지 말자. 우리가 도전만 한다면 도대체 우리에게 불가능한 것이 무엇이란 말인가? 무한대의 잠재력을 가지고 있는 우리가 왜 불가능하다는 것인가? 도전해보지도 않고 스스로 불가능하다고 한계를 짓는 이유가 무엇인가? 내 안에 숨어 있는 잠재력을 깨닫지 못하고 언제나 하늘을 나는 매를 부러워했던 새끼 매처럼 언제까지 성공한 사람들을 부러워만 하고 있을 것인가?

큰 성공을 거두고, 위대한 일을 한 사람들은 태어날 때부터 우리와 다르게 위대하게 태어났고, 우리가 가지지 못하는 특별한 능력을 가지고 있었던 것이 아니다. 그렇다고 우리와 다른 특별한 어린 시절을 보낸 것도 아니다.

큰 성공을 거두고, 위대한 일을 했던 사람들은 자신이 꿈꾸는 꿈을 위해서 한 걸음씩 나아갔고, 한 걸음씩 나아가다 보니까 시간이 흐를수록 그 노력이 쌓이면서 나중에는 한 걸음도 나아가지 않는 사람과 엄청난 차이를 만든 것이다. 이들이 처음 시작한 한 걸음은 작은 시작에 불과하지만 그 결과는 엄청나게 다를 수밖에 없다. 결국 품은 꿈을 이루는 비결은 한 걸음부터 도전을 시작하는 것이다.

내 인생을 바꿀 수 있는 사람은 오직 나 한 사람뿐이다. 아무도 나를 대신해줄 수 없다. 아무도 내가 가진 능력을 내 속에서 현실로 끌어낼 수 없다. 내가 해야 한다. 그러니 성공하고 싶다면 두려워하지 말고 일단 한 걸음부터 내딛자.

'천리 길도 한 걸음부터 시작된다'고 했다. 어렵다고 생각되는 것이 있는가? 그러나 아무리 어려워 보여도 한 걸음을 내딛으면 신기할 정도로 다음에 가야 할 길이 보일 것이다.

등산을 가보면 산 입구에서 정상을 바라보면 길은 하나도 보이지 않고 까마득하다. 도대체 어디에 길이 있어서 저 높은 정상까지 등산을 할 수 있는 것인지 알 수가 없다. 그러나 입구 안내판을 보고 그 길을 따라 한 발자국씩 올라가다 보면 신기하게 길과 길이 연결되면서 정상으로 가는 길이 자꾸 나타난다. 그러나 나무로 덮인 산을 입구에서 보면서 길이 없다고 등산을 포기한다면 평생 정상까지 등산하기는 어렵다.

한 걸음이 어려울 뿐이지 한 걸음을 내딛고 나면 천리 길도 갈 수 있다. 도전하자. 후회가 남지 않도록 최선을 다해서 한번 부딪쳐 보자. 우리의 뜨거운 가슴에 꿈을 품기 시작한 이상 도전만 한다면 반드시 꿈은 이룰 수 있다.

창공을 향해 멋지게 날아오르자. 우리 속에는 창공을 향해 꿈을 펼칠 수 있는 무한대의 잠재력이 있다. 이제 그 잠재력을 마음껏 펼쳐보자. 그러나 여기에서 꼭 기억하고, 조심해야 할 것이 있다. 바로 작아 보이는 소소한 것들이라도 함부로 생각하면 안 된다는 것이다. 작고 하찮아 보이는 일이라도 반드시 집중하면서 큰 꿈을 품어야 한다. 비록 지금 당장은 하찮아 보이는 일이라 하더라도 지금 내가 할 수 있는 작은 일에 집중하면서 미래를 위한 꿈을 품고 정성을 다해야 이루고자 하는 일을 이룰 수 있다. 즉 작은 일을 시작해야 큰 결과도 만들 수 있다. 작은 것을 이루지 못하면 큰 것도 이룰 수 없다는 것을 기억하자.

아무리 높은 산도 작은 흙에서 시작했고, 큰 나무도 조그마한 씨앗에서 시작했다. 그러니 작은 것을 소홀하게 여기지 말자. '오늘 하루쯤이야', '이 정도쯤이야' 하면서 흘려보내지 말자. 오늘 하루쯤이라고 생각한 작은 것이 내일이 되고, 오늘과 내일이 모여서 결국 1년이 되고, 10년이 되면서 인생 전체가 된다.

〈중용〉 23장은 작은 일을 왜 소중히 여겨야 하는지 잘 말해준다.

'작은 일도 무시하지 않고 최선을 다해야 한다. 작은 일에도 최선을 다하면 정성스럽게 된다. 정성스럽게 되면 겉에 배어 나오고, 겉에 배어 나오면 겉으로 드러나고, 겉으로 드러나면 이내 밝아지고, 밝아지면 남을 감동시키고, 남을 감동시키면 이내 변하게 되고, 변하면 생육된다. 그러니 오직 세상에서 지극히 정성을 다하는 사람만이 나와 세상을 변하게 할 수 있는 것이다.'

〈중용〉 23장 내용은 나를 변하게 하고, 세상을 변하게 하려면 작은 일도 무시하지 말고 최선을 다해야 한다는 것이다. 그래야 그 정성이 겉에 배어 나오면서 밝아지고, 남을 감동시키며 그 감동이 나와 세상을 변하게 할 수 있는 힘이 된다는 것이다.

기억하자. 작은 일도 무시하지 말고 최선을 다해야 한다. 세상의 아무리 큰일도 작은 시작에서 출발했다. 만약 작은 시작이 없었다면 큰일은 이룰 수 없었다. 천리 길을 가려면 반드시 한 걸음부터 시작해야 한다.

천리 길을 한 걸음부터 시작한 사람이 있다. 바로 나병환자이면서 눈까지 멀게 된 스텐리 스타인이다. 그는 〈이제는 외롭지 않다〉라는 책으로 많은 미국인들에게 용기를 준 작가다.

스텐리 스타인은 32세에 한센병으로 눈까지 완전히 멀어 앞을 볼 수 없는 절망적인 상태가 되었다. 시간이 지날수록 그의 병은 나을 기미가 보이지 않았다. 그는 자신의 처지를 비관하면서 모든 것을 포기한 채 절망할 수밖에 없었다.

그러던 어느 날 그는 문득 '내게 남은 것을 가지고 무엇을 할 수 있을까?'를 생각하게 되었다. 그리고는 자신에게 무엇이 남아 있는지 하나씩 손꼽아 보았다. 그랬더니 아직도 참 많은 것이 남아 있음을 알게 되었다. 특히 건강한 정신이 남아 있다는 것을 깨달았다. 그때부터 그는 그 건강한 정신으로 작가가 되기로 마음먹었다.

그는 작가가 되기 위해 열심히 노력했다. 그 결과 〈이제는 외롭지 않다〉라는 책을 쓰게 되었다. 그는 평생 책을 쓰고, 음악을 들으면서 즐겁게 살았다. 사람들이 그 비결을 묻자 그는 이렇게 대답했다.

"나는 내가 잃어버린 것을 슬퍼하거나 불행하다고 생각하지 않습니다. 대신 내가 아직도 가지고 있는 것들로 무엇을 할 것인가를 생각하고, 나의 능력을 최대한 활용해서 내가 할 수 있는 것을 했을 뿐입니다."

지금 내게 있는 작은 것을 발견하고, 그것들을 최대한 활용해서 내가 할 수 있는 것이 무엇인지 고민해보자. 내가 시작할 수 있는 작은 것에 집중하면서 천리 길을 위해 오늘 한 걸음을 내딛자. 우리는 할 수 있다.

암 선고 앞에서도 울지 않았던
60대 후반 주부의 눈물

암 선고 앞에서도 울지 않았던 마른 체격의
60대 후반 주부는 추운 겨울보다는 더운 여름을 더 좋아했다. 그녀는
옷을 아무리 두껍게 껴입고, 두꺼운 내복을 꼼꼼히 챙겨 입어도 매서
운 겨울바람이 살 속으로 파고들어 온몸을 꽁꽁 얼게 만든다며 겨울
을 몹시 싫어했다. 이 주부는 보통 사람들은 그다지 춥다고 느끼지 않
는 날씨에도 굉장히 추위를 탔다. 거기에다가 초겨울부터 시작해서
겨울 내내 그녀를 괴롭히고 초봄이 되어서야 겨우 진정이 되는 감기
역시 이 주부에게는 골칫거리였다. 그만큼 60대 후반 주부에게 겨울
은 강적이었다.

그러나 그녀는 겨울나기는 힘들어했지만 여름은 그다지 힘들어하

지 않고 났다. 이 주부는 어지간한 더위 정도는 거뜬히 이길 수 있을 만큼 더위를 타지 않았다. 다른 사람들이 모두 덥다고 반팔을 입고 다니고, 뉴스에서는 연일 기록적인 폭염이라는 보도를 해도 이 주부에게는 그런 더위쯤은 아무렇지도 않았다. 그래서 여름에도 좀처럼 반팔을 입지 않았고 한여름에도 긴팔에 긴바지를 입었으며 양말도 꼬박꼬박 챙겨서 신었다.

간혹 이 주부와 같이 간식이나 밥을 먹어보면 마른 체격답게 먹는 양도 아주 적었다. 건강을 위해서 소식을 하나 싶을 정도로 먹는 양이 적었다. 조금 더 먹으라고 권하면 '다 먹었다'며 더 이상 먹으려고 하지 않았고, 먹는 것에는 도통 욕심이 없어 보였다.

그러나 공부는 정반대였다. 60대 후반 주부는 중학교 검정고시 시험을 보기 위해서 공부를 시작했는데, 공부에는 욕심이 대단했다. 그러니까 초등학교는 졸업을 했고, 이제 중학교와 고등학교 졸업과정 시험을 통과하면 꿈에도 그리던 대학에 진학할 수 있었다.

그런데 하필이면 60대 후반 주부가 공부를 시작한 계절이 자신이 그토록 싫어하는 겨울이었다. 굳이 추운 날씨가 아니더라도 초등학교를 졸업하고 50년이 넘는 세월이 흐른 뒤에 시작하는 공부는 처음부터 어려울 수밖에 없었다. 그런데 엎친 데 덮친 격으로 추운 날씨까지 이 주부를 힘들게 했다. 결국 이 주부는 공부를 시작하는 때부터 힘들어했다.

그러나 60대 후반 주부는 추운 겨울은 무척이나 견디기 힘들어하면서도 공부에 대한 열정은 추운 날씨쯤은 거뜬히 이기기도 남을 정도로 대단했다. 매일 일찍 와서 반드시 앞자리에 앉아 수업을 받았고, 비가 와도, 눈이 와도, 태풍이 와도, 감기에 걸려서 아무리 힘들어도 이 주부에게 결석이라는 것은 없었다. 오히려 옆에 있는 사람들이 몸이 아플 때는 조금 쉬면서 공부하라고 다독일 정도였다. 마른 체격이 걱정되는 것은 옆에 있는 사람들이었지 정작 60대 후반 주부는 생기가 넘쳤다.

아무리 혹독한 추위와 영하로 내려가는 날씨도 이 주부의 공부에 대한 열정을 막을 수는 없었다. 그뿐만이 아니었다. 60대 후반 주부는 그날 수업한 것은 꼭 그날 이해하고 넘어가려고 애를 썼다. 영어는 한글로 토를 달아서 통째로 외우려고 노력했고, 이 주부에게도 변함없이 외계인 언어인 수학은 이해가 되든지 안 되든지 상관하지 않고 워낙에 숙제를 잘했다. 그 결과 수학도 서서히 정복해 나갔다. 어마어마한 숙제 역시 완벽하게 해냈다.

그녀는 추운 겨울 내내 감기 때문에 고생했지만 오직 정신력으로 버티고 있는 듯이 보였다.

그러나 영원히 계속될 것 같았던 혹독한 추운 겨울 날씨도 서서히 풀리면서 봄이 오기 시작했다. 따뜻한 봄 햇살이 기분 좋게 느껴지던 어느 날 그녀는 자신의 어린 시절 이야기보따리를 풀어냈다.

"저는 어렸을 때부터 일을 하면 야무지게 잘했습니다. 일을 하고 나면 부모님도 칭찬을 했지만 동네 사람들도 칭찬을 자주 했습니다.

그러나 일을 야무지게 잘하는 것은 좋은 것이 아니었습니다. 결국 부모님은 제가 일을 잘한다는 이유로 언니와 오빠들 그리고 동생들은 다 중학교를 보내면서 저는 일 시키려는 욕심으로 중학교에 보내지 않았습니다.

자식을 모두 가르치기에는 생활이 어려웠고, 누군가는 들로 일 나가시는 부모님을 대신해서 집에서 밥하고, 빨래하고 집안의 잡다한 것들을 맡아서 일할 사람이 필요했는데 부모님 입장에서는 제가 마땅했던 겁니다.

초등학교를 다니면서도 일을 하기 시작한 것이 초등학교를 졸업하면서부터는 집안일은 거의 제가 도맡아서 했습니다.

어린 마음에 학교가 얼마나 가고 싶었는지 많이 울었습니다. 책가방을 들고 학교에 다니는 친구들을 만날까봐 일부러 집 밖에는 거의 나가지 않고 집에만 있었습니다. 학교가 얼마나 가고 싶었으면 그때부터 시작해서 60이 넘은 지금까지도 간혹 책가방 들고 학교 가는 꿈을 꿉니다. 책가방을 들고 학교에 도착하면 꿈속이지만 얼마나 행복한지 큰 소리로 웃다가 꿈을 깨기도 합니다. 꿈을 깨고 나면 너무 허무해서 실제로 막 울었습니다. 그때는 학교를 보내주지 않은 부모님도 많이 원망했습니다. 그래도 제가 순해서 그랬는지 부모님에게 크게 반항하지 않고 부모님이 시키는 대로 일하고 살았으니 제가 생각해도 참 대견합니다.

그때는 살림이라고 해봤자 겨우 밥이나 먹고 살 정도로 가난했는데 제가 워낙 야무지게 일을 잘해서 그런지 집안 형편이 차츰차츰 좋아지더니 제가 시집갈 정도 됐을 때는 제법 집안 형편이 풀려서 재산도 모였습니다.

제가 워낙 뭐든지 야무지게 잘한다고 소문이 나니까 제 나이가 아직 어린데도 여기저기서 일찍 중매가 들어왔습니다. 부모님은 조금 더 도와주기를 바라셨지만 저는 집도 싫고, 부모님도 싫어서 그냥 시집가겠다고 우겼습니다.

제가 시집간다고 하니까 동네 사람들 모두 우리 집 살림기둥이 뽑혀 나간다면서 우리 집을 걱정했습니다. 그러나 이런 것들이 저에게는 하나도 상관이 없었습니다. 그때는 얼른 집을 떠나는 것이 목적이었습니다.

그렇게 일찍 시집을 갔는데 일 잘하는 사람한테는 일복이 떠나지 않는지 시집을 가서도 혹독한 시집살이가 기다리고 있었습니다. 시어머니의 혹독한 시집살이에 얼마나 힘들었는지 살이 쭉쭉 빠지더니 급기야는 뼈만 남게 되었습니다. 거의 매일을 눈물로 살았습니다.

그런데 어느 날 몸이 좀 이상했습니다. 병원에 가서 진료를 받아보니 위암이라며 되도록 빨리 수술을 하는 것이 좋다고 했습니다. 위암이라는 의사 선생님 말에 그런가보다 하면서 그렇게 놀라지도 않았습니다. 놀라지도 않았는데 눈물이 날 일이 없었습니다. 하나도 울지 않았습니다. 지금도 암은 무서운 병이지만 제가 위암 선고를 받을 때만 해도 지금보다 더 무서웠습니다. 그런데 이상하게도 눈물 한 방울

이 안 났습니다.

수술 날짜를 받고, 병원에 입원을 하면서도 담담했습니다. 수술로 위 절반을 잘라냈습니다. 워낙에 먹는 양이 적었는데 위암 수술 후에는 먹는 양이 더 줄었습니다. 지금 생각해도 위암 선고를 받으면서도 눈물 한 방울 흘리지 않았다는 것이 이상합니다."

그때서야 60대 후반 주부가 왜 그렇게 적게 먹었는지 이해가 됐다. 어린 나이에 얼마나 일을 야무지게 잘했으면 집안일을 도맡아서 했는지 대견하기도 하면서 중학교를 가고 싶어 했던 어린 여자아이가 생각나서 콧날이 시큰거렸다. 그리고 어떻게 암을 선고받았으면서도 끝까지 눈물 한 방울 흘리지 않았는지 그것도 대단하다는 생각이 들었다.

겨울 내내 추위와 감기도 묵묵히 참아내면서 열정적으로 공부하던 60대 후반 주부는 따뜻한 봄이 되자 곧 다가올 시험을 대비해서 더 힘을 냈다. 시험을 대비해서 수업시간마다 내주는 숙제 역시 미루거나 건너뛰는 일이 없었을 뿐 아니라 그날 수업했던 내용도 모두 베껴 쓰는 열정도 보였다. 그러는 과정에서 어깨가 아파서 병원을 다니기는 했지만 곧 현실이 될 꿈을 위해서는 아랑곳하지 않았다. 꿈속에서도 가방을 들고 학교를 갔던 어린 소녀의 꿈은 이제 곧 현실이 되어 그 모습을 드러낼 것을 기대하고 있었다.

드디어 원서접수 날이 되었다. 60대 후반 주부는 약한 체격으로 겨울을 힘들게 견디면서도 열심히 공부했기 때문에 원서접수를 한다고 하니까 오히려 좋아했다. 어린 시절부터 그토록 꿈꾸던 꿈이 조금만 더 힘을 내면 현실이 되어 눈앞에 펼쳐진다고 생각하니 즐겁다면서 더 열정적으로 공부에 파고들었다.

중학교 과정 원서접수를 하려면 최종학력증명서가 필요했다. 즉 초등학교 졸업증명서가 필요했다. 드디어 어느 날 60대 후반 주부는 자신의 꿈이 실현될 순간을 기다리며 설레는 마음으로 최종학력증명서인 초등학교 졸업증명서를 발급받기 위해 집 근처에 있는 학교에 갔다. 60대 후반 주부는 자신이 졸업했던 초등학교 이름과 지역을 알려주었다.

이 주부는 중학교도 못 가게 된 처지에 굳이 초등학교 졸업식에는 가서 뭐 하겠는가 싶어 초등학교 졸업식에도 가지 않았고, 졸업장을 대신 받아다 준 친구도 없었다. 60대 후반 주부에게 초등학교는 50년이 넘는 세월 동안 이 주부의 기억에서만 살아있었고, 졸업장 하나 초등학교를 졸업했다는 증거로 가지고 있지 않았던 것이다.

초등학교 이름을 말해주자 행정실 직원은 60대 후반 주부가 말해준 초등학교를 찾아냈다. 그러나 60대 후반 주부의 즐거움과 설레는 마음은 그리 길지 않았다. 이 주부가 졸업한 해당 연도 졸업생을 아무리 찾아도 이 주부의 이름은 없었다. 그럴 리가 없다며 찾고 또 찾았지만 여전히 이 주부의 이름은 없었다. 결국 60대 후반 주부는 초등학교 6학년 마지막 월사금을 내지 않아서 졸업이 안 된 것을 알게 되었다. 지금으로 말하면 마지막 수업료를 내지 않아서 졸업 처리가 되지 않은 것이었다.

서류를 준비하러 간 60대 후반 주부는 다음 날 힘없는 모습으로 일찍 왔다. 그러고 보니까 잠도 못 잤는지 얼굴도 부어 있었다.

"앞이 캄캄하니 아무것도 보이지 않았습니다. 행정실 선생님이 뭐라고 하는데 하나도 들리지 않았습니다. 무슨 정신으로 학교를 나왔는지 기억이 나질 않습니다. 겨우 학교 정문을 나오자 눈물이 쏟아졌습니다. 학교 담에 기대서서 엉엉 소리 내서 울었습니다. 가슴이 미어지는 것 같았습니다. 하늘이 원망스럽고, 그동안 살아온 세월이 한스러웠습니다. 집안 형편이 아무리 어려워도 그렇지 어떻게 월사금을 내지 않아서 저한테 초등학교 졸업장 하나 없게 하는지 부모님이 원망스러웠습니다. 형제들을 대신해서 일했던 세월이 한스러웠고, 그렇다고 마지막 월사금 하나 안 냈다고 졸업 처리를 안 해준 학교도 원망스러웠습니다.

울고 또 울었습니다. 시집살이가 아무리 혹독해도 울지 않았고, 무섭다는 암 앞에서도 울지 않았는데 초등학교 졸업장이 없다는 사실 앞에서는 통곡했습니다. 저한테는 혹독한 시집살이와 암 선고보다도 더 힘들고 가슴 아픈 순간이었습니다. 어렸을 때부터 60이 훨씬 넘는 세월 동안 가슴에 사무친 한이었는데 이렇게 주저앉아야 하나 싶어 눈물만 흘렸습니다."

이야기를 하는 동안에도 밤새 얼마나 울었는지 부은 얼굴 위로 다시 눈물이 흘렀다. 슬퍼하던 60대 후반 주부의 표정이 지금도 바로 앞에서 보는 것처럼 생생하다.

어떤 어려움 앞에서도 울지 않았던 이 주부를 울게 했던 초등학교 졸업장은 원서접수를 중학교가 아니라 초등학교 검정고시 시험으로 응시하면서 드디어 합격증으로 대신했다. 그 이후로도 60대 후반 주부는 얼마나 열심히 공부를 했는지 얼마 지나지 않아서 중학교, 고등학교 검정고시까지 모두 합격해서 활짝 웃는 모습으로 학원을 졸업했다.

60대 후반 주부는 고등학교 합격증을 받으면서 이젠 공부에 아무 후회가 남지 않을 만큼 열심히 공부했다면서 이제는 공부 못한 설움으로 울지 않을 것이라고 했다. 더 이상 다른 사람들 앞에서도 기죽지 않을 것이라고 했다.

초등학교에서 고등학교까지 아무 학력이 없을 때는 다른 사람들이 어디 학교 졸업했느냐고 물어보는 사람도 많았는데 이제 고등학교까지 다 합격하고 나니까 물어보는 사람도 없다며 호탕하게 웃었다.

후회가 남지 않도록 열정적으로 도전하는 모습은 옆에서 지켜보는 사람도 행복하게 하면서 같이 열정적으로 도전하게 하는 힘을 공급해준다. 60대 후반 주부는 고등학교 합격증을 받으면서 내게 감사하다고 했지만 오히려 감사해야 할 사람은 그 주부가 아니라 나였다. 2년 넘게 같이 공부하면서 열정적으로 공부하는 그 주부의 모습에 내가 얼마나 행복했는지 모른다. 그러니 감사할 사람은 그 주부가 아니라 바로 나였던 것이다. 그래서 성공하고 싶으면 성공한 사람들과 만나고, 행복하고 싶으면 행복한 사람들과 만나고, 공부를 잘하고 싶으면 공부를 잘하는 사람들과 만나야 한다. 이들이 가지고 있는 에너지가 곧 내게로 와서 나도 그들과 같아지기 때문이다. 성공하고 싶은 꿈을 품었더라도 실패한 사람들을 만나면 나도 같이 주저앉게 되는 이유도 여기에 있다.

결국 60대 후반 주부는 어린 시절부터 가슴에 한으로 남아 있던 공부에 대한 아쉬움을 털어냈다. 꿈속에서도 책가방을 들고 학교를 가는 꿈을 꾸던 60대 후반 주부는 고등학교 검정고시 시험을 합격하고 난 후로는 그 꿈은 꾸지 않는다고 말했다.

꿈을 품었다면 적어도 그 꿈을 위해서 도전하되 60대 후반 주부처럼 후회를 남기지 말라. 마음속에 품었던 생생한 꿈을 더 이상 꿈속에서도 만나지 않게 열정적으로 최선을 다해 도전하라.

333 실천 전략

이제 가슴속에 품은 꿈을 어떻게 실천해야 하는지 그 방법을 한번 살펴보자. 그보다 먼저 우리가 생각해봐야 할 것이 있다.

나는 그동안 성공한 사람들이 쓴 많은 책을 읽었고, 그들이 들려준 많은 이야기를 들었다. 그러는 동안 성공한 사람들의 이야기는 모두 다른 것 같지만 그들이 성공하기 위해서 실천했던 은밀하게 숨겨진 공통된 비법들을 발견하게 되었다. 사실 그들에게는 공통된 성공의 법칙이 있었다.

처음에는 안갯속처럼 성공에 대해 막연했지만 그들의 책과 이야기를 통해 성공 실천 전략은 생각보다 간단하다는 결론을 얻었다. 모래와 다이아몬드가 섞여 있는 것을 체로 쳐서 모래는 흘려보내고 마지막에는 다이아몬드만 건진 것과 같은 것이었다.

성공한 사람들이 실천한 공통된 성공의 법칙은 생각보다 간단했다. 다만 성공한 사람들은 그 간단한 방법을 간단하다고 무시하지도, 중단하지도 않고 성공할 때까지 계속 실천했다.

성공한 사람들과 성공하지 못한 사람들의 차이는 바로 여기에 있었다. 성공한 사람들은 이 간단하고도 간단한 방법들을 귀하게 생각하면서 끊임없이 실천하며 차근차근 도전해나갔다. 그러나 성공하지 못한 사람들은 너무 간단한 이런 방법들이 성공을 가져온다는 것을 믿으려고 하지도 않았을 뿐 아니라 설령 믿는다고 하더라도 귀찮아서 끊임없이 실천하지도 않았다.

그렇다면 만약 돈을 모은다고 생각해보자. 스스로 생각하기에 부담스럽지 않은 얼마 되지 않은 돈을 모으는 것은 별다른 특별한 방법이 필요 없다. 그저 열심히 노력해서 일하고, 아껴 쓰면 모을 수 있다. 그러나 모으고 싶은 액수가 커진다면 문제는 달라진다. 막상 10억 원이나 100억 원을 모으는 것이 목표가 되고 꿈이 된다면 그때도 무작정 열심히 노력하고, 아껴서 모을 수 있을까? 만약 무작정 열심히 노력하고 아껴서 될 일이 아니라면 이 꿈을 이루기 위해서 가장 먼저 해야 할 일은 무엇일까?

답은 간단하다. 이미 10억 원이나 100억 원을 모아본 경험이 있는 사람들이 쓴 책을 읽어보거나 그들의 경험을 직접 들어보고 그들이 이미 실천했던 방법들을 참고해서 내가 실천할 수 있는 방법을 찾아 내면 되는 것이다.

공부도 마찬가지다. 학교에서 치르는 중간고사나 기말고사 같은 시험은 평소 공부하던 방법대로 열심히 공부하면 되겠지만, 막상 고시 공부에 합격하는 것이 꿈이 된다면 학교 공부법으로는 해결할 수 없는 또 다른 공부법이 필요하게 된다. 이때도 마찬가지로 이미 고시에 합격한 사람들의 실천 방법을 참고해서 나만의 공부 방법을 계획하고 실천하면 되는 것이다.

산에 오르는 것도 마찬가지다. 간단한 등산 정도야 평소대로 하면 되겠지만 세계에서 가장 높은 산에 오르는 것이 꿈이 된다면 그 꿈을 이루기 위한 방법은 지금까지의 방법이 아닌 다른 특별한 방법이 필요하다. 그 특별한 방법이라는 것은 이미 그 산을 정복했던 다른 산악인의 경험이다. 그 산악인의 경험을 참고해서 내가 실천할 수 있는 방법을 찾아내면 된다.

꿈을 이루는 것도 마찬가지다. 꿈을 성공시키기 위해 우리는 어떻게 해야 하겠는가? 이미 꿈을 이룬 많은 성공한 사람들의 실천 방법을 참고해서 나만의 실천 방법을 찾아내면 되는 것이다. 그리고 성공한 사람들이 공통되게 실천했던 방법을 참고해서 찾은 나만의 실천 방법을 반드시 실천해보겠다고 다짐해야 한다. 가슴속에 품은 또렷하고 생생한 꿈을 이번에는 반드시 후회가 남지 않도록 도전해서 꿈을 이루고야 말겠다는 약속을 자기 자신과 해야 한다.

지금부터 소개하는 꿈을 이룬 성공한 사람들의 실천 방법들을 참고해서 자신만의 실천 방법을 찾아보자. 그리고 다음으로 '333 실천 전략'을 반드시 지켜보자. '333 실천 전략'은 내가 이름 붙인 전략 방법이다. 먼저 꿈을 이룰 실천 방법을 정했다면 먼저 반드시 30일을 실천하자. 30일 동안은 아무 생각하지 말고 무조건 30일을 버티면서 실천하자. 그리고 30일이 지나면 이번에는 3개월을 실천해야 한다. 3개월 동안은 당연히 내가 해야 할 일이라고 생각하자. 그리고 3개월이 지나면 3년을 실천해 보는 것이다. 이번에는 3년 동안은 내 선택권 자체가 없어져 버렸다고 생각하면서 무조건 3년은 실천해야 하는 당연한 일로 받아들이자. 즉 30일, 3개월, 3년은 한 세트라고 생각하고 3년이 지나기 전에는 중간에 포기해서도 안 되고, 중단해서도 안 된다고 결심하자.

'서당 개 삼 년이면 풍월을 읊는다'고 했다. 그러니 우리는 어떤 것을 실천하더라도 3년은 해봐야 하지 않겠는가? 반드시 '333 실천전략'을 기억하고, 실천하자.

성공한 사람들의 공통된 실천 방법은 또렷하고 생생한 꿈을 조목조목 적는 것이었다. 그리고 조목조목 적은 꿈의 목록을 매일 반복해서 적는 것 또한 중요했다. 이들은 하루에 적게는 10번에서 100번까지 적었다. 계속 반복해서 적으며 꿈을 이룬 자신의 모습을 생생하게 상상했다. 여기에서 적는 횟수는 자신의 형편과 사정에 따라 조절하면 될 것이다. 그러나 적는 횟수는 차이가 있을 수 있지만 중간에 적는 것을 멈추거나 포기해서는 안 된다.

세계 최고의 경영 컨설턴트 중 한 명인 브라이언 트레이시의 이야기를 한번 들어보자.

"나는 열여덟 살에 고등학교를 졸업하지 않고 자퇴했다. 내가 처음으로 한 일은 어느 조그마한 호텔의 접시닦이 일이었다. 거기에서 세차장으로 옮겼다가 다시 수위로 있으면서 바닥 청소를 하는 일자리로 옮겼다.

그다음 몇 해 동안 나는 여기저기를 떠돌아다니며 온갖 막노동을 했고, 그렇게 땀 흘려 번 돈으로 겨우 생계를 유지했다. 제재소와 공장에서도 일했고, 농장과 대목장에서도 일했다. 전기톱으로 커다란 목재를 자르는 일도 했고, 벌채 철이 끝나면 우물 파는 일을 하기도 했다.

나는 높은 건물을 짓는 건설 노동자로 일했고, 북대서양을 오가는 한 노르웨이 화물선의 선원 노릇도 했다. 그러면서 차 안이나 값싼 하숙집에서 잠을 자는 일이 잦았다. 스물세 살 때에는 수확기 동안 헛간의 건초더미에서 잠을 자고 농장주의 가족과 함께 밥을 먹으면서 떠돌이 농업 노동자로 일하기도 했다. 교육도 받지 못하고, 내세울 만한 기술도 없었던 나는 수확기가 끝나자 또다시 실업자 신세가 되고 말았다.

막노동 일자리마저도 더 이상 찾을 수 없게 되자 나는 일정한 수수료를 받는 판매직에 뛰어들었다. 이 사무실 저 사무실, 이 집 저 집을 일일이 찾아다니면서 물건을 팔아야 하는 일이었다. 하지만 온종일 겨우 물건 하나를 팔아서 하루 숙박비만 근근이 마련하고 밤을 보낼 곳을 찾는 일이 비일비재했다. 정말이지 그리 신통치 않은 삶의 출발이었다.

그러던 어느 날 나는 종이 한 장에 터무니없는 목표를 적어보았다. 그것은 방문 판매로 매달 1,000달러를 번다는 것이었다. 나는 그 종이를 접어서 치워버렸고 다시는 그것을 찾지 않았다.

그러나 30일 후에 내 인생은 송두리째 바뀌어버렸다. 그동안 나는 재고까지 완전히 처리하는 기술을 하나 발견했고, 첫날부터 내 수입은 세 배로 뛰어올랐다. 그 사이에 회사의 소유주는 그때 막 도시로 이주해온 한 기업가로 바뀌어 있었다. 내가 종이에 목표를 적은 지 꼭 30일째 되는 날, 그는 다른 판매 사원들에게 내가 그들보다 훨씬 높은 판매 실적을 올릴 수 있었던 방법을 가르쳐주면 매달 1,000달러를 주겠노라고 제안했다. 나는 그의 제안을 받아들였고, 그날 이후로 내 삶은 완전히 달라졌다."

더 이상 의심하지 말고 지금 이 순간부터 깨끗한 종이 위에 자신이 또렷하게 품고 있는 꿈을 적어보자. 브라이언 트레이시가 경험했던 놀라운 경험을 우리도 당장 내 것으로 만들자.

우리는 이미 2장 '반드시 이루고 싶은 꿈을 가져라'에서 1979년 하버드대학교 경영대학원 졸업생들을 대상으로 한 실험적인 설문조사를 살펴보았다.

1953년 예일대학교에서도 이와 비슷한 '당신은 목표를 가지고 있는가?'에 대한 설문조사가 있었다. 이 질문에 27%는 특별한 목표가 없다고 대답했고, 60%는 뚜렷하지는 않지만 간단한 목표를 가지고 있다고 대답했다. 그리고 10%는 구체적인 목표를 가지고 있지만 그 목표를 글로 쓰고 있지는 않다고 했다. 나머지 3%는 자신의 목표를 글로 구체적으로 쓰고 있다고 했다.

그들이 졸업한 후 22년이 지난 1975년 예일대는 1953년에 설문조사를 했던 졸업생을 대상으로 그들이 어떻게 살아가고 있는가를 조사해보았다. 그 결과는 하버드대학교에서 실시한 설문조사와 똑같이 놀라웠다. 자신의 목표를 글로 기록해 놓았던 3%의 졸업생들은 나머지 97%보다 훨씬 만족하며 행복하게 살고 있었을 뿐 아니라, 재산에서도 3%의 졸업생들이 가진 재산 합계가 나머지 97% 졸업생들이 가진 재산을 합친 것보다 더 많았다.

지금 당장 자신의 꿈을 적어보자. 꿈을 적지 않은 사람보다 꿈을 적는 사람이 꿈을 이룰 확률이 훨씬 높았고, 더 많은 꿈을 이룰 수 있었다. 그리고 기록한 꿈을 매일 반복해서 써보자. 매일 반복해서 쓰다 보면 꿈이 더 간절하게 다가올 것이고, 간절한 꿈을 위해서 우리는 행동하게 되어있다. 그러니 반복적으로 쓰다 보면 꿈이 현실이 되어 있을 것이다.

앞에서도 이야기했듯이 성공한 사람들은 가슴에 품은 꿈을 조목조목 적는 방법을 성공할 때까지 끊임없이 실천했다. 그러나 성공하지 못한 사람들은 성공하기 위한 방법치고는 너무 간단하다고 생각하면서 믿지 않으려고 했을 뿐 아니라, 믿지 못하니까 실천하지도 않았다.

꿈을 적는 간단한 방법이 성공을 가져오는지에 대해서는 의심할 필요도 없다. 가슴속에 품은 꿈을 이루기 위해 무조건 이들이 했던 비밀스러운 성공 방법을 따라 해보자. 오늘부터 당장 꿈을 적되 아주 자세하게 조목조목 적어보자. 그리고 꿈을 이룰 때까지 매일 반복해서 적어보자. 무엇이든 반복한다는 것은 간절하다는 것이고, 간절한 것은 반드시 행동으로 나오게 되어 있다. 또한 자신이 꿈꾸는 꿈을 반복적으로 적는 간절한 행동으로 인해 우리의 모든 집중력은 꿈을 향해 있을 것이고, 집중하다보면 길이 보일 것이다. 그 길 어디쯤에선가 자신이 그토록 이루고 싶은 꿈이 기다리고 있을 것이다.

영화배우를 꿈꾸며 캐나다에서 미국으로 건너온 가난한 젊은 청년이 있었다. 가난한 청년은 집이 없어서 중고차에서 지내야 했고, 햄버거 하나를 나누어 하루 세 끼니를 해결하는가 하면 공원이나 빌딩 화장실에서 씻는 날이 많았다. 가난한 청년은 배우가 꿈이었지만 현실은 너무 캄캄했다.

캄캄한 현실의 벽을 뛰어넘을 방법을 찾지 못하던 1990년 어느 날 그는 가짜 수표를 하나 샀다. 그리고 할리우드가 내려다보이는 높은 언덕으로 올라가서 그 가짜 수표에 스스로에게 천만 달러를 지급한 다고 적고, 서명도 했다. 지급일자는 5년 뒤인 1995년 추수감사절이라고 적었다. 물론 그 수표는 가짜 수표였다.

그가 바로 자신에게 가짜 수표를 써주고 그것 때문에 스타가 된 짐 캐리다. 짐 캐리는 이 가짜 수표를 항상 지갑에 넣고 다니면서 자신의 꿈이 이루어질 때까지 어려운 시절을 견뎌냈다고 한다.

마침내 백지수표에 적은 1995년이 되었고, 그는 추수감사절에 정확히 영화 〈배트맨 포에버〉 출연료로 천만 달러를 받았다. 결국 캄캄한 현실의 벽 앞에서 절망하지 않고, 가슴에 품은 꿈을 가짜 백지수표에 적었던 가난한 청년의 간절한 꿈이 현실로 이루어진 것이다.

가난한 이민자로 출발해서 7번의 실패 끝에 세계 최고 도시락 기업인 스노우폭스를 탄생시키고, 지금은 4천억 원대 자산가가 된 김승호 회장 역시 매일 100일 동안 자신의 꿈을 100번씩 썼다고 한다. 즉 그는 자신의 꿈을 온전히 확인하는 도구로 100일 동안 100번 쓰기에 도전한 것이다. 그가 토크쇼에 출연해서 했던 이야기를 한번 들어보자.

"생각은 아주 큰 비밀을 가지고 있습니다. 내가 무엇을 생각하느냐에 따라서 내 모습이 그대로 나타납니다. 결국 현재 내 모습은 내 생각이 만들어낸 결과물입니다. 내가 부족하거나, 내가 잘났거나 어떤 방식으로 내가 무엇을 가지고 있거나, 없거나 이것은 이미 내가 생각한 것의 결과물입니다. '나는 이것을 원하지 않았는데 나는 왜 이 모양일까?' 해도 역시 이것도 내 생각의 결과물입니다. 즉 생각은 내 자신의 반영물입니다. 저는 생각을 머릿속에 집어넣는 방법으로 100번씩 100일 쓰기를 권합니다. 그렇게 하면 목표가 머릿속에 박혀 들어가게 됩니다. 그리고 100번씩 썼다는 것은 내가 그만큼 그것을 절박하게 원한다는 것이고, 쓰다가 중단했다는 것은 그만큼 절박하지 않다는 것입니다. 어떤 사람은 100번씩 쓰다가 내용이 자꾸 바뀝니다. 이것은 처음에는 원하는 것으로 알았지만 사실은 진짜로 원하지 않았다는 것입니다. 그래서 100번씩 쓰기를 해보면 자기가 무엇을 원하는지를 알 수 있고, 이것을 100일 동안 쓰고 마치게 되면 그렇게 썼던 것은 절대 머릿속에서 없어지지 않을 것입니다. 이것이 생각의 씨앗이 되고, 이 생각이 자라서 현실이 될 것입니다. 저는 이 방법을 열아홉 살부터 배워서 지금까지도 하고 있고, 지금까지 했던 결과물이 현재의 저를 만든 것입니다."

이제 자신이 품고 있는 꿈을 반복해서 적어보자. 그리고 그것을 통해 자신의 꿈을 끝까지 붙잡고 후회가 남지 않도록 도전해보자. 이미 수백 명이 이 방법을 통해 상상을 뛰어넘는 기적을 체험했고, 오늘도 성공하기 위해 꿈을 기록하는 이 방법은 입소문을 통해 널리 전파되고 있다.

지금 하십시오

- 찰스 해돈 스펄전

내일은 당신의 것이 안 될지도 모릅니다.
사랑하는 사람이 언제나 곁에 있지는 않습니다.

사랑의 말이 있다면 지금 하십시오.
미소를 짓고 싶다면 지금 웃어주십시오.
당신의 친구가 떠나기 전에
장미가 피고 가슴이 설렐 때
지금 당신의 미소를 보여주십시오.
불러야 할 노래가 있다면 지금 부르십시오.

당신의 해가 저물면
노래 부르기엔 너무나 늦습니다.
당신의 노래를
지금 부르십시오.

CHAPTER 7

끝까지 버티면
결국은 성공한다

태산을 넘으면
평지를 본다

나는 이미 4장 '공부의 제왕으로 등극하다'에서 1년에 공인중개사와 주택관리사 자격시험에 동시에 도전했던 경험을 이야기했다. 거기에서도 이야기했지만 우리가 어렵게 가슴에 품게 된 꿈을 위해서 도전하려고 하면 도전해야 하는 이유보다 포기해야 할 이유들이 먼저 나를 찾아온다. 꿈을 위해 도전해야 할 이유들이 포기해야 하는 이유보다 더 크게 보이고, 생생하게 보이면 좋으련만 현실은 그렇지 않다. 아무리 단단히 마음을 굳히고, 이를 악물어도 포기해야 할 이유가 도전해야 할 이유보다 더 많게 느껴진다.

나 역시 두 개의 자격증에 동시에 도전해야 하는 이유와 포기해야 하는 이유를 냉정하게 기록해본 결과 포기해야 할 이유는 여러 가지였지만 도전해야 하는 이유는 달랑 하나였다. 그러므로 꿈을 품게 되면 바로 이어서 포기해야만 하는 상황이 생각나게 되어 있다. 자신 안에서 도사리고 있는 꿈 킬러 역시 꿈을 포기해야 하는 이유를 열심히 찾아 스스로 포기할 수 있도록 충동질하고, 주변 역시 꿈을 포기하는 데 결정적인 도움(?)을 준다.

그러나 조금만 다르게 생각해보자. 포기해야 할 이유들을 낙엽으로 생각하고, 도전해야 할 이유들을 씨앗으로 생각해보자. 낙엽은 잎새에 이는 바람에도 날아다닌다. 그렇기 때문에 우리가 도전을 하든 하지 않든 언제든 쉽게 찾아온다. 평소에는 그냥 스치고 지나칠 낙엽이 꿈을 위해서 도전하려고 할 때 오히려 더 또렷하게 보이는 것이다. 낙엽이 날아다니는 것은 큰 의미가 없다. 낙엽이 날아와서 좀 내려앉는다고 해서 사실 달라질 것은 하나도 없다. 낙엽은 낙엽일 뿐이지 낙엽에서 생명이 움트거나 열매를 기대할 수는 없는 것이다. 그냥 내게도 날아오고, 나를 지나서 또 다른 누군가에게도 날아갈 것이다. 낙엽이 특별히 나를 향해서 날아온 것도 아니고, 그렇다고 목적을 가지고 날아온 것도 아니다. 그냥 그렇게 날아다니는 것이다. 아무 목적도 없이 날아다니는 낙엽에 발목을 담그고 멈춰 서면 안 된다. 아무 방향도 없이 날아다니는 낙엽에 아파하면서 주저앉아서도 안 된다.

우리가 집중해야 하는 것은 생명을 움트게 하는 꿈을 위한 도전이라는 씨앗이다. 씨앗은 목적이 있고, 방향이 있다. 목적과 방향이 정해진 씨앗을 바라보면서 우리에게 찾아올 꿈을 이룬 순간을 상상해야 한다. 씨앗이 준비되어 있는 사람이 낙엽 때문에 포기했다는 것은 있을 수 없는 일이다.

내가 두 개의 자격증에 도전할 때도 쉽게 찾아오는 포기라는 낙엽보다 꿈을 이루어줄 도전이라는 씨앗을 더 소중하게 생각했다. 끝까지 생명을 움트게 할 씨앗을 생각하고 버텼기 때문에 결국 꿈을 이룰 수 있었다. 중요한 것은 포기하지 않는 것이다. 끝까지 버텨내는 것이다. 포기할 수밖에 없는 상황을 마주하게 되면 꿈을 이룬다는 것이 태산처럼 느껴지지만 결국 그 태산만 넘으면 평지를 볼 수 있다는 것을 기억하자. 포기하지 않고 끝까지 버텨내기만 하면 반드시 태산을 넘을 수 있고, 꿈을 이루는 순간이 반드시 올 것이다. 힘을 내자. 그리고 꿈을 이룬 많은 성공한 사람들 역시 포기하고 싶은 상황에서도 절대 포기하지 않고 꿈을 생각하면서 끝까지 버텼기 때문에 성공이라는 열매를 거둘 수 있었다는 것을 명심하자.

용서를 비는
어머니의 눈물

물을 건너본 사람이라야 물을 건너는 사람의 마음을 알 수 있고, 산을 올라본 사람이라야 산을 오르는 사람의 마음을 알 수 있다. 결국 무슨 일이든 자신이 직접 경험해보아야 비로소 그 일에 대해서 말할 수 있다.

내가 50대 후반 주부를 만난 것은 중학교 검정고시 야간 수업시간에서였다. 대부분의 만학도들은 한편으로는 오랜 꿈이었던 배우는 것에 도전하는 것을 두려워하기도 했지만, 다른 한편으로는 한이 되어버린 배움에 대한 꿈을 이룰 수 있다는 기대로 설레어했다. 그리고 첫 수업시간에는 그 설레는 감정을 그대로 드러내며 상기된 표정으로 행복해했다.

그러나 수업시간에 처음 만난 50대 후반 주부는 다른 만학도들과는 달리 첫 수업시간인데도 설레어 보이거나 행복해 보이기보다는 오히려 그 반대였다. 단정하게 앉아 있는 모습은 참 세련되고 당당함이 느껴졌지만 이상하게 냉정한 기운도 같이 느껴졌다. 이 주부는 첫 수업시간이지만 자신의 감정을 전혀 드러내려고 하지 않았다.

　　그렇게 이 주부와의 첫 만남이 시작되었고, 나는 50대 후반 주부의 감정과는 전혀 상관없이 그날 정해진 수업을 열심히 설명했다. 그러나 수업하는 내내 '이 느낌은 뭐지?' 싶은 생각이 떠나지 않았다.

　　다음 수업시간에도 나와 50대 후반 주부는 별다른 이야기 없이 바로 수업을 시작했다. 다른 만학도들과는 그날 하루 있었던 이야기나 고민거리들을 한참 이야기하고 나서 수업을 시작했는데 이 주부와는 그럴 만한 분위기가 아니었다.

　　그러나 이 주부는 첫 번째 수업과는 다르게 두 번째 수업부터는 수학을 유난히 어려워하는 것 같았다. 물론 수학이라는 과목은 누구든지 어려워하는 과목이기는 했지만 이 주부는 수학이 다른 과목에 비해서 유난히 어렵다는 것을 충격으로 받아들이는 것 같았다. 그런데 50대 후반 주부의 표정에는 수학이라는 산을 어떻게 넘어야 할 것인가에 대한 걱정이 아니라 자신만이 가지고 있는 또 다른 걱정거리가 더해진 것 같았다. 이 주부는 수업 시간 내내 우울한 얼굴빛으로 아무것도 적으려고도 하지 않았고, 온통 다른 생각으로 가득한 표정이었다. 칠판을 보고 있는 50대 후반 주부의 눈이 칠판이 아닌 다른 나라를 여행하는 기억 속으로 사라진 것 같은 모습이었지만 그렇다고 수업을 중단할 수는 없었다.

그리고 두 번째 수업이 끝났다. 그런데 50대 후반 주부가 갑자기 울기 시작했다. 그것도 소리 내서 서럽게 울기 시작했다. 나는 이 상황이 당황스러웠다. 지금 이 상황으로 봐서는 이 주부가 울어야 할 이유가 전혀 없었다. 외계인 언어 같은 수학에 감동했을 리도 없고, 그렇다고 내가 이 주부에게 서운한 말을 한 것은 더더욱 아니었다. 순간 나는 어떻게 해야 할지 안절부절못했다. 내가 오늘 한 일은 오로지 수학을 설명한 것밖에 없었고, 수학 내용에 눈물을 흘릴 만한 내용은 하나도 없었다. 그런데 갑자기 마주하게 된 이 주부의 눈물 앞에서 나는 어떻게 해야 할지 난감했다. 교실을 나오지도 못하고, 그렇다고 앉지도 못하고, 그냥 수업을 마치던 그 모습 그대로 서서 이 주부가 울음을 그칠 때까지 무작정 기다리는 수밖에 없었다. 그렇게 아무 말도 못하고 서 있었다.

한참이 지났다. 50대 후반 주부는 어느 정도 진정이 되는지 내게 사과하면서 자신에 대한 이야기를 시작했다.

"저는 회사 이름만 대면 바로 알 수 있는 좋은 회사에 다니고 있습니다. 거기서도 꽤 높은 직책에 있습니다. 제가 처음에 입사할 때는 학력이 크게 상관없었습니다. 그러니 지금도 회사의 그 누구도 제가 학력이 이 정도인 줄은 모릅니다. 그렇게 들어간 회사는 빠르게 성장했고, 입사 순서가 빠른 저는 승진도 빨랐습니다. 좋은 직장이 있어서

였을까요? 덩달아 남편도 전문직을 가진 좋은 사람을 만났습니다. 그리고 아들과 딸, 남매를 낳고 전혀 부족한 것 없이 잘 살고 있었습니다. 그런데 요즘 들어 갑자기 공부를 한번 해보면 어떨까 싶은 생각이 계속 들었습니다. 혹시라도 누가 보면 안 되겠기에 집에서 과외를 받으려고 했는데 과외 선생님을 구할 수가 없어서 찾아왔습니다.

저는 지금까지 뭘 배워도 배웠습니다. 악기도 배우고, 그림도 배웠습니다. 이런 것들은 그리 어렵지 않았습니다. 할 만했습니다. 그러나 수학은 완전히 반대입니다. 너무 어렵습니다."

여기까지 이야기한 50대 후반 주부는 또 울기 시작했다. 사실 이 주부의 이야기에는 서럽게 울 만한 이야기가 없었다. 그런데 이 주부는 아주 서럽게 울기 시작했다. 손수건으로 얼굴을 감싸고 한참을 울었다. 나는 이 주부가 왜 우는지 이유를 모르기 때문에 답답했다. 그래서 이 주부의 울음이 멈출 때까지 눈만 껌뻑거리면서 그냥 무작정 기다렸다. 얼마나 시간이 지났을까, 울음이 좀 멈추는가 싶더니 미안하다며 다시 눈물을 흘렸다. 이쯤 되자 아무 이유도 모르는 나도 괜히 눈물이 났다. 50대 후반 주부는 다시 손수건으로 얼굴을 감싸더니 울기 시작했고, 나는 이유도 모른 채 훌쩍훌쩍 눈물을 훔쳤다.

한참 시간이 지나고 울음이 어느 정도 진정이 됐을 때에야 비로소 이 주부가 왜 울 수밖에 없었는지 사연을 들을 수 있었다.

"방금 이야기했듯이 저는 신혼 때부터 전혀 부족한 것이 없었습니다. 학력이 없는 것이 흠이었지만 그것은 제가 별로 대수롭지 않게 생각했던 것이니까 제게 흠이 되지 않았습니다. 어차피 회사에서는 저에게 학력이 어디까지냐고 물어볼 사람도 없었고, 집에서도 좋은 직장 덕분에 남편 역시 제 학력에는 전혀 관심이 없었습니다. 악기도 곧잘 다룰 줄 알고, 그림도 잘 그려서 전시회도 열고 하니까 다른 사람들은 제가 무슨 대단한 대학을 나온 줄로 알고 있었습니다. 그렇게 생각하든지 말든지 저는 상관하지 않았습니다. 어차피 하나도 부족한 것이 없으니까 어떤 사람을 만나든지 전혀 기가 죽거나 주눅이 들지도 않았습니다. 그러니 저는 안팎으로 잘나간 사람이었습니다.

이제 남은 것은 하나였습니다. 제 아이들이 공부만 잘해주면 완벽하다고 생각했습니다. 그래서 유명한 과외 선생님들에게 과외를 시켰습니다. 제 생각으로는 공부쯤이야 식은 죽 먹기보다 쉬울 거라 생각했습니다. 그래서 유명한 과외 선생님들에게 모든 과목을 과외시키면 우리 아이들은 최고 성적으로 우등생이 될 수 있다고 생각했습니다.

그러나 그게 생각대로 되지 않았습니다. 아무리 유명한 과외 선생님에게 과외를 시켜도 아이들 성적은 제 욕심보다 늘 부족했습니다. 이제는 유명한 학원으로 바꾸어서 공부를 가르쳐봤지만 여전히 아이들 성적은 오르지 않았습니다. 모든 것이 완벽하게 구도가 맞는데 오직 하나 흠이 있다면 그것은 아이들이 공부를 못한다는 것이었습니다. 아이들이 공부를 못하니까 모임을 가도 아이들 이야기가 나오면 할 이야기가 없고, 재미가 없었습니다. 그리고 제 아이들이 몇 등 정도 하느냐고 물어볼까봐 은근히 애를 태웠습니다. 다른 사람들이 제 뒤에서 아이들은 공부도 못한다고 속닥거릴 것 같아서 저는 다급해 졌습니다.

그리고 돈도 많이 들여서 온갖 유명하다는 학원에 보내주고 과외 선생님을 데려다 수업을 시키는데 왜 공부를 못하는지 이해가 되지 않았습니다. 속이 타들어갔습니다. 돈 벌기가 어렵지 이까짓 공부하 는 것이 뭐가 어렵다고 공부를 못하는가 싶어 아이들 초등학교 때부 터 매를 들기 시작했습니다. 학교에서 시험을 보고, 성적표가 오는 날 은 아예 제정신이 아니었습니다. 왜 쉬운 공부도 못하느냐고 아이들 을 한참 동안 때렸습니다. 아무리 아이들을 닦달하고 들볶아도 아이 들 성적은 대학을 갈 때까지 오르지 않았습니다. 이제 대학생이 된 아 이들을 저는 지금도 그까짓 공부 하나 못해서 대학도 지방대학밖에 다니지 못한다고 구박을 했습니다. 지금도 아이들이 변변치 않은 대 학을 다니는 것을 부끄러워합니다.

그러나 제가 공부를 해보니까 공부가 얼마나 어려운지 알 것 같습 니다. 정말 너무너무 어렵습니다. 공부가 이렇게 어려운 줄 알았다면 아이들을 그렇게 혹독하게 내몰지는 않았을 텐데 언제 공부를 해본 적이 없었던 저로서는 정말 공부가 이렇게 어려운지 몰랐습니다. 정 말 몰랐습니다. 그래서 그 어린 아이들을 공부 못한다고, 왜 그리 쉬 운 것도 못하느냐고 항상 혼내고, 때렸습니다. 아마 우리 아이들 기억 속에 엄마는 항상 공부 못한다고 화낸 모습밖에 없을 겁니다.

선생님, 이제야 제가 우리 아이들에게 얼마나 어리석은 짓을 했는지 알게 됐습니다. 이제야 우리 아이들이 이 못난 엄마 때문에 얼마나 힘들었을까 알 것 같습니다. 이렇게 어려운 공부를 하느라 아이들도 노력했을 텐데 아무것도 모르는 나는 아이들을 모질게 내몰았으니 아이들이 받았을 상처가 느껴져서 눈물만 흐릅니다.

그런데 이미 아이들이 다 커버렸습니다. 아이들 어렸을 때 공부가 이렇게 어려운 줄을 알았다면 절대 우리 소중한 아이들에게 그렇게 혹독하게 하지도 않았을 것이고, 가슴에 상처도 주지 않았을 텐데 이제야 알았으니 이 일을 어떡하면 좋습니까? 상처도 너무 커다란 상처를 준 이 못난 엄마를 어쩌면 좋습니까? 우리 아이들에게 어떻게 빌어야 할까요? 이제라도 아이들에게 빌어도 될까요? 저에게 그럴 만한 자격이라도 있는 걸까요? 제가 아이들에게 빌면 아이들은 과연 저를 용서해줄까요? 선생님, 어떡하면 좋겠습니까?"

이야기를 다 마친 50대 후반 주부는 다시 울기 시작했다. 손수건에 얼굴을 묻고 한참을 울었다. 이 주부가 울 수밖에 없는 사연을 다 들은 나 역시 마음이 아파서 같이 울면서 별로 도움이 될 것 같지도 않은 말을 했다.

"저도 그랬습니다. 저도 아이들에게 공부 좀 잘하라고 얼마나 닦달을 했는지 모릅니다. 그러니까 너무 괴로워하지 마십시오. 부모라는 이름을 가진 사람들은 다 하는 실수고 잘못입니다."

자식을 둔 부모치고 자기 자식에게 욕심을 부려보지 않은 부모가 과연 몇이나 될까? 자기 자식이 어디를 가서 어떤 것을 하더라도 최고가 되기를 바라지 않는 부모가 과연 몇이나 될까? 유치원에서 하는 조그마한 행사를 가더라도 내 아이가 다른 아이들보다 더 야무지고 똑똑하게 발표라도 하면 며칠 동안 구름 위에 떠 있는 기분이 아닌 부모가 과연 몇이나 될까?

다만 부모 욕심 때문에 소중한 아이가 상처받지 않도록 조심할 뿐이지 마음속에는 자식에 대한 욕심이 화산처럼 끓어 넘치고 있다고 해야 옳을 것이다.

50대 후반 주부는 공부하는 동안 자식들에 대한 죄책감으로 굉장히 힘들어했다. 수업시간마다 울었고, 수업시간마다 가슴을 치며 후회했다. 옆에서 지켜보는 사람이 오히려 죄책감에 힘들어하는 주부가 끝까지 견딜 수 있을지 조마조마했다.

그러나 이 주부는 수업시간마다 가슴을 치며 후회를 하더라도 끝까지 자신이 가야 할 길을 잊지 않았다. 괴로워도 자신이 가야 할 길을 가면서 괴로워했고, 죄책감에 울 수밖에 없을 때도 자신이 가야 할 길에서 울었다. 그리고 끝까지 버틴 결과, 자신이 원하고 목표했던 고등학교 검정고시까지 모두 합격해서 대학 진학에 성공했다. 그리고 고등학교 검정고시 합격증을 받으면서는 웃는 얼굴로 이야기했다.

"선생님, 이제 우리 아이들에게 엄마가 정말 몰라서 저지른 잘못이었다고, 용서해달라고 빌어야겠습니다."

꿈을 향해서 가는 길이 눈물로 물들어 있는가? 꿈을 향해서 가는 길에 방해되는 것이 있는가? 눈물이 나면 실컷 울어버리자. 눈물이 나면 소리 내어 가슴을 치면서 통곡해버리자.

하지만 실컷 우는 것도, 가슴을 치면서 통곡하는 것도 꿈을 위해서 걸어가는 길 위에서 울어야 한다. 방해거리가 있다면 역시 부정하지 말자. 피하지 말자. 그대로 인정하자. 괴로우면 괴로워하자.

그러나 방해거리를 인정하고 괴로워하더라도 이 모두는 꿈을 향해서 걸어가는 길 위에서 인정해야 하고 괴로워해야 한다는 것을 기억하자.

아무리 힘들고 어려워도 내가 가야 할 길에서 절대 벗어나지 말자. 내가 가야 할 길은 꿈을 이룰 때까지 꿈만을 바라보는 그 길이다. 그 길을 절대 벗어나지 않는다면 아무리 괴롭고 힘들어도 반드시 꿈은 이루어져 있을 것이다.

돌도 10년을 보고 있으면
구멍이 뚫린다

나는 학원을 운영하는 동안 독서실도 같이 운영했다. 그러니까 1, 2층은 학원이었고 3, 4층이 독서실이었다. 독서실을 운영하면서 10대부터 60대까지 많은 사람들을 만날 수 있었다. 그중에서도 특히 공무원을 준비하는 일명 '공시생' 청년들을 많이 만났다.

독서실은 오전 8시 무렵에 문을 열었고, 새벽 2시 정도에 문을 닫았는데 공시생들은 독서실이 문을 여는 시간에 공부하러 왔다가 문을 닫을 때까지 공부했다. 그러니까 하루를 꼬박 독서실의 좁은 공간에서 책과 씨름했다.

공시생들은 꽃피는 봄부터 눈 내리는 겨울까지 좁은 독서실 책상을 떠날 수 없었다. 아니, 떠나서는 안 될 일이었다. 날씨가 좋아도, 비가 와도, 눈이 와도, 태풍이 와도 공시생들이 있어야 할 자리는 오로지 책상 앞이었다. 화려하고 예쁜 꽃 축제를 한다고 매스컴에서 아무리 떠들어도 자신들과는 아무 상관없는 다른 세계의 이야기로 흘려넘겨야 했고, 따스한 햇살이 아무리 좋아도 마음 편하게 햇빛 바라기를 해서는 안 되는 일이었다. 오로지 좁은 책상 앞에 꼼짝없이 앉아있어야 했다. 또한 무더운 여름 휴가철이라고 세상이 들떠 있어도 공시생들은 그것을 별천지 이야기로 남겨두어야 했다.

공시생들은 에어컨 바람 때문에 무기력해지는 자신을 어떻게든 다스려야 하는 문제가 더 급한 것이었고, 달려드는 졸음을 어떻게라도 이겨내야 하는 것이 휴가를 가는 것보다 더 절박했다. 곱게 물든 가을단풍도, 크고 예쁜 달도 관심을 가질 필요가 없었고, 추운 겨울 하얀눈이 내려 온 세상을 아름답게 덮어도 소복하게 내리는 눈을 맞으며걸어보는 사치를 누려서는 안 될 일이었다.

공시생들의 눈은 오직 수험서만 봐야했다. 친구를 보면서 우정을이야기해도 안 될 일이었고, 사랑하는 이를 바라보면서 행복한 눈길을 보내도 안 되는 일이었다. 이들이 관심을 가져야 할 것은 자신이계획해서 정해 놓은 그 날 끝내야 하는 공부 양이었고, 언제까지 공부를 해야 된다고 정해지지도 않은, 그 기약도 없는 공부를 견디는 체력이었다. 몸이 아파서 쉬고 싶어도 책상 앞에서 쉬어야 했고, 식은땀을흘려도 책상 앞에서 흘려야 했다. 결국 어떤 상황이라도 공시생의 하루는 책상 앞에서 시작해서 책상 앞에서 끝나야 했다.

그러므로 꽃이 예쁘게 피는 봄이 되면 꽃가루에 비염을 조심해야 했고, 뜨거운 여름이 되면 에어컨 바람에 견딜 수 있는 내성을 길러야 했다. 단풍이 예쁜 가을이 되면 이르게 찾아올 추위에 대비해야 했고, 추운 겨울이 되면 감기에 걸리지 않도록 대비해야 하는 것이 가장 현실적인 고민거리였다.

그렇게 언제까지 견뎌야 하는 것인지 정해지지도 않은 수험기간을 공시생들은 막연하게 견디면서 아까운 젊음의 시간들을 좁은 책상 앞에서 보내야했다. 그러니 수험기간이 길어지면 길어질수록 공시생들은 점점 더 우울해져 갔고, 처음 만날 때의 생기와 미소는 1년이 지나고 2년이 지나면서 깨끗이 지워져 있었다. 이렇듯 공시생들의 아름다운 젊음은 좁은 책상 위에서 책장이 넘어갈 때마다 같이 넘어가고 있었다.

공시생에 한번 들어서면 적게는 1년에서 많게는 10년이 넘도록 공부를 했다. 모든 공시생들이 자신이 원하는 대로 단번에 합격하기는 어렵겠지만 공시생들의 수험기간은 이토록 많은 차이가 있었다.

나는 왜 이렇게 수험기간에 차이가 있는지 궁금했다. 물론 각자가 가지고 있는 재능이 조금씩 다를 수는 있겠지만 1년과 10년이 넘는 시간은 임청난 차이였다. 각자의 재능 차이가 이토록 많은 시간적 차이를 가져온다고 하기에는 너무 긴 세월이었다. 남자들은 군대를 제대하고, 대학을 졸업한 후 공시생이 된다면 적어도 27세 정도는 돼야 했는데 여기서 10년이라는 세월은 너무 가혹한 형벌이었다.

그래서 나는 어느 날부터 공시생들의 공부습관을 관찰하기 시작했다. 물론 어떤 직종을 선택해서 공부하느냐는 것도 수험기간을 짧게도 하고, 길게도 했지만 나는 드디어 그보다 더 근원적인 답을 발견할 수 있었다. 단기간에 합격하는 공시생들은 그럴 만한 이유가 있었다.

어렵다는 공무원시험에 단번에 합격하는 공시생들은 그렇지 않은 공시생과 공부하는 습관에서 차이가 있었다.

단번에 합격한 공시생들은 아침에 공부하러 오면 점심을 먹는 시간 전까지는 책상에서 일어서는 법이 없었다. 중간에 엎드려 잠을 자거나, 커피를 마시러 가거나, 바람을 쐬러 가는 일이 없었다. 한번 자리에 앉으면 적게는 3시간에서 4시간 동안 움직이지 않았다. 그리고 오후 역시 나른하다고 엎드려 잠자는 경우가 없었다. 아침 9시에 공부를 시작해서 중간에 점심 먹는 시간 30분을 제하고는 움직이지 않았고, 저녁 먹는 시간 30분을 제하고는 새벽 1시까지 오로지 공부에 집중했다.

이들은 철저하게 자신과의 싸움에서 이겨내고자 안간힘을 썼고, 그 증거로 눈이 항상 토끼눈처럼 충혈되어 있었다. 이들은 자신과의 철저한 싸움을 1년이나 2년 묵묵히 견디고 나면 이어 합격했다는 소식을 전해왔다.

수험기간이 길어진 공시생들은 공부 습관이 어떨까?

이들은 일찍 독서실에 오는 것은 수험기간이 짧은 공시생들과 같았지만 일단 공부를 시작하기 전에 아침 커피를 한 잔 해야 했다. 그래서 같이 공부하는 몇몇 친구들과 휴게실에서 커피 한 잔 마시고 나서 책상에 앉으면 졸음에 겨워 오전 낮잠을 잠깐이라도 자야 했다. 낮잠을 자고 일어나면 다시 정신을 차리는 의미에서 커피 한 잔을 다시 마셔야 했고 그러고 나면 11시가 훌쩍 넘어 있었다.

이때부터 이들의 공부시간이 시작되었다. 그리고 얼마 지나지 않으면 점심시간이 되었다. 이들은 점심밥 먹는 데 1시간을 사용했고, 점심 먹었으니까 커피 한 잔 하고 나면 오후 졸음이 솔솔 몰려왔다. 또 오후에도 한숨을 자고 나면 또 커피를 한 잔 해야 했다. 이때부터 오후 공부가 시작되었고, 저녁 먹는 시간 전까지 몇 시간 공부하고 나면 또 저녁밥을 먹어야 했다. 저녁밥을 먹는 데도 1시간을 사용했지만 하루 종일 공부하느라 고생했으니까 이제 정식으로 쉬는 시간이 필요했다. 그래서 1시간 휴식시간을 더 가지고 나면 벌써 8시가 훌쩍 넘어 있었다. 이때부터 밤공부가 시작되면 12시쯤까지 공부를 했다.

단번에 합격한 공시생들과 그렇지 않은 공시생들의 하루는 겉으로 보기에는 큰 차이가 없어 보였지만 세세하게 관찰한 결과 분명 차이가 있었다. 하루만 놓고 본다면 큰 차이가 아닐 수 있지만 이런 하루가 1년이 쌓이고, 2년이 쌓이면서 차이를 만들어냈다.

수험기간이 길어지면 제일 힘들어하는 사람은 바로 공시생 자신이다. 이들의 어두워진 표정에서도 공시생 생활이 몇 년인지를 알 수 있었다. 간혹 이미 사회인으로 자리 잡은 친구들이 결혼한다는 연락이 오는 것 같았고, 친구들 결혼식에 참석하고 오는 날에는 더 우울한 것 같았다. 그리고 기약도 없는 공부를 계속해야 하는 건지, 아니면 이쯤에서 그만두고 적당한 직장이라도 구해야 하는 건지를 심각하게 고민하는 것 같았다.

또한 몇 년 동안 공부하고 있는 공시생들도 견디기 힘든 일이지만 이 모습을 지켜보는 가족들 역시 힘들기는 마찬가지였다. 수험기간이 길어질수록 가족들과 본인이 동시에 지쳐가고 있었다. 그리고 다음 시험에서도 합격한다는 보장이 없는 것이 이들을 가장 힘들게 했다. 수험기간이 길어질수록 공시생들은 말수가 줄었고, 웃는 모습을 보기 힘들었다.

그런데 시간이 지날수록 같이 공부했던 공시생 중에서도 합격자가 한 명씩 늘어나기 시작했다. 남은 공시생들은 합격한 친구들을 축하하며 떠나보내고 무거운 발걸음과 어두운 표정으로 다시 자신의 책상 앞으로 향했다.

나는 이들을 옆에서 지켜보는 것만으로도 마음이 아팠다. 생기발랄하고 꽃다운 청춘들의 축 쳐진 모습을 보는 것만으로도 힘들었다.

그러나 이때 중요한 것이 있었다. 남은 공시생들은 자신의 꿈을 위해서 다시 힘을 내는 경우와 기약 없는 공부를 계속하는 것이 너무 힘들어서 포기하는 경우로 나뉘었다. 물론 포기하는 경우는 드물었지만 그래도 긴 세월을 견디지 못하고 포기하는 공시생들이 있었다. 그렇게 포기하기까지는 그들 나름대로 생각을 많이 하는 듯싶었다.

여러 가지 경우의 수를 놓고 많은 부분을 생각하는 것 같았고, 고민에 고민을 거듭하는 것 같았다. 그리고 그 고민거리를 내게도 물어왔다. 물론 내 의견은 참고만 할 요량이었지만 이들의 괴로움이 얼마나 큰 것인지 이야기를 나누다 보면 그 고통이 고스란히 전해져왔다. 그리고 최선의 선택이라며 마지막 결론으로 포기라는 카드를 집어 들었다.

그런데 자신의 꿈을 포기하는 순간 그동안 이들이 참고 견디며 노력했던 모든 것이 아무 의미 없는 시간으로 탈바꿈되었고, 아까운 시간만 허비한 것이 되었다. 몇 년 동안 이를 악물고 견딘 수많은 시간들이 한순간에 물거품이 되었다. 꽃 피는 봄날 마음 편하게 봄꽃 한 번 즐겨보지도 못한 노력도, 무더운 여름 더위와 싸우면서 에어컨 바람을 견디던 노력도, 단풍이 예쁜 가을 하늘을 애써 외면했던 노력도, 하얀 눈이 내리는 거리를 걷는 것도 참아야 했던 노력도 모두 한순간에 소용이 없어졌다.

꿈을 위해서 참고 견뎌야 하는 시간은 길었지만 포기하는 것은 한순간이었고, 너무 쉬웠다. 그리고 그렇게 포기해야겠다고 결정한 순간 바닷속 깊은 곳으로 그동안의 노력들은 묻혀버렸다.

일본 맥도널드 설립자인 유명한 사업가 후지타 덴은 "가난한 것은 능력이 없어서이며 천한 것은 의지가 부족하기 때문이다. 세상에서 가장 쉬운 것이 포기이고, 가장 어려운 것이 끝까지 해보는 것이다"고 말했다.

자신의 꿈을 포기한 공시생들은 간혹 지나는 길에 들르곤 했다. 이들 대부분은 끝까지 견디지 못하고 중간에 포기해버린 것을 후회했다. 포기하던 그 순간에는 최선의 방법이라고 생각하고 선택했는데 시간이 흐를수록 좀 더 견디지 못한 자신이 후회가 된다며 쓸쓸하게 웃으며 돌아섰다.

그러나 친구들이 합격해서 독서실을 떠나고, 혹은 끝까지 견디지 못하고 포기하는 친구들이 생겨나더라도 자신이 가야 할 꿈을 바라보면서 끝까지 견딘 공시생들은 끝내 시험에 합격했다. 결국 마지막 남은 한 명까지 모두 합격했다.

나는 이들을 통해 꿈을 이루는 데에는 각자 시간의 차이는 있지만 끝까지 포기만 하지 않으면 반드시 꿈을 이루는 날이 온다는 것을 확실하게 보았다. 절대 포기만 하지 않으면 조금 더디더라도 반드시 꿈은 이루어진다. '돌도 10년을 보고 있으면 구멍이 뚫린다'고 했다. 무슨 일이든 꾸준히 노력하면 안 되는 일이 없다는 것이다. 그러니 아무리 어렵고 힘들어도 견뎌보자. 그리고 앞으로 나아가자.

시간에 너무 신경 쓰지 말자. 시간은 결국 인간이 만들어낸 약속일 뿐이다. 인간이 만든 약속으로 자신의 소중한 꿈을 재단해서는 안 된다. 또한 주변 사람 모두가 성공하고 마지막으로 혼자 꿈을 이루지 못한 상태로 남아 있더라도 포기하지 말자. 포기하지 않는 이상 꿈은 내 현실이 될 것이다.

좀 더 일찍 꿈을 이루어서 정상에 도착한 사람은 나보다 일찍 정상에서 이룬 꿈을 마음껏 즐거워하면 될 것이고, 나는 그들보다 조금 늦게 정상에 도착할지라도 결국 성공자의 모습은 같을 것이다.

중간에 힘들다고 포기하려고 꿈을 품은 것이 아니다. 비바람이 몰아쳐도, 눈보라가 불어 닥쳐도 굳건하게 버티면서 견디기 위해서 꿈을 품은 것이다. 비바람이 거세게 몰아칠수록, 눈보라가 살을 파고들 만큼 아프게 불어 닥칠수록 꿈은 더 값지고 보석 같은 성공이라는 이름으로 우리를 찾아올 것이다. 아픔과 시련 없이 거둔 성공은 어디에도 없다. 설령 아픔과 시련 없이 성공했다 해도 그 성공은 곧 스러지기 쉽다. 비바람과 폭풍우라는 시련을 피하지 말고 견뎌보자. 내가 성공을 위해서 가는 것 같지만 결국은 포기만 하지 않고 버티고 있으면 성공이 우리를 위해서 달려올 것이다.

동트기 전 어둠이
가장 어둡다

차가운 쓰레기더미 속에서 열네 살짜리 흑인
여자아이가 혼자서 출산을 했다. 그렇게 태어난 아이는 열네 살 어머
니와 함께 뉴욕 거리를 전전했고, 자선단체에서 나눠주는 무료급식
을 타 먹고 쓰레기를 뒤져 가며 굶주림을 해결해야 했다.

어린아이는 아무것도 모른 채 그렇게 길거리에서 키워졌다. 열네
살짜리 어머니와 아이는 값싼 모텔과 노숙자 쉼터를 찾는 일은 굉장
히 드물었고, 차가운 길바닥과 냄새 나는 뉴욕 어느 동네의 식당 뒷
골목 길거리에서 생활하는 경우가 대부분이었다. 어린아이의 이름은
어느새 '노숙자'가 되어 있었다.

'노숙자'라는 이름을 가진 그녀는 공부가 좋아졌다. 그녀는 노숙자

들이 모여 사는 텐트촌에서 두 모녀가 감수해야 할 위험한 시선을 참아내며 포기하지 않고 필사적으로 학교를 다녔다. 12학년을 다니는 동안 자그마치 12곳의 학교를 옮겨 다니며 공부를 해야 했지만 절대로 포기하지 않았다.

그녀가 남들과 같아지기 위해서 선택한 것은 한 권의 책이라도 더 읽고, 한 번 더 생각하는 것이었다. 결국 그녀는 한 달에 5권의 책을 읽었고, 뉴욕의 모든 신문을 정독했다. 그녀에게 거리의 길바닥은 세상에서 가장 넓은 공부방이었다.

그러던 어느 날 드디어 그녀에게 꿈이 생겼다. 대학에 들어가 그녀의 운명을 스스로 바꾸는 꿈이었다. 그리고 그녀의 가족이 더 이상 남들의 비웃음 섞인 시선을 받지 않아도 되는 꿈이었다. 하지만 사람들은 그녀에게 항상 같은 말을 했다.

"노숙자 주제에 대학은 꿈도 꾸지 마라."

사실 노숙자 쉼터와 무료급식을 찾아다니면서 생활했고, 범죄가 들끓는 거리에서 생활해야 했던 그녀에게 대학 입학은 상상할 수도 없는 일이었다. 그러나 그녀는 포기할 수 없었다. 12학년을 다니는 동안 자그마치 12곳의 학교를 옮겨 다녀야 했지만 그녀는 이를 악물고 더 열심히 공부했다. 또한 노숙자처럼 보이지 않기 위해 항상 머리를 단정히 했고, 옷도 언제나 깨끗하게 입었다.

11학년이 되었을 때 그녀는 이사를 하더라도 더 이상 학교는 옮기지 않게 해달라고 어머니께 부탁했다. 대학에 가려면 그녀에 대해 잘 아는 선생님의 추천서가 꼭 필요했기 때문이다. 그래서 이사는 갔지만 학교는 옮기지 않았다.

그 후로 그녀는 수업시간을 맞추기 위해 새벽 4시에 일어나 학교에 갔고, 밤 11시가 되어서야 집으로 돌아왔다. 그녀는 힘들게 학교를 다니면서도 만점에 가까운 높은 학점을 유지했고, 토론 동아리에도 참여하고, 육상 팀으로 활동하는 등 다양한 학교활동에도 참여했다. 모든 곳을 배움의 장소로 삼고 인생과 운명을 바꾸기 위해 꾸준히 달리며 최선을 다한 그녀에게 변화가 생기기 시작했다. 복지단체들이 장학금으로 도움을 주기 시작했고, 사회단체에서 그녀를 믿고 지켜보아 주었다.

그녀는 결국 미국 전 지역의 20개 대학으로부터 합격 통지를 받아냈다. 그리고 마침내 하버드대학교 4년 장학생으로 입학하게 되었다. 그녀는 이야기한다.

"남들이 '노숙자니까 그래도 돼'라고 말하는 걸 저는 너무나도 싫어합니다. 전 가난이 결코 변명거리가 되지 못한다고 생각합니다. 제 이름은 카디자 윌리엄스입니다. 더 이상 사람들은 저를 노숙자라고 부르지 않습니다."

자신의 처지를 비관하려고 들면 비관할 것들만 눈에 들어오고, 비관할 것들만 생각나게 되어있다. 포기도 마찬가지다. 무언가를 포기하려고 하면 포기해야 할 이유들만 줄줄이 생각나게 되고, 하나를 포기하고 나면 더 많은 것도 쉽게 포기하게 된다. 카디자 윌리엄스처럼 자신의 처지를 비관하지 않고 어떻게 해서든지 꿈을 품고, 어려움을 끝까지 견디면서 극복하고 나면 그다음부터는 한결 쉬워진다.

'동트기 전 어둠이 가장 어둡다'고 했다. 지금이 가장 어둡다고 생각된다면, 너무 어두워 주저앉고 싶다면 이제 꿈을 이룰 수 있는 가장 가까운 거리에 서 있다는 것을 기억하자. 어둠이 깊을수록 새벽이 가까이 왔음을 말해주는 것이다. 이제 곧 다가올 새벽을 위해 다시 한번 힘을 내고, 앞으로 나아가자. 에디슨은 오늘도 우리에게 이야기한다.

"많은 인생의 실패자들은 포기할 때 자신이 성공에서 얼마나 가까이 있었는지 모른다."

20세기 초 미국 애리조나주의 어느 작은 마을에서 한 남자가 은광을 찾고 있었다. 그는 몇 년 동안 은광을 찾는 데 자신의 모든 것을 쏟아부었다. 그러던 어느 날 광맥을 찾아 갱도를 파 내려가던 그는 드디어 폐광이 되어버린 굴을 만나게 되었다. 그러나 그 굴에 있던 은은 이미 깨끗이 채굴이 된 뒤였고, 그 굴은 텅 비어있었다. 그는 실망하고 낙심하여 더 이상의 은광 채굴을 포기하였고, 그 충격으로 얼마 후 죽고 말았다.

그 후 10년이 흘렀다. 어느 광산회사가 작은 마을 주변의 광산지역 몇 곳을 사들였다. 회사는 이미 버려진 광맥들을 다시 발굴하게 되었는데 앞서 한 남자가 은광 찾기를 포기하고 버렸던 광산 굴로부터 1미터 남짓한 곳에서 이제껏 발견하지 못했던 어마어마한 광맥을 발견할 수 있었다. 그 회사의 사장은 몇 백만 달러의 이익을 남기며 커다란 부를 거머쥐었다. 결국 1미터 차이로 몇 백만 달러의 주인이 달라진 것이다.

짙은 어둠 때문에 앞이 보이지 않더라도 동트기 전까지는 겨우 '1미터'의 차이인지도 모른다. 물론 그 어둡고 암울한 1미터를 건너내는 일이 엄청난 고통일 수 있다. 그러나 1미터만 견디면 동이 튼다고 생각하면 우리는 충분히 견딜 수 있는 잠재력을 가지고 있다. 그러니 포기하는 법은 아예 배우지 말자. 포기하는 법을 자신에게 가르치지도 말자. 고작 1미터 앞에서 포기할 수는 없는 일이다. 포기하지 않고 끝까지 버티면 우리가 그토록 애타게 기다리는 꿈이 우리를 향해 미소 지으며 달려올 것이다.

운전면허증을 따기 위해 960번을 도전한 주인공이 있다. 바로 운전면허증 취득 당시에 69세였던 차사순 할머니 이야기다. 2005년 4월부터 면허증 취득에 나선 차사순 할머니는 필기시험에서 949번이나 떨어지는 등 모두 960번의 도전 끝에 5년 만에 면허증을 손에 넣었다. 그러니까 시험장이 쉬는 주말과 국경일을 제외하면 거의 매일 운전면허시험장을 찾아 시험을 치렀지만 매번 30점에서 50점으로, 2종 보통면허 합격선인 60점을 넘지 못했다. 그러나 차사순 할머니는 면허증을 따야겠다는 꿈을 버리지도 않았고, 포기하지도 않았고, 좌절하지도 않았다. 그리고 결국 꿈을 이루었다.

차사순 할머니의 소식은 '의지의 한국인'이라는 이름으로 〈뉴욕타임스〉 등 해외 언론에 소개되었다. 또한 미국의 주요 일간지 〈시카고 트리뷴(Chicago Tribune)〉에 '960번(960times)'이라는 제목의 사설이 실렸다. '집념과 끈기의 귀감'이라는 내용으로 960번의 도전 끝에 끝내 운전면허증을 취득한 차사순 할머니 이야기를 사진과 함께 소개하며 '아이들에게 도전정신과 끈기를 가르치고 싶다면 차사순 할머니의 사진을 눈에 잘 띄는 곳에 걸어두라'고 했다. 그리고 '아이들이 누구인지 물어보면 960번의 실패 끝에 운전면허를 따낸 올해 69세 된 대한민국 할머니라고 말하라'고 조언했다. 사설에서는 "다시 도전하라. 또다시 실패해도 좋다. 이번엔 한결 성공에 가까워져 있을 테니까"라는 프랑스의 극작가로 노벨문학상 수상자인 사뮈엘 베케트(Samuel Beckett)의 말을 인용해 시작하면서 '누구나 쓰러지는 일은 있다. 하지만 중요한 것은 그 이후에 어떤 일이 일어나는가 하는 것이다'라며 끝을 맺었다.

차사순 할머니는 국내 자동차 회사 광고에도 모델로 등장해 2010년 '올해의 광고 모델 상'을 받았고, 흰색 승용차를 선물 받았다.

차사순 할머니는 첫 운전면허 필기시험 때 25점이라는 점수를 받았지만 꿈을 버리지 않아 운전면허증을 땄다며 우리에게 희망을 잃지 말 것을 당부했다.

도대체 무엇이 69세 할머니를 그토록 오랜 시간 포기하지 않고 끝까지 견디게 했을까? 차사순 할머니는 이렇게 말씀하셨다.

"이 늙은 사람도 희망을 포기하지 않고 노력해서 면허증을 땄으니 젊은이들도 모든 일에 끝까지 도전하기를 바란다. 뭐든지 끝까지 가 보지 않으면 아무것도 알 수가 없다. 끝까지 가봐야 무엇이 있는지 알 수 있다. 그러니 궁금한 것을 풀기 위해서라도 포기하지 말고 끝까지 가보라는 말을 해주고 싶다."

어떤 꿈을 품었는가? 어떤 꿈을 품었든지 하루 이틀 만에 쉽게 되는 것은 없다. 그만큼 우리가 사는 것은 결코 쉽지만은 않은 것이 사실이다. 그래서 우리 인생을 종종 마라톤에 비유한다. 마라톤과 인생은 아무리 힘들어도 결승점까지 계속 달려야 한다는 점에서는 비슷하기는 하다. 그러나 마라톤과 인생은 분명히 다르다. 마라톤에서는 1등이 한 명밖에 없지만 꿈을 이루는 인생에서는 끝까지 버티면서 포기하지만 않는다면 누구든 1등이 될 수 있다. 꿈을 이루는 것은 꿈꾸는 것에서 시작해서 행동하고 실천하면서 끝까지 꿈을 붙잡고 있는 사람의 몫이다.

차사순 할머니는 면허증을 따야겠다는 꿈을 절대 버리지도 않았고, 포기하지도 않았고, 궁금증을 풀기 위해서라도 끝까지 가보았다고 하셨다. 보통 사람으로서는 상상도 할 수 없는 인내와 끈기로 끝까지 자신의 꿈을 놓지 않은 것이다.

동트기 전의 어둠이 가장 어둡다는 것을 명심하고 마음속에 품은 꿈을 절대 포기하지 말자. 포기하지 않은 꿈은 반드시 현실이 되어 우리 앞에 모습을 드러낼 것이다.

윈스턴 처칠 역시 오늘을 살아가는 우리에게 간곡히 부탁했다.

"You, Never give up!(절대 포기하지 말라!)"

"You, Never give up!(절대 포기하지 말라!)"

"You, Never give up!(절대 포기하지 말라!)"

꿈을 이룬 그날을 위해 오늘도 파이팅을 외치며 힘을 내자.

흔들리며 피는 꽃

- 도종환

흔들리지 않고 피는 꽃이 어디 있으랴
이 세상 그 어떤 아름다운 꽃들도
다 흔들리면서 피었나니
흔들리면서 줄기를 곧게 세웠나니
흔들리지 않고 가는 사랑이 어디 있으랴

젖지 않고 피는 꽃이 어디 있으랴
이 세상 그 어떤 빛나는 꽃들도
다 젖으며 젖으며 피었나니
바람과 비에 젖으며 꽃잎 따뜻하게 피었나니
젖지 않고 가는 삶이 어디 있으랴

참고 도서

<가슴 뛰는 삶>, 강헌구 지음, 쌤앤파커스

<목표 그 성취의 기술>, 브라이언 트레이시 지음, 정범진 옮김, 김영사

<하루 1번 목표를 말하는 습관>, 김효성 지음, 동양북스

꿈꾸는 자를 막을 수 없다

초판인쇄	2019년 1월 4일
초판발행	2019년 1월 18일

지은이	박성숙
발행인	조현수
펴낸곳	도서출판 더로드
마케팅	최관호 최문섭 신성웅
편집	정민규
디자인	호기심고양이

주소	경기도 고양시 일산동구 백석2동 1301-2
	넥스빌오피스텔 704호
전화	031-925-5366~7
팩스	031-925-5368
이메일	provence70@naver.com
등록번호	제2016-000126호
등록	2016년 6월 23일

정가 17,000원
ISBN 979-11-6338-018-4